徳間文庫

# 猫のいる日々

大佛次郎

徳間書店

目次

# 随筆・猫のいる日々

# 黙っている猫

猫は、ものごころのつく頃から僕の傍《そば》にいた。これから先もそうだろう。僕が死ぬ時も、この可憐《かれん》な動物は僕の傍にいるに違いない。――お医者さんが来る。家族や親類の者が集る。（最後には坊さんも来るわけだが）その時此奴《こやつ》は、どうも、いつも見なれない人間が出入りして家の中がうるさくて迷惑だと云《い》うように、どこか静かな隅か、日当りのよい所に避け、毛をふかふかと、まるくなって一日寝ているだろう。寝るのに倦《あ》きたら、起きて思いの丈伸びをする、草原へ出て虫を追う。空腹を感じたら、降りて台所へ行って、長い尻尾《しっぽ》を立て、家人の裾《すそ》に体をすり寄せて飯の催促をする。それが済んだら顔を洗う。さて、それから何をしたら一番気持がよく満足かを考えて其《そ》の通りにする。空気を薄ら寒く感じたら、薬の匂《にお》いを嫌いながら、活気があって暖い看護婦の膝《ひざ》へあがって、また睡《ねむ》ることだけを考える。

その時に手伝いに来ている者の誰《だれ》かが、「この猫はあんなに可愛《かわい》がって貰《もら》ったのに、すこしは氷をかく手伝いでもおしよ」と、この永年の主人の死に冷淡なエゴイストを非難するのだ。悪くすると、猫は蹴飛《けと》ばされる。——僕同様に猫を愛することを知っている妻は、そんなことを云う筈《はず》がないし、する筈がない。また僕は、もう口が利けなくなっているわけだが、これを聞いて、つまらない無理なことを云う人間だと、ひそかに腹を立てていることだろう。それは僕には、目が見えなくなっていても、卓の蔭《かげ》に白いバッタのように蹲《うずくま》ったり、散らばった本の中を埃《ほこり》をいとって神経的に歩いている此の気どり屋の動物の静かな姿や美しい動作を思い浮べていることが、どんなに心に楽しくて、臨終の不幸な魂を安めることかわからないからだ。——来世というものがあるかどうか、僕未《いま》だにこれを知《か》らない。仮りにもそれがあるならば、そこにも此の地球のように猫がいてくれなくては困ると思うのである。いないとわかったら、僕の遺言のうち一番重要なくだりは、厳密に自分の著作を排斥して、好むところの本と猫とを、僕の棺に入れるように要求するに違いない。

猫は僕の趣味ではない。いつの間にか生活になくてはならない優しい伴侶《はんりょ》になっているのだ。猫は冷淡で薄情だとされる。そう云われるのは、猫の性質が正直すぎるからなのだ。猫は決して自分の心に染まぬことをしない。そのために孤独になりながら強く自分を守っている。用がなければ媚《こ》びもせず、我儘《わがまま》に黙り込んでいる。それでいて、これだけ感覚的に美しくなる動物はいない。冷淡になればなるだけ美しいのである。贅沢《ぜいたく》で我儘で他人《ひと》につめたくすることは、どんな人間の女のヴァンパイアより遥《はる》かに上だろう。だから猫を可愛がるのには、そういう女に溺《おぼ》れているような心持になることで、それでいて決してこちらの心を乱さずにいられるのだから有難い。読書に疲れたら顔をあげて、この「客間の虎《とら》」の、もの静かで、おごりに満ちた優しい姿態を眺めればいいのである。こちらからも執《しつ》こくしないで、そっと放任して置いてやれば、猫はいよいよ猫らしく美しくなって、無言の愛着を飼主に寄せて来るのである。多少なり、こうした沈黙の美しさが感じられるひとならば、猫を愛さぬわけはないと思うのである。

〈昭和五年十月・キング〉

# 猫のこと

何の本で見たのか忘れたが、——

無論、人間の心がおだやかだった昔のことだし、よく醸《かも》した酒のようにとろりとした春の昼間のことだったのに違いないように思われる。田舎のお寺の和尚さまが、飼猫が棚の上で居睡《いねむ》りしているのに気がついた。

実際に、この猫と云う奴《やつ》、元来小猫でも睡そうな顔をしているものだが、この猫は、もうかなり古くこのお寺にいるお爺《じい》さん猫で、春の日を懶《ものう》げに、こくりこくりと見るからに気持よさそうに舟を漕《こ》いでいたのである。綿《わた》の包のようにむっくり肥った奴である。

狭い棚の端の方だったのである、和尚さまが見まもっている内に、大きく舟を漕いだと思うと、年をとって耄《ほ》けていた加減か、足を踏み外した。

が、そこは体のしなやかな猫だから、床に落ちた時は、四本の肢《あし》の上に軽く立っていて腰を打つこともなかったのだが、その途端に目が醒《さ》めたらしく、ふと呟《つぶや》いたことには――

「ほいと、しまった！」

はっきりした人間の言葉であった。そう云って終《しま》ってから、猫は和尚さまが聞いていたのに気がついたのである。

「馬鹿！」

と和尚さまは、微笑《わら》った。

猫はそれから行《ゆ》き方《かた》知らずになったと云う。青い蔭《かげ》の濃くなった藪《やぶ》があり山吹の花が黄《きい》ろく咲いている裏山へ入って行って、それきりだと云うのである。

僕の好きな話である。同じ話が、芝《しば》の増上寺の猫が梁《はり》から落ちて思わず人間の言葉で、南無阿弥陀仏《なむあみだぶつ》と誦《とな》えたと云うのに形を歪《ゆが》めて伝わっている。これでは赤く塗った寺のように俗っぽい。

○

アンドリゥ・ラングの言葉である。「よく可愛《かわい》がられていたらしい肥った美しい猫が、どこから来たとなく家の中へ入って来て、帰ろうともしないで落着いて終《しま》うようなことが、誰《だ》れの経験にもよくある。この失踪《しっそう》を深く悲しんでいる飼主を捨てるのである。帰ろうとすればわけなく帰れるものを、帰らないのである」

煉金《れんきん》の道士の陰気な道服の裾《すそ》にも従えば、マクベスの妖婆《ようば》の窟《いわや》にも燐《りん》のように青い瞳《ひとみ》を点《てん》じ、お伽話《とぎばなし》の世界の明るい芝生の上をも白い影を印して横切って通る。

静かな美を持つミスチックである。

○

私《わたし》は自分の家に持っていたい
わけの分った一人の妻と
書物の間を歩きまわる一匹の猫と
それなしにはどの季節にも
生きて行けぬほど大切な
私の友人たちと

（堀口大學氏訳アポリネエル）

これも僕の大好きな詩、ほんとうにそうだと思う。それだけだと思う。

○

去年のVanity Fairの五月の号に、ポオル・モオランがこの動物のことを書いている。

「猫が誤解せられるのは、猫の方で理解を軽蔑《けいべつ》しているからです。猫が謎《なぞ》のように見えるのも、沈黙が表現する力を感じられない人に限っているようですね。全くほかの生物に猫の表情ぐらい雄弁なのは、ないのです。目にしても、――もっと無限でニュアンスに富んだ目は、私の知っている範囲では人間でたった一人、グレタ・ガルボがいるだけです」

「メンフィスの都では、女も猫に似ているほど美人だとされたんです。――僕もその時分に生れていればほんとうによかったと思いますよ。今でも僕は、鼻が短くて、猫のような目を持った女が一番好きなんですから」

親愛なるポオル・モオラン、目鏡《めがね》を外して外へ出てくれ給《たま》え。君と僕とは一人の女ゆえに決闘をしなければならない。

○

猫について沢山《たくさん》ある話の中で、僕の一番好きなのはペルザの城攻めの話だ。断って置くが、これは作り話でない、歴史にあった事実である。昔の埃及人《エジプト》がどんなに猫を愛していたかと云う証拠になる話である。

埃及人が死守していたペルザの城を波斯《ペルシャ》王カンビセスの大軍が久しく囲んで落せないでいた。智慧《ちえ》の深いカンビセスは、攻撃軍の先鋒《せんぽう》に当る兵士や士官の全部に楯《たて》を与える代りに猫を一匹ずつ持たせた。

この、世にも堂々たる進軍が起されると同時に、城の輿論《よろん》が決した。埃及人は猫を殺すくらいなら潔よく城を明渡そうと云うのに一致したのだった。

○

千八百九十年にベニ・ハッサン附近《ふきん》のダイヤナの洞窟《どうくつ》を発掘した時、ミイラにして大切に保存されている十八万匹の猫の死体が出て来た。

埃及の猫は、祭や、宴会のある時には、体に香水を塗っておごりを高くあらわれるのだった。

○

猫には陰鬱《いんうつ》な日本へ戻ろう。(化猫だの、猫騒動だのと、なんと云う醜悪な話を昔の日本人は作ったものだ!)

(西鶴織留《さいかくおりとめ》)

「五十ばかりの男風呂敷《ふろしき》を肩にかけて猫の蚤《のみ》を取ましよと声立てまはりける。隠居がたの手白三毛《てしろみけ》をかはゆがらるゝ人、取れとて頼まれけるに一匹《ぴき》三文《もん》づゝに極め名誉に取ける。まづ猫に湯をかけて洗ひ濡身《ぬれみ》をそのまゝ狼《おおかみ》の皮につゝみて、しばし抱けるうちに蚤ども濡《ぬ》れたる所をうたてがり、みな狼の皮にうつりけるを大道へふるひ捨てる」

燕石《えんせき》雑誌にも、この生業《なりわい》のことを書いている。「猫の画かゝんと呼びあるき生《なり》活《わい》としたるものありしが」これも猫の蚤取りも、「工夫はさることとなれど、かくまでに猫を愛するもの多からねばや、これも長くは行はれず」

柳里恭《りゅうりきょう》の雲萍《うんひょう》雑誌にある次の文章が、功利的で散文的な日本人の伝統的な目であろう。

「猫を飼ふもの多くは猫をやしなふことを知らず。飯をあたふるに鰹《かつお》ぶしを入れ肉味を加ふ。猫は常に厚味を食とする時は鼠《ねずみ》をとらず。猫は麦をたきて味噌《みそ》汁《しる》をかけ与ふべし。その他の食を与ふべからず。常に肉食にならはすれば肉なき時は必ず他の家にいたりて魚肉《ぎょにく》を盗めり。人を養ふも亦復《またまた》しかり」

多分これだろう。ブールジョア・イデオロギーと云う奴。——僕は柳里恭を伝説のような「わけしり」とも美のヂレッタントとも信じない。

〈昭和六年七月・新青年〉

# 私の猫

ペルシャ猫。イギリス猫。シャム猫。こうした素晴しい猫が僕の周囲にいると思っている人がいる。いや、全く自分でもいたらいい、欲しいなと常に心に描いている。少し馬鹿でもよろしい。あの豪華な装いをし、スカーツを曳《ひ》いて歩いているが如《ごと》きペルシャ猫を想《おも》うとき、何か心にときめくものがある。シルバァフォクスに似た毛皮をピッタリ膚《はだ》につけ聡明《そうめい》な眸《ひとみ》と意気な歩き振りのイギリス猫。剽悍《ひょうかん》なシャム猫。それぞれが皆、日本の猫より美しい事は、較べる方が間違っているかも知れない。

是《これ》は負惜みといわれるかも知れない。併《しか》し今私の身辺にいる二匹――匹といい度《た》く無い程に彼等《ら》は私の家族の一員だ。――の白いニッポンの猫。

コトンとシロ。純白でなんと立派な身体をしている事だ。

日本の猫でも、是を人間同様の生活習慣に入らせ、鼠を取る事にも酷使せず、或《あ》る程度の贅沢、傲慢《ごうまん》を許すならば、決して外国の猫後におちるものではない。

コトンとシロは兄弟である。しかも純白なので、どっちがコトンでシロか人間の双児以上に判別がつかない。私や家庭のものにはその態度ですぐ見別《わけ》られるが他人には分らないらしい。だから出鱈目《でたらめ》に呼ぶと非常に冷淡に素通りする。

この二匹は食事の要求以外には、殆《ほとん》ど鳴き声を出さぬ、猫は私の傍《かたわ》らにいる場合も絶対に黙りこくっている。夜半机の隅で此《この》二匹の猫が私を間にしては眠る。

私の妻が病気で入院した。猫を殆ど手離した事のない妻とはいえ、病院まで二匹の猫を連れて行けず、留守をさせた。一日二日と経《た》つ内に、二匹が二匹ともだんだん落着きを失い、気が荒くなって行っているのを発見した。食事を摂る量も少くなって行った。やたらに松の木に駆け上ったり、ゴルフの球を投げると子猫の如く大袈裟《おおげさ》に身体ごと投げ出して押えたりする。それでいてケロリとそれを離して憂鬱《ゆううつ》に歩いて去ってしまう。本当につまんなそうだ。それが私にもよく分った。妻が退院して帰ると、すぐ、コトンもシロも痩《や》せたわと云った。

私のところへ来る友人の話。

彼の家にも二匹の子を連れた真黒な猫が、裏口からコッソリ入って来た。連れ子をして来たので極く遠慮したに違いない。子猫の方は仲々馴《な》れなかった。しかし一寸二寸と縁から座敷に上って来た。二三日経つと、座敷の隅で母親の尾に戯れて遊ぶようにまでなった。母子三匹はすっかり落着いて自分達の住家にした。食事の時になると先《ま》ず親猫が咽《のど》をならした。

　細君の油断が猫を誘惑して、魚か肉を取った。細君は憤慨して、犬にしましょうと云った。もともと野良《のら》猫だからというので、彼もその気になり、間もなくテリヤの子犬を貰《もら》って来た。猫の母子は直ぐ放逐された。始めは縁の下に巣を構えていたが、子犬が君臨した座敷は到底上れそうもなかった。親猫はそれでも傲然《ごうぜん》と座敷を犬が吠《ほ》えつくのにも拘《かかわ》らず通り抜けた。それはわざとやってるとしか思えなかった。猫は全く野に還って、彼が姿をみた丈《だけ》でも、忽《たちま》ち逃げかくれた。

　間もなく親子は台所にも縁の下にも現われなくなった。親猫は子猫を連れて、旅に出たと夫婦は話していた。子まで連れて家を出て行った事は、対手《あいて》が猫とはいえ、夫婦をわびしくさせた。

　五軒程先の家の井戸端のところに黒の親子がいると細君が彼に告げた。ちょっと気になっていた彼は子猫もいるかなと検分に出掛けた。珊瑚《さんご》樹の垣を通して井戸端が見える。井戸側に子猫がいた。それだけでなく、三和土《たたき》の上に子猫より小さい、目が開いて間もない子犬がいる。子猫がじゃれつく度に子犬がキャンキャンないている。その有様を親猫が傍で身動きもせず監視している。彼は「黒、黒」と呼んでみたが、親猫は振向こうともしなかった。彼は帰って来ると、猫は怖いねと細君に云った。

此話をきいて、私は猫の意志を認め、人間の方が勝手で我儘なんだと思った。

〈昭和七年三月・婦人サロン〉

# 熱海の猫

去年の秋、病後の静養に熱海《あたみ》へ行っていた妻が、帰って来て、熱海の町に白い猫を三匹飼っている家があると話した。僕の家にはやはり兄弟の白い猫が二匹いる。こいつたち悪戯《いたずら》者で、いつも鼠色によごれているが、磨いてやればさし毛なんて一本もない純粋の白い色なので、人が外国猫かと見るくらいだし、猫好きの僕が大切にしているのだ。その白猫が、三匹もいると聞いて僕は吃驚《びっくり》して了《しま》った。それから今度熱海へ行ったら見に行こうと考えた。

その内、仕事がいそがしかったし熱海の白猫のことを僕は忘れて了っていた。この正月、鎌倉《かまくら》にて松の内の何となく酒臭く落着かないのが不快だったし、せまられている仕事が出来なかったので、場所を変えてみることを考えて、熱海ホテルへ行って見た。ここでも仕事が出来ず、僅《わず》かに二三冊の本を読んだだけの結果になったが、町へ散歩に行った時、妻がふとその猫のことを云い出したので、僕は急に愉快になって妻に記憶を辿《たど》らせながらその家を探しに行った。停車場から町へ出るまでの間で、右側だったと云うのである。

あの曲りくねった、坂ばかりの狭い道を少し歩いて来ると、その家、と云うよりもその猫がすぐに見つかった。自動車が通る往来だし、埃だらけになっている硝子《ガラス》戸をはめた店の中に一匹日なたぼっこをしている。内《うち》の小とんより少し、ちいさいようだ。その店は何の商売の家か、見たところ見当がつかなかった。ほかの二匹も見せて貰おうと思って硝子戸をあけた。すぐ、そこに小さい台を置いて、瘠《や》せた爺《じい》さんが座って何か細工をしていたのが僕らを変な顔をして見た。

「猫を見せてください」

と云うと、僕らが入って行った目的がわかったと見えて急ににこにこした。

「さあさあ」といった。

「もう二匹、いるでしょう?」と、妻も脇《わき》から云った。

今二匹は奥にいた。奥は外を見て来た目に真暗だったが、囲炉裏に赤く火が燃えていた。お爺さんのお内儀《かみ》さんらしい老婆《ろうば》が何かしている傍に、二匹とも座っていた。お爺さんが呼んでくれたが、猫は出て来なかった。ほんとうに三匹とも真白だった。表にいて妻が手袋を脱いで抱き上げたのは牡《おす》で、あとからお婆さんが抱いて出て来たのが牝《めす》だった。

僕らは家の猫の話をした。お爺さんは子供がいませんからと云って一時八匹も飼っていたと話した。商売は塗師屋《ぬし》である。僕らのいる間に、町のひとらしいのが椀《わん》を一つ持って来て縁の欠けたのをなおしてくれと頼んで帰った。あんなのを繕うだけで、あきないになるのかしらと、妻が帰り途《みち》で云った。古い硝子棚が店に置いてあるが、商品らしいのは形も塗りも出来のよくないお土産物らしい人形の置物が、あまり売れないらしく埃をかぶって並んでいるだけだし、何かの形こちらの好意を示したくてもその人形では手の出しようもなかった。やはり、この小さい家の中全体で一番豪奢《ごうしゃ》なものはこの猫たちだけであった。

猫はやがて搬《はこ》び出されて来た。

「こいつは、お袋で二十四になります」

僕らはこのお爺さんの言葉に吃驚して了ったし、家の猫もきっとそのくらい永生するだろうと思って気が強くなった。今家にいる猫は、二匹とも五つなのだ。これまで家にいた猫は、どれも、どう云う加減か三年以上生きたのがない。猫には人間の一年が四年に当ると云うから、この白い牝猫は二十四の四倍で、人間で云ったら九十六歳のお婆さんのわけだろう。それに、細い爪《つめ》も欠けていないし、髯《ひげ》もしっかりしているし、毛色だってぴかぴかして美しいしちっとも耄《ぼ》けたようなところがなく牝猫特有の小柄で神経の鋭《する》どい表情を持っていて、ポオル・モオランが猫に一番似ていると譬《たと》えたグレタ・ガルボの碧《あお》い眼を僕に思い出させた。

外へ出てから、何かその内あの猫たちにとどけてやろうと話していて、ホテルへ帰ってから僕らは急に家へ帰ることに決めて了った。そうなると、いつものように一刻も落着かなくなって、あわてて荷物をまとめに掛った。自動車まで呼んで置いて一電車遅れたので、荷物だけ出して置きロビイへ降りて、海を見ながら煙草《たばこ》をくゆらしていた。が次の電車までに梅林を見るのもいいと思い、すぐまた車を呼んだ。

熱海へは幾度か来ているが、有名な梅林を僕は一度も見に行ったことがなかった。一月十四日だったが、今年の冬の気違い陽気で梅は満開で、自動車が狭い道を徐行して山ふところへ入って行くと夕方の静かな空気の中に遠くから優しく匂っていて、もう梅林の傍まで来たのが感じられた。

僕らの車の運転手が、この車の停《と》まるところの茶屋に三毛の雄がいますよと突然に教えてくれた。僕は、自分の弱みを云われたように羞《はにか》みもしたが、また愉快になって、それは見て行こうと答えた。三毛の雄は滅多にいないものなのだし、僕はまだ見たことがなかった。

運転手が親切に茶屋へ話してくれたが、あいにくとひる前から出ているとかで猫は不在だった。僕らは梅林を見に入った。僕は世間で名所になっていて見物人の多く行くようなところはたいてい行かないで毛嫌いしているのだが、この山の蔭にある梅林は、夕方で静かだったし、見つけものをしたような心持がした。

「どこか、その辺にいるのじゃない？」と妻は茶屋の猫のことを云い出した。

二人は、馥郁《ふくいく》と匂う、つめたい空気の中に立っていて、もう薄暗くなっているあたりの草叢《くさむら》や石の蔭を覗《のぞ》いて見たりした。

茶屋まで帰って来ると、お内儀さんが背後の小高い崖《がけ》の上に立って、頻《しき》りと猫を呼んでいてくれた。猫はとうとう出て来なかった。また電車に遅れそうなので、礼を云って自動車の中へ入るとお内儀さんがわざわざ猫の写真を出して見せに駆けて来た。

「この猫ですけれど」

やれやれ、一枚上だと思って、僕は苦笑した。写真は、でっぷり肥った三毛猫であった。

〈昭和七年三月・セルパン〉

# 新しい家族

「うろろ、ろあん」

「なアに、それ」

「小説に出て来る猫の啼声《なきごえ》だ」

僕は、読みかけのコレットの「おんな猫」を伏せて、腕時計の顔と相談する。

「八時十分。もう、そろそろ仕度をおし」

シャム猫が来るのだ。友達のコレア君が印度支那《インドシナ》から貰ってくれたのである。猫はエム・エムの汽船へ乗って長い航海の後に神戸に着き、コレア君が「燕《つばめ》」でそれを連れて来るのだ。

「うろろろ、ろあん」

今日の仕事は休むことにしてある。

「フランス人には、こう聞こえるのかね。もっとも、これア五月の晩だから、きっと、さかりがついているんだ。コレットの飼っている猫も確か、シャム猫だったね」

「ええ、そうよ、確か」

「シャムだけが連盟で日本のために棄権したんだ」

僕は起き上り、狭い部屋の中を行ったり来たりする。

「うろろろ、ろあん！」

部屋のボーイが入って来る。

「山田君、ホテルは猫が泊っても構わないね、一晩だけ」

「結構です」

僕は咽喉《のど》まで出て来た、うろろろ、ろあんを呑《の》み下す。

「ふんしを持って来て置きましょう、ボール箱にでも砂を入れて」

「どうか」

髪をいじっていた妻の心配は、もとから内にいる猫たちと、今度来る猫と、うまく行くかどうかということだ。

「小柴さんとこのシャム猫はほかの猫の耳を噛《かじ》り取って了ったわ」

「大丈夫。小猫なんだ」

実は僕も不安に感じる。とにかくこれは虎や鰐《わに》がのそのそ原《はら》っ端《ぱ》を散歩している国からやって来るのだ。

「大丈夫だろう。悪いことをしたら、ひっ叩《ぱた》くことにして、よく躾《しつ》ければいい。仕様がなかったら、庭へ金網を作って入れとくのだ」

三十分経つと、妻はバスケットをさげて笑いながら飛び込んで来た。寝台の上に置かれてバスケットは開ける前から、がさがさと動く。蓋《ふた》をひらくと、耳と鼻柱だけ焦《こ》げたようにくっきりと濃い顔が二つ、きょろりと狸《たぬき》のような顔を出した。ちいさい、ちいさい！　それに何て、とぼけた顔だ。僕は声を揚《あ》げて笑い出す。妻も一緒になって笑い崩れる。

小猫は空色の目を瞠《みひら》いて僕たちの笑うのを見詰め、ぴょんと飛び出す。尻尾と、手足のさきだけ耳や鼻と同じように強く焼いて、あとは見事なぼかしだ。手袋と靴下だけ黒く、ほかは白いマダムが二人だ。落着かない様子であたりを歩いて、さかんに方々嗅《か》ぎ廻《まわ》る。椅子《いす》の足。テーブルの上の本。花瓶の草花。化粧鏡の前では同じ顔の他の猫を見つけて、ぎょっとしたように尻《しり》込み、それから恐る恐る嗅ぐ鼻を寄せて行って、安心する。

「吃驚しているんだよ。船から、すぐ汽車だ」

猫はおっかなびっくりバス・ルームへ入って行く。僕らも跟《つ》いて行き、落ちるといけないから、あわててカビネの蓋を閉める。

「何か食べさしておやりよ」

猫は、白い浴槽《タブ》の縁に手を掛け、内を覗く。コップに水をついでやると、鬚《ひげ》を立てて、さかんに舌を鳴らして飲む。ほかの猫も音を聞いて駆けて来た。喉《のど》がかわいているのだ。

「ミルク！」

こいつだけは確かだ、後は、何を喰《た》べるのだろう。日本の猫のように生臭いものが好きなのか。

「鰹節《かつおぶし》なんて、知らないぞ、きっと！」

「そう……」

猫は、それから本の棚を渡って、薔薇《バラ》の鉢植《はちうえ》へ近付き、青い葉を見て棘《とげ》に刺されて驚きながら、二三枚、嚙んで了う。

「船の中で青いものが不足したんだな、薔薇は毒じゃないか？　サラダだったら……」

抱いて見ると、暑い国の生れだけに毛が短いし、たくましくぶりぶりした筋肉の感じが、すぐに指に伝わった。小さいくせに手も足も発達している。やがて元気になり二匹でじゃれだすと、抑えていられないくらい強い力で、はね廻り、駈け出し初めた。紐《ひも》でじゃらすと、それを咥《くわ》えて、首を持上げて、ずるずると曳《ひき》ずって行く。もう一匹が飛び出して来て、動く紐を抑えつけ、これもくわえて、綱引をする。

「寝ろよ。もう二時だ！」

寝るどころか、棚の本を大きな音をさせて蹴散らした。

「バスルームへ入れちまえ」

啼くのだ。うろろろ、ろあんじゃない。近所の部屋はどこも睡っているのに、大きな声で、にゃオにゃオと、悲しげに啼く。開けて見ると、ドアのところに二匹並んでいる。

「寝ろ、こいつら」

僕は、一つずつ頭を殴ってやる。電灯をすっかり消して見ると、流石《さすが》におとなしくなる。こいつ、ソファの上に永々と手足を伸して、気のせいか映画にある虎のような形で寝る。

「間違って、こいつがライオンの子だったら大変だなあ」

と僕は呟《つぶや》く。

「大丈夫ですよ。こんな気のきいた毛色のライオンはありませんわ」

「なんて名にする?」

「さあ……」

「アラヤ殿下」

「いや!　そんなの」

「コレットのはサハアだが……」

猫はホテルから鎌倉へ運ばれて来て十日になるが、まだ名がない。呼ぶ時は、アバレといわれ、自分たちもそいつが名前だと思って、すぐに駈けて来る。

〈昭和九年五月・東京日日新聞〉

# ホテルの猫

来世は猫だ。と考え初める。遽《にわ》かに私はペンを置き、軀《からだ》の細長い白猫になって、軽く椅子《いす》から飛降りる。煙草の煙のこもった部屋の空気が重くなったから、ながながと伸びをして、ドアを抜けて真夜半のホテルの長い廊下へ出て来る。人なんかいないのだ。終夜灯が薄暗くともり、並んだ客室の、閉ざした戸口の前に、客の靴が磨いて置いてあるだけだ。私は隣りの部屋の、満洲へ自動車を売りに来ている亜米利加人の靴の側まで行き、革に残った人間の足の匂いを嗅いで、また歩き出す。

夜番が歩いて来た。廊下は明るいのに丁寧に角灯を持って、こつこつと階段を登って来る。酔った客が帰って来たのなら昇降器を唸《うな》らして登って来る。亜米利加人の靴の蔭でも隠れるのに充分でないと知ると、私は咄嗟《とっさ》に手足をいそがしくして走り出す。裏梯子《うらばしご》の下を覗いて見て、ここでも見つけられると見てから、不用の椅子や卓を積んである部屋へもぐりこむ。

夜番の足音が通るのを聞いている内に、埃の匂いのする奥の方から仲間の猫が青い目を光らして出てくる。私たちは警戒しながら近寄り、鼻をうごめかして嗅ぎ寄ってから、お互に他意のないことを確かめる。

一体どのホテルにも、屋根裏や物の蔭に私たちの眷属《けんぞく》が多く住っていた。肉の匂いが、附近の猫のルンペンを集めて、人の住居と違い、安心して隠れていられる場所が沢山あるのを教えてくれる。トンネルのような東京の帝国ホテルでは百匹あまりも、あの大谷石の彫刻の蔭に潜んでいて、年々猫狩があって何十匹か犠牲になるのだが、すぐとまた、その犠牲者の倍ぐらいの数が殖えるのだ。ここのホテルでは比較的少いが、それでもボーイ達の考えているよりは遥かに大勢いる。ボーイなんて、人間の古い習慣を未だに捨てないで夜は睡るから、夜のホテルは私たちの世界だ。私と、その虎猫とは、一緒になって、客用の大階段を降りて行く。

ロオンヂ。

シャツ一枚の小使が絨氈《じゅうたん》を巻いて、床を掃除している。私たちの仲間に、又一匹加わった。これは観光客に高く売りつけるつもりで、弁天通りの骨董《こっとう》屋が据えつけた銅の大仏の蓮華《れんげ》の蔭から出て来た。皆して、料理場《キチン》へ行こう。あすこの大きなごみ溜《ため》には、海老《えび》の尻尾がある。客が皿に余した肉がころがっている。バタのついたパンもある。満腹したら、ソファの上でもいい、スチームの脇でもいい、めいめい居心地のよいところを探して、ゆったりと香箱を作って睡ろう。私たちは明日の仕事のことを心配しなくてよい。親や兄弟のことで頭を煩わさなくていい。子供が不良になろうがもう一向に関係がない。まだ寝るのに早いと思ったら、夜気の中に藤《ふじ》の花の匂っている庭へ降りて行こう。もっと遠くへ行きたかったら、道路を横切って公園へ入り、港に来ている船の灯を眺め、真夜中の噴水の囁《ささや》きをいつまでも聞こう、私たちには、区切られている時間なんてない。星は光るし、海は皺《しわ》を寄せて動くだけだし、天地は実に悠久だ。

私は、もとの階段をことこと昇って部屋へ帰って来る。

壁の鏡で見た私は、いつものように襟飾で喉を締め、ペンをつかんで、やつれている。猫はと見ると、羽毛布団に柔かく軀を沈めて、よく睡っているので、私もそこへ顔を寄せいつもするように優しい手ざわりを指の腹に味いながら、目をつぶって、やがて窓の外の道路に早出の人の足音が聞こえる時間ではないかと、そっと考えて見る。

〈昭和九年六月・玉藻〉

# 猫の猟師

三味線屋の主人が来て猫の猟師の話をした。三味線に使う猫の皮を剝《は》ぐ商売である。

「どんな顔をしているって？　それアいろいろですよ。大島なんか着込んで立派な髯をはやした、まあ、ちょっと見たところお役人て云うような人もいるんです。仕事はそれア上手なものです。猫を見つけて、懐ろへ入れてから十間と歩かない内に、皮にして了うんですからね、薄刃の、とてもよく切れる刃物を持っていて、懐ろの中でむいて了うんです。頸《くび》から上と手足のさきを残して、血一滴もこぼさずに上手にやるものなんです。こう云う話があります。やはり内証の商売のことですから猟師が来れば、小遣いをやったり一杯飲ましてやるんですね。私の知っている三味線屋の旦那《だんな》ですが、蕎麦《そば》屋か何かへ連れて行って飲ましてやっていると、チャブ台のところへ当歳の可愛らしい白猫が出て来たので「おや、可愛いね」と云ったんです。猟師も見て、へえって云ったって云うんですがね。暫く経ってから食物をやるつもりでチャブ台の下を見ると、居た筈のものがいないから、どこへ行ったろうって云うと、猟師の男が妙な笑い方をして黙って懐ろを指さして見せたんですって。懐ろへ入れちゃっているんですよ、ええ、もう殺して。ほかに客もいることだし、旦那の方はもう怖《おそ》ろしくて居たたまらなくなり、汗ばかりかいていたって云いますがね。猟師は平気で飲んでいて、外へ出てから旦那があまり酷いことをすると云おうと思っていると、もう、ちゃんと皮にして懐ろから出して、「御馳走《ちそう》さまで御座いました。これは、お邪魔で御座いましょうが」――って、くれたんですって。あんな、気味の悪い思いをしたことはなかったたって云うんです。

その癖、手前たちの家へ行って見ると、自分の猫を飼って可愛がっているんだから、おかしいんですよ。一度仲間がこれを剥いだのから、薄刃を振りまわして大立廻りに成ったことがあり、二人とも警察へひっぱって行かれました。自分の猫は別なんですね」

それから、僕の家の猫を見て、

「さあ、この猫なんか、年寄りだから、もう、義太夫の三味線ですね」

〈昭和十年一月・短歌と方法〉

# 猫々痴談

小学校に入りたての時分、横浜から牛込の東五軒町へ越して来たら前の住人が置き去りにして行った雉猫《きじ》がいた。荷物もまだ片付かない家の中へ黙って入って来て台所の板の間に蹲って離れなかったのを飼うことにした。もう、かなり年をとっていたが、僕の家になってからも五六年いた。その後芝の白金へ引込す時になって行李《こうり》へ入れて連れて行った。それからも一年ぐらい生きていたろう。僕が飼った最初のものだった。年をとって、まるい顔が四角くなり、ものぐさくなって、焜炉《こんろ》の脇に寝てばかりいた姿が今でも少年の日の記憶の中に蹲っている。冬になると必ず僕の床の中へ入って来て寝たし、僕が外から帰って来ると、足音で玄関まで迎いに来たくらいよく馴れていた。死んでから女中が鍬《くわ》で庭の隅へ埋めた。遊んでいる最中に「たま」のことを思い出すと、僕は、誰にも見つからないようにその墓へ行って土を撫《な》でてやった。僕と猫との交渉はこれから始まっている。三十年の間に何匹の猫が僕の家にいたろう。鎌倉へ移ってからの十五年の間だけを算《かぞ》えても、どうやら五十匹はいそうだ。散歩のたびに捨猫があると拾って来る。それから、僕が猫好きと知れてから、垣根の下から猫を突込んで行くものがある。うんざりしながら、ずるずるに置いて嫁入口を考えてやる。

「一匹で沢山だがな」

と、さすがの僕がこぼす。僕の家へ来た時、極端な猫嫌いだった妻が今では僕の病気に感染してしまったのを幸い専ら猫の係をさせて置く。リムスキイ・コルサコフの自伝を読んでいたらイゴル公の作曲家ボロヂンがやはり、家庭を捨猫の収容所にして了っていたことが書いてあった。「困るよ、困るよ」と、こぼしながら、コルサコフが訪問して見る度に新しい猫が客間のピアノのぐるりを駆け廻っていたというのである。

今、僕の家には大小九匹いる。猫をくれないかという人があると、思わずにやとしてしまう。難有の大旦那だ。その癖、スキーに行って雪の山の中にこもっている時など、家のことで第一に考えるのは猫のことなのだ。本とレコードのことがその次に頭に泛《うか》ぶ。旅先でも、少し、滞在が永くなると、君のとこに猫はいませんかと尋ねる。うまくいてくれれば幸福なのだ。酒場でも、猫のいる家は楽しい。ジャン・リシュバンだったろうか、自分の恋した数々の女の名前だけ並べて洒落《しゃれ》た詩を書いた詩人がフランスにある。たま、ふう、小とん、頓兵衛、アバレ、黒、と並べたのでは詩にもなるまいが、僕は避け難い自分の臨終の数時間の静かな時を、自分の一生に飼った猫のことを順に思い出して明るいものにしたいと企てている。自分の描いた駄作の数々を思って苦しむよりも、この方がどれだけ幸福だろう。寝坊をしてお釈迦《しゃか》様の臨終にも間に会わなかったくらい冷たいエゴイスムに美しくこもっている猫どものことだから、無論、僕が来世へ向っても出迎えに来るなんてこともあるまいが、集まったらこれは壮観なものだ。考えて見たまえ、彼等の整列している間を僕はヒットラーのように勇ましく閲兵して歩く。シャム猫、ペルシャ猫、とら猫、野良猫、いや、考えるだけでもちょっと楽しい。

○

『ニューヨーク・サン』の「猫事相談」——そう云うものがある、その係だった猫道の権威エレアナ・シムソンの近著『猫』を読んだら、日本猫のことで次のようなくだりがあった。こう云う事実がどこか田舎にでも有ったのだろうか。聞いたことがないから、疑問として持出して置く。日本ではキモノを着た女の形の斑《はん》点《てん》が背中にある猫が生れると、その猫に飼主の祖父か大伯母の霊がこもっているものと信じて、寺へやり、大切に育てる。

こういうキモノ猫は決して人にやるものでなく、また厳重に外国へ出さない。ところがこの世紀の初めにこのキモノ猫が一匹英国へ渡ったことがあった。牝《めす》猫だったが、支那人の下級船員が盗み出して、英国船へ持込んだわけである。船長は、猫のいた寺の住職に返そうとしたが、民衆の激昂《げっこう》が甚だしいのを知って、猫が船にいるのを知らせるのは危険と見た。そこでこのキモノ猫は英国へ渡り、さる家族の持物となってブットネエに落着くことになり、キモナと名をつけられた。キモナは不思議なくらい人間臭い猫で、物の好悪を実にはっきりさせた。獣肉だけを食し魚にも野菜にもミルクにも決して口をつけなかったのである。

キモナは千九百十一年に死んだが、その少し前にヴェレイ博士が写真を撮って「キャット・ゴシップス」の中に掲げている。なるほど背中の斑が、肥った女がキモノを着た姿に見えぬことはない。

写真まであるというのだから、キモナが英国へ渡ったことは事実なのだろう。日本猫が洋行して記録に残ったことはこの猫だけかも知れないが、明治も四十年代に民衆的憤激を惹起《じゃっき》したほど根強いこんな俗信が日本にあったろうかと、ちょっと首をかしげる。

ところでシムソン嬢の本には、別にこういうことが書いてある。

「千九百二十九年七月十四日のロンドンサンデイ・エクスプレスを見ると、日本では最近またもやナベシマの猫が上陸し（？）昔のサムライの子孫である婦人に害をしようとしたと云う記事が掲げてある」

冗談じゃない、一九二九年ならば昭和の御代なんだが、実に英国でもアメリカでも日本のことを精確に知っているものだ。もっともフランスの新刊のラルース大辞典でも東郷元帥は明治天皇の御大葬の時、見事にハラキリをやっているのだから、ちょっとがっかりする。ただこの化猫の伝説というのが、今日もどれだけ日本の猫に祟《たた》っているかわからない。犬はいいが猫は可怖《こわ》いという人たちに、キモノ猫の話は笑えないはずである。

○

猫の種類の中で一番豪奢《ごうしゃ》な感じを抱かせるのはやはり毛のふさふさと長いペルシャ猫であろう。が、一番シックなのは、カット・グラスの色で染められたシャム猫だ。コレット夫人の愛猫もこれだが、大体、フランス人の好みによく適っているように見える。アメリカに流行し始めたのは一二年前からだ。この猫は生れた時は、全身がクリーム色をしているが、育つにつれ耳とか鼻面とか、尻尾、手足のさきなど軀の飛び出した部分から写真の乾板のように感光して来る。その色がカット・グラスの焦茶色で、チャイニーズ・ブリュウの目の色と、実に見事な色の調和を見せている。感光の度合は育つにつれ深くなる。こんな不思議な猫はいない。ほかの猫に比べると野性が強くて、細い癖に筋肉がよく発達し、暴れ出したら人間の力で抑えきれないくらいぶりぶりしている。僕のところに来た二匹もあまり暴れるので、いつの間にかアバレという名で呼ばれることになった。女の方は、アバ子というのだ。

アバレの方は、原産地の風土病らしく月に一度ぐらいずつ、死ぬかと思うほど、猛烈にひきつけた。地面に文字どおりバウンドしながら苦しむので最初は吃驚させられた。熱帯の生れで、毛も短かかったが最初の日本の冬で急性肺炎を起して死んで了った。今は雌の方だけ残っていて、これが日本猫との混血児を生む。アンドレ・ジイドもシャム猫の雌だけ飼っていて、生れる子が三匹の中の一匹ぐらいは母親のとおりの毛色だと何かに書いていたが、僕のところのは、とんでもないのを時々生む。しかし全身がカット・グラスの焦茶色の猫が二匹ぐらいずついる。日なたで見ると、争われないもので、顔だけ面をかぶったように黒いから、おかしい。今、僕がペンを取っているソファの隅に二匹で抱き合っておとなしく寝ている。一匹はジャングル・ブックに出る美しい黒豹《ひょう》のようだから、その名を取ってバギイラという。一つは「お茶」という。最近に生れたのにも、この種類が三匹いた。これは片岡鉄兵君、相馬基君のところへ行くはずだ。別のは吉原のお茶屋の鈴木上総屋へ貰われて行く。お母さんがシャムの生れで子供が吉原の京町から江戸町へ通う辞事をやるわけである。

小とんと云う芸者にでもありそうな名の白猫は取って十歳だ。目方は二貫目ある。日本猫らしいおおまかな、のどかな気性で、十歳にもなると、人の顔も覚えているらしく往来で逢《あ》うと啼いて挨拶《あいさつ》する。家の者には犬のように一、二丁はついて歩く。出入りの戸も前肢《あし》を使って自分であける、早く化けろ、小とん、と僕はいいきかせている。手拭《てぬぐい》をかぶって踊れるようになったら、新橋あたりへ出してやろう。僕の悪口をいう批評家でもあったら、鍋島《なべしま》の猫のように宙を走って仇を討ってくれるかも知れない。御用心、御用心。

○

近ごろ、僕ら夫婦が困ったのが、鎌倉へ自分たちで入る墓地をこしらえ、猫の墓も同じ場所に作ってやったところが、兄貴夫婦が御上使になって来て、八十になる母親が猫とは一緒に入れないから、私が死んでも鎌倉へ埋めてくれるなといっていると難しい話になった。仏の目には猫も人間も同じだという僕の確信は、安政生れのお母さんにはどうも通じない。

「お前、畜生だよ」

猫の墓は引越した。僕のヒットラーの夢も、どうやら覚束ない。

〈昭和十一年五月・ホームライフ〉

# 藤の花と猫

書斎の東の窓際に寝台を据えさせ、ペンを取らぬ折は、その上に寝転んで勝手な読書に耽《ふけ》るような癖がついた。新しく来た女中などは、いつも寝ている僕を、病人かと思うらしい。しかし軽い寝具の暖味《あたたかみ》が体をつつむのを楽しみながら、物を読んだりひとりでぼんやりと考えたりしている時間は一番幸福な時である。床《とこ》の上から手を伸せば届く範囲の机は、読みたいと思うか読んだ本で埋《うず》まっている。疲れて目を窓の方に移すと、顔の上に青空がかぶさっている。庭は狭いし何の技巧も施してない。山藤《やまふじ》の棚があるのと、四季の花木が僅かばかり植えてあるだけである。怠けている時と云うものは楽しい。書斎は中二階となっているので、母《おも》屋《や》の屋根がすぐ目の前にあり、藤棚もこちらの窓の高さとすれすれになっている。枕《まくら》に頭をつけたまま僕は、藤棚を横手から眺めていられる。山藤だが花は白くて花弁が大きい。今が花のさかりだが、晴れて光の強い日よりも宵闇《よいやみ》の裡《うち》か、または梅雨《つゆ》がかった空の明るい鼠《ねずみ》色の雲を地にして、この群がる白い花のしっとりと明るいのを見るのは心地よい。僕の家の猫は、自由に幹をつたわって登って行って、この花の雲の中に自由に出没する。いつも、十四から十五匹ぐらいいる猫の一族である。客に言わせると壮観だと云う。

床の中にいて、主《あるじ》は苦笑いする。頭の片隅でぼんやりと、ここにある本を叩き売り猫の一味を何とか処分して了わなければ俺《お》れは決して佳《よ》いものは書けない。こう考えて眺めているのである。久しい以前から猫族《びょうぞく》の跋扈《ばっこ》に対して主はクウデエタの必要を感じている。ここの家は人間の家ではなく猫の家になった。これでは、どうもやりきれぬ。猫は、ここの主の小心で弱い気質の反映なのである。つまり、見てあまり愉快でない自分の顔を、いやでも見せつけようとして鏡のように猫がいるのだと。

その一匹が主の寝ている寝台の上に攀《よ》じのぼって来る。小さい可愛らしい奴で、ごろごろ喉を鳴らして主に媚《こ》びる。焦茶色《こげちゃ》の毛は絹のように柔かくて光沢がある。前肢《まえあし》を腕にもたれさせて置くと、信頼のこもった様子で、静かに体の重味をかけ、目をねむって休む。主の心に物騒なクウデエタの計画があろうなどとは夢にも考えない安心の仕方である。可愛らしく喉を鳴らしている。

動物好きで心も優しい方の主でさえ考える。一匹の猫はよい。十五匹は、どう考えてもいかんな。

　その癖、ここの主人は外に出て、汚ない路地などで、猫が取り澄した顔付でいるのを見つけると、何となく嬉《うれ》しく思い、振返って道を通った。にくたらしく大きい野良猫に出遇《であ》っても、その大きさに滑稽《こっけい》が感じられ、おいと声を掛けたり、悪気はなくおどかして通り過ぎる。よく歩く町の、どこの家《うち》にどんな毛色の猫がいるかも大体記憶しているのである。仕事の関係で家を離れている間や旅の最中にも、猫のいる家を見ると足を停めて、「ほう、いたね」と云ったような表情を泛べる。竈《かまど》の墨《すみ》でどんなに汚れた猫でも彼は好きだった。仕事を始めると極端に無口になり、殆ど怒りっぽく成っている。そんな時、彼を悦《よろこ》ばせる相手は猫だけだった。猫が人間のように口をきかないのが彼の気に入っていた。黙って猫と遊び、けわしく成っている心が幾分かやわらげられるような心持になる。人間の心持を理解する智能《ちのう》を持った犬には、この役はつとめられなかった。猫が人間に冷淡なので、好きなのである。どんなに幸福そうに見える者も、人間である限りは酔うかごまかさぬ限りは孤独なものだと教えてくれたのも僕の猫である。ほかの動物の全部がお釈迦様の臨終を囲んで泣いたと云うのに猫だけはどこかで日向《ひなた》ぼっこをしていたのか虫を追って遊んでいて考えなかったのか出て来なかったと云って非難されている。お釈迦様の臨終と云うような重大な瞬間に居合せなかったことを勝手に人間が猫の落度としたのである。としてもこの怠けっぷりは可憐で美しい。またエゴイスティックな小動物が決して偽善家でないと云う証拠にもなるように思われる。知っていても猫はアンリ・ルッソウが好んで描いたような青い熱帯の森の涼しい草の中に柔かく前肢をまるめて折って坐《すわ》り、ひとりで静かに大きな蝶《ちょう》の夢でも見ていた方が仏の御心にかなっていると信じていたのではないか?

うとうととして目を醒《さま》すと、空の夕陽が屋根瓦《がわら》に映っている。単調な瓦の色が一日を通じて、さまざまに変化することを知ったのも僕が猫のように床《とこ》の中にもぐっている間のことだった。藤の花が微《かす》かな風に動いている。屋根の上を、よその猫が悠々と歩いて通る。どこから通って来るのかと家でも疑問にしているのだが、この四五年よく遊びに来る大きな虎猫である。いつの間にか、この猫には赤と云う名まで、僕の家でつけた。内の小猫どもを虐《いじ》めたり家の中へ這入《はい》って来てわるさをする時は叱《しか》りつけたり追出したりするが、おとなしくしている限りは他《ほか》の近所の猫と同様に勝手に遊ばして置いてやる。この寛大な待遇に慣れて用がないと僕の目の前の屋根の上によく体を伸ばしたり、蹲ったりして睡《ねむ》っている。姿を見せないと、赤はこの頃自宅《ごろうち》へ帰っているんだなと噂《うわさ》が出る。その赤が屋根の棟に坐り夕焼雲を眺めている。生真面目な風采《ふうさい》が、静かに眺めていて微笑をそそり何とか声をかけてやりたいような気持になる。

「赤」

と呼ぶと、警戒するような様子を覗かせながら振返って、こちらを見る。それ以上猫と話す話題も考えつかないのである。赤の方から云っても話す術がないのだ。こちらに害意がないと見ると、瞳《ひとみ》を閉じ、夕方の空気に屋根瓦が冷えて行くのを足の裏に覚えると、また悠々と屋根を横《よこぎ》り、庇《ひさし》から近くの木の枝に軽く移って、どこへともなく姿を隠すかと見ると、物の煮たきの匂いのする台所へ廻って女中に追われている様子だった。近頃の、この家に懇意な客の一人である。

十五匹いる家の猫には、喧嘩《けんか》をしないように、食事の時、十五の茶碗《ちゃわん》を並べてやる。猫はなかなか大食家だし、先を争うから整理が大変である。大猫小猫十五匹だ。外から入って来た人は、この食事時の壮観を見ると吃驚《びっくり》する。クウデエタを考えている主《あるじ》は、弱ったな、弱ったなと云う。この調子ではまだ殖《ふ》えるだろう。貰って可愛がってくれるひとがあると助かると思っているのに、この家ならば拾ってくれると見て、こっそり小猫を垣根の内に押込んで行く者が多い。なるべく、きれいに見えるように色リボンなどを頸《くび》に巻いて捨てて行ってあるのを見ると、捨てるひとの心も思いやって、ついまた拾って育てることに成る。三匹四匹とまとまって捨ててある時などは、うんざりする。妻もまた、それに慣れた。生れたての小猫の茶碗から乳を吸う力もないのを見ると人間の赤ん坊の使うゴムの乳首《ちちくび》を買って来て乳をふくませ、一々吸わせてやるのだから手数《てすう》である。クウデエタはなかなか行いにくい。これだけ沢山いる中から一匹ぐらい化ける奴が出てくれれば見世物にでもしてやるんだがと、廊下に整列している猫の大群を見廻して主人はやけな意見を持出す。

自分の弱点を生き物にして見せつけられているようで、いまいましいのである。白い藤の花が早く咲いたものから雪のように土にこぼれる。庭の籐椅子に睡っている黒猫の背中にも、それが散っている。

猫は平気で睡っていて静かな呼吸とともに浮き沈みする深々とした毛の上に、小さい花を乗せたままでいる。

〈昭和十四年六月・新女苑〉

# バイコフ氏の猫

木村荘十二君が横道河子の近くにあるロマノフカの村を見に行って戻って来たのと、ハルビンで偶然に出会って、いろいろと村の話を聞いた。あの辺のロシヤ人は今でも狩に出て一月あまりも人跡稀《ま》れな山奥に入って暮らすのが通例のことに成っているという。木村君が寄った一軒の農家でも、薬屋に売れば何千円になるとかいう見事な鹿の角を見せてくれたということだった。

僕らは「偉大なる王《ワン》」の著者バイコフさんを馬家溝の住居に訪ねる途中だった。バイコフさんは隠《しの》居した今でも自分の署名に加えて、「老いたる密林の男」と若かったころの昔を偲んで書いて見せるそうである。

「熊《くま》の子だの、豹《ひょう》の子供だのいろいろの小動物を育てた経験を書いた著書もありますよ。今も犬や猫を飼っている。この間誰れか訪ねていって何も知らずに話していたら、やはりバイコフさんの飼っている大きな蛇が、いつのまにかテーブルの上へはい出して来たので真青になって驚いたっていいます」

というのは、バイコフさんのところへ案内してくれようという新妻さんの話だったので、僕は驚いて立ち止りかけた。

「バイコフさんの家へ入る前に、その蛇をしまって貰うんですね、いくら慣れていても蛇はいやだな」

「大丈夫ですよ。このごろは出してありませんよ。まあ……たいていのお客は、いやがりますから」

もともと僕は、「偉大なる王」の翻訳を読んだからといって、バイコフさんのような老人の清閑を妨げることは本意ではなく、親切に友人たちに誘われても一応は辞退したところだった。蛇までが家の中にいるのでは、「密林の男」と僕とでは、どうやら、あまり好みが離れ過ぎているように思われて、いよいよ躊躇《ちゅうちょ》した。

しかし、訪問の時間は、もう先方に通知してあった。ロシヤ風に、ひとまたぎにまたげそうな低い板垣の外で自動車を停め、これも押したら倒れそうな木の門から順に入って行くと、本の口絵の写真で知っているバイコフさんは奥さんと全家族で玄関に迎いに出ていてくれた。その玄関の真前には洗濯したシーツが風に煽《あお》られながら干してあった。ひとつ囲いの中に三軒か四軒の質素な家があってその一軒がバイコフさんの家で、玄関も隣りの入口と並んでいる。廊下に入って右側の狭い部屋に僕らは招じ入れられた。せいぜい八畳ぐらいの部屋にテーブルを置き、僕ら日本人の訪問者は八人だった。バイコフさんだけは腰かけたが、奥さんと娘さんにはもう椅子がない。僕も椅子を動かして腰掛けると背中が後の壁に着き、動くのがやっとだった。壁にはもとのロシヤ皇帝と皇后の御写真のほかに一家の古い写真の額がいろいろとかけてある。隅のところにはまだ小児のキリストを抱いた聖母マリアの像を掲げて古い真鍮《しんちゅう》の灯明が吊《つる》してある。奥の部屋との境には扉もない。覆布をかけて綺麗《きれい》に片づけてあったバイコフさんらしい寝台が覗いて見える。

ひどく暑い日だった。老いたる密林の男は一向に汗をかかなかったが、僕はたちまち拭《ふ》いても拭いても吹き出して来る汗の玉にすっかり悩まされた。こう暑い思いをするくらいなら、粋狂に人を訪問して来るのじゃなかったと後悔したくらいである。話すことだって別になかった。ただこの特異な老作家に向って、日本の文士の一人として敬意を表したい用意があっただけである。こう暑くては不機嫌になるだけで、普通の挨拶《あいさつ》の言葉もちょっと出にくい。僕はわれわれの同胞に有勝ちのその場限りに露骨なファンの熱情というのが嫌いな性質である。ロシヤ語も無論話せないから、無愛想に見えても仕方がないと思い、連れと話しているバイコフさんの顔を黙って見まもっていた。菊池寛は、バイコフさんに会った印象をフランスあたりの文豪にありそうな顔と書いていたが、そういった洗練された味は少しもない。フランスの文豪は名のある人ほど皆髪の毛一本についてもお洒落《しゃれ》で、菊池氏も会って知っているクロオド・ファレエルなどは、年をとってもワグネルの楽劇に出る神々の一柱のように堂々たる風貌《ふうぼう》を作り上げて作品の甘いところを巨匠らしいマスクで補充しているが、僕の見たバイコフさんの髯と来ては、一本ずつ方角が別々でまるで密林のようである。それよりも、見ているうちに、灰色の目の光り方など段々と、バイコフさんがペンで手がけた虎に見えて来るような感じがして来たのは奇怪である。戒律のやかましいお寺の坊さままでが、お洒落で床屋へ行くのを欠かさないフランスの文豪などとはとんでもない、バイコフさんは正しく満洲の老爺嶺《ろうやれい》の虎である。密林の男が年をとって仕方なく背広を着てネクタイを結び、人間の社会の習俗に入ったというだけのもののようである。文士になったのは近ごろで、もとは軍人で北満の山猟師だったといおう。ひょっとすると、この方がバイコフ氏には名誉ともなろう。

二こと三こと、通訳を介して、僕は、バイコフさんと、ひととおりの会話を交えた。それからつい面倒臭くなったので、お宅に猫がいたら見せていただきたいと申入れた。猫と来たら、僕は抱かして貰ったら一時間でも二時間でもおとなしく一緒に遊んでいられる。

バイコフ夫人が通訳者の言葉に笑って、猫は家にいないと答えた。するとバイコフさんが、つと立って、私の猫を連れて来るといって奥へ入って行った。夫人も不思議に思ったように見送っている様子から見て、僕は動物好きなバイコフさんが隣りの猫でも借りて来てくれるのかと思って待った。

間もなくバイコフさんは、自分の猫を抱えて出て来た。これは胴体がなく顔だけの剝製《はくせい》だったが、それだけで大きな成人の両腕で抱えてやっという、世にも巨《おお》きな虎の頭部を剝製にしたものである。頭の斑が明瞭《めいりょう》に、王大の二字を漢字の形で、そのまま示した。

「王《ワン》。私の小猫《コーシュカ》」

と、バイコフさんはウィリアム・ブレイクの詩にある虎のように、燃えさかる炬火《きょか》のように輝いた顔色をして云った。いうまでもなく、これは「偉大なる王」の主人公だった密林の王でバイコフさんが射止めた巨虎の雄大な形見であった。頭だけで、誇張なしに四斗樽《だる》ほどの大きさがある――虎にこんな大きいのがあるとは考えも及ばなかったことだ。王はたしかに「偉大なる王」だったのである。小説で読むよりも、はるかに大きい王だったのである。

「なんだ！」

と危うく僕はバイコフさんに向って叫ぶところだった。

「密林の王、王《ワン》を射止めたのは、バイコフさん、あなただったのですか」

僕らの一せいの驚嘆を見て取って、褒美を貰った小学生のような顔付をしていたバイコフさんは、「まだあるぞ」というように、また何か取りに奥へ入って行った。得々と抱えて出て来たのは丁寧に糸で結んだ一重ねの画用紙だった。これはバイコフさんが描いた画でなく、大連の日本人の小学生がバイコフさんの子供のために書いた虎の話を読んで、自分たち各自が虎の絵をクレヨンで描いて、未知のバイコフさんのところへわざわざ届けて来たのである。

七十になるバイコフさんの顔は若い虎のようにまた輝き出した。バイコフさんは、他人の手を借りないで、その画を一枚ずつ胸のところまで上げて、僕らに見せる。一枚が終ると、丁寧に蔵《しま》って、またその次の一枚を見せてくれる。こちらがもういいという顔をするまで、決しておろしはしない。画は自由画で、うまいのもあったが、下手なのもある。草の中に坐っている虎がいるかと思うと、夜の森の中を歩いているのがある。小学生が空想だけで描いた虎である。画として見ても楽しかったが、それよりも機械のように単一な動作をくりかえして画を見せるバイコフさんの顔の表情だった。僕らの方に画を向けながら自分も髯だらけの顔を傾けて恍惚《こうこつ》と画を上から覗き込む。それから同感を求めるような目の色で僕らの顔を見廻す。たしかに、虎は藪《やぶ》の中にかくれる時、こういう形をする。こうもいい添える。新しい画を取上げるごとに、バイコフさんの灰色の目が、燠火《おきび》が息をついてまた燃え出すように、うるみながら輝くのである。

烏帽子《えぼし》をかぶった加藤清正の虎退治の画が一枚出て来た。バイコフさんは、ただの原始的な猟師だと思い込んでいたらしく、連れの一人が説明すると、興味深げに耳を傾けて聞いた後に、それはいつごろのことかと尋ね、いや、そのころにはたしかに朝鮮にも虎がいたはずだという批評なのである。あまり画の数が多いので途中でやめるのかと思っていたら、全部で五十枚もあるのを最後の一枚まで丁寧にバイコフさんは見せてくれた。全部が終ると自分でまた紐を結び、大切そうに抱えて蔵いに立った。靴の音が奥の部屋へ消えると、バイコフ夫人がいった。

「私たちには、触らせません。バイコフ家の宝だと申しております」

外へ出てから、僕らは、長谷川君が本を買う用があったので、一緒にザイチェフ書店へ寄った。ここはバイコフさんの本を出版している店だが、およそ本屋というものの概念からは遠く、往来から離れて、ジャスミンの白い花が咲いている庭の奥深く玄関があった。新しい本を陳《なら》べた棚の前に、二人のロシア人の事務員が働いていて、その一人が雄弁に僕らの話相手になった。ロシヤ人は黙って聞いていると実に話し込むのが好きである。その男から聞いたことだったが、バイコフさんの本なども、僅か五百部刷るだけで、その内ハルビンで売れる分が百部を出ない。ハルビンに読書階級はもういないのである。残りの四百部を、フランスやチェコ・スロヴァキアの亡命露人の読者に向ける。しかし今度のヨーロッパの戦争で、その道も塞《ふさ》がった。こういう話であった。

〈昭和十六年七月・週刊朝日〉

# 猪熊氏と雑巾猫

　初めて猪熊君に会った頃、朝日新聞の渡欧機「神風」が帰った直後だった。猪熊君は、「神風」を迎いに羽田へ行った話をして空に神風が見えた時、涙が出ましたと私に話した。あまり無造作で素直な口のきき方だったので、私の方が驚いて目を上げた。あの時代の日本人の知識人と云うものは、神風のような一つの時期を画する事件に対しても、そう単純な態度を見せるのを憚《はばか》って、超然と冷淡らしく見せるのが一種の流行だった当時なのである。新鋭の画家として眺めていた猪熊君が不意と普通の調子で、こう云い出したのが、やや意外のことのように思われたのである。群衆で混雑するときまり切っている羽田へ、わざわざ人に揉まれに行ったと云う熱意も、インテリゲンチュアと云う、観念で彩られた種族には稀《ま》れなことだったのである。同じくその時、僕の顔はエノケンに似ているでしょうと猪熊君は云った。エノケンのように皮膚がかさかさしていなかったが、目や眉毛《まゆげ》のあたりは確かに似ていた。当人がそれを面白がっていた。

私などが見ているよりも猪熊君はエノケンの顔を高く評価しているのかも知れない。私の家にサイゴンからエムエムの汽船へ乗って来たシャム猫の牝がいる。御亭主もいたのが早く死んだので、雑種の仔《こ》猫を生む。その中に時々形容の出来ない困った毛色の大雑種が生れて、どう見ても薄汚くて可愛くないで人に貰って貰いようがないので苦しむ。つぎはぎだらけの毛色なので、雑巾《ぞうきん》猫と内でも呼んで自分たちで飼うより他はないと迷惑しながら諦《あきら》めている。この猫を見てこれア面白いですなあ、と感心し、是非とも欲しいと云い出したのが猪熊君であった。芯《しん》から猪熊君は感心して、目を細めて、これアいいですよ、これア可愛いですよと云い少しも嘘《うそ》を云ってはいないらしいので反って僕らをまごつかせた。従軍の後でコレヒドールの廃墟の話をして、想像するだけでも荒涼としたものに思われる破壊のあとを、嘗《かつ》て見たことのない不思議な美を持ったものとして話してくれたのも猪熊君であった。爆撃に依って生きた草一本も残っていない惨憺たる破壊の跡なのである。全部がどす黒い中に落ちている煙草の空鑵《あきかん》のレッテルの色がたとえようもなく強烈で美しい赤い色をして日を受けている。その話をする時、猪熊君は目を輝かしている。真実、美しいものを見た時の画家の目なのである。煙草の空鑵の色が、花よりも深く紅い色をして映っているのである。猪熊君が画に描いて見せてくれると、私たちはなるほど美しいと納得する。人が顔を背向けるものの中に、この画家は確実な眼で美しいものを発見しているわけなのである。まだ汚れていない子供の眼のようにこの人の目は無邪気に物を眺めて狂わないのだ。

向い合って話していて感じることは、猪熊君の心の中にいつも童話が在ると云うことである。その童話も素朴で健康で無邪気な性質を持ったものだ。童話と云うよりも、神話と云うべきだろうか。この人は酒を飲まない、しかし、いつだろうが素面で、他人が酔った時の心の状態に成り得る。純粋で無邪気な人間だけがそう出来るのだ。子供だけが天国へ入るパスを持っているのと同じことである。私の若かった時分の親しい友達が、また猪熊君の現在の友人に成っている。私が親愛の情の中にも小説書きの意地の悪い心で、その人たちを的確に見さだめようとしているのに対して、猪熊君は深い愛情だけを振り向けている。顔が会うと猪熊君が熱情をこめて話すのは、その人たちの好い性質のことだけなのである。画家は羨《うらやま》しいなと嫉妬《しっと》を感じることである。恐らく猪熊君は全部の人に、同じように明るい眼を向けていることに違いないのである。私自身、物や人に対する愛情だけが画にしろ文学にしろ全部の芸術の基礎だと固く信じているのだが、猪熊君のように、寛大で行きとどいた物の受け方は容易に出来るものでないと思う。

素直に平気で、それをやっているのに感心するのである。大東亜戦争と成ってから猪熊君も別の方角でいそがしく成った。比島から帰って来たと思うと今度はビルマへ出かけたようである。鴉《からす》と野犬ばかりの前線の荒涼とした街へ行っても、猪熊君は必ず、素朴な眼に、美しいものを見あてて、子供のように悦《よろこ》んで美しい画を描いて来るだろう。驚くと云う性質をこの人は失くしてはいない。戦争と云う大きな現実も、その儘《まま》、実に無造作に確実に受け取って、深々と見て取ろうとしているのである。

メチエのことは私は知らない。一々驚いて酔うことを知っている若々しさに、猪熊君の発足は芸術家として狂っていないのである。猪熊君は町の埃の中に住んで埃を嫌っている小説家の一人に埃の美しさを教えてくれている。幾度か私の書いたものに挿画を描いて貰った。ただ見た目に美しい画と云うだけでなく、猪熊君は、作物の核心――そう云うものが私のにもあったとしたら、――これに飛びついて来る。極端に尖端《せんたん》の新しがりの画家のように見られていて態度はきびしく、フォルムだけの人ではないのである。一緒に仕事をしている時は楽しい。負けやしないぞと、こっちからも、かぶさって行こうとする楽しさだ。

〈昭和十八年八月・新美術〉

# 「隅の隠居」の話

今朝は、うちの「隅の隠居」が死んだ。

「隅の隠居」は、この家で十五年も飼っていたお爺さん猫である。物の本に依ると、猫は生れて最初の一ケ年に、二十歳だけ齢を取る。それから後は一年毎に人間の四年分ずつ年齢を加えて行くのだそうだから、十五年で死んだ猫は、人間で云えば七十五六歳の勘定となり、先ず尋常以上の天寿と云ってよい。

「隅の隠居」の本名はミミと云った。これは子猫の時分に外耳炎を患って二つの耳が縮れてしまい、ひどく特徴のある面つきに成ったせいだ。ミミは、耳の意味である。猫は二つの耳が薄く鋭く、ぴんと突立っていてこそ猫らしく見える。耳のないミミ公は、誰れが見てもおよそ猫らしくなく、可愛げのない猫だった。おまけにその後に皮膚病を患って、つやつやとしていた黒い毛が脱け落ち、禿《はげ》だらけに成って了ったので、若い時から爺《じじ》むさかった。病気ばかりしているし、これは長生きは出来ないだろうと思われていたのだが、ほかの丈夫な猫が早く死んでも、ミミ公だけはいつまでも生きていた。いよいよ爺むさく汚なくなり、耳のない奇妙な顔をよそから来た客に見せるのが羞《はずか》しいくらいであった。

写真で見ると、仏蘭西《フランス》の大詩人ポオル・ヴェルレエヌと云うのが若い時から才《さい》槌《づち》頭で爺むさい顔をしていた。

「こいつはヴェルレエヌに似ているよ」

と或る時、私が云い出すと、妻はいつの間にか、ミミ公をヴェルちゃんと呼び出した。ミミ改めヴェル公は、すっかり年を取ったせいか、他の猫のように外へ出て落葉を追って駆け廻って遊ぶこともなく、始終、億劫《おっくう》そうに家の内のどこかに、じっと蹲っていた。それも妙に人なつこい性質なので、必ず私たちがいるところに来て坐っていた。禿げちょろの毛皮の外套《がいとう》を着て、西洋の乞食が、ぶしょったく坐っているような感じであった。汚ないから他の猫のように人が膝に乗せてやらないのだ。

ミミ公は年とともに、この孤独にも慣れて来たらしく、いつも孤立して超然としていた。戦争中、この家でも女中がいなくなったので、三度の食事を座敷まで運ばせる手間を省こうと云うので、時分どきには私も台所へ行き、流しの前に卓を置いて食事は勿論《もちろん》、茶をのむのも新聞を読むのも台所ですることに成った。簡易生活だった。時には客ともここで話した。ミミ公も従っていつも台所に来て、棚の上や床の片隅に、坐っていた。

「これは猫ですか、耳はどうしたんです？」

と、疑問を抱く客もあった。

ミミ公はいよいよ年をとり孤独の味を加えて来た。私たちのいる側に必ず置物のようにじっと蹲っているのだが、それも遠慮がちに邪魔にならぬ隅の方に位置がきまっている。「隅の隠居」の綽名《あだな》はそれから生れた。

「きょうは隅の隠居はどうしました？」

と、友人が尋ねてくれるくらいに家の中で異色のある存在と成った。

注意して見ると、「隅の隠居」は耳が木くらげのような形に縮んでいるだけではなく、他の猫と違い、あまり人に媚びない。超然として目をあいているし、超然として居睡りをしている。際立った特徴は、食物をねだって啼くことがないことである。私が台所へ入って暮らすように成ってから気がついたのは、五匹いる猫の四匹が一つ皿で食事するのに隅の隠居だけは他の猫から離れて、ひとりだけ別の皿で食事することである。世話をする妻が不精をして、一つ食器しか出さないと他の猫は争うようにして貪《むさぼ》り食うのに「隅の隠居」はちらと目をくれるだけで、空腹の場合も黙って立ち去るのであった。贅沢な奴だなと私は云った。

しかし、見ていると、その卑屈でない態度が気持よかった。「隅の隠居」には「隅の隠居」らしい気概があって、心に染まぬことは決して譲歩したり妥協しないのである。年を取って体力も弱り、歩くのにもよろよろしていたが、他の若い猫が御隠居の皿に首を突込もうものなら、隠居は猛然として、礼儀を忘れた相手をおどしつけ、首に爪《つめ》をかけて捻《ね》じ伏せるのだった。老ぼれているが、気力は他の猫を最後まで圧倒していた。

風邪でもひいたのか、二三日、めっきり弱りが見えていたと思ったら、昨夜は便をするにも私に戸をあけさせて、悠々と外へ出て行ったが、今朝になって見ると炬燵《こたつ》の隅に置いた果物の空籠《あきかご》の中で冷たくなっていた。

猫としても立派な奴だったと思う。小さい時から不幸で惨めな一生だったのに、卑屈でなかったのが気持がいい。庭の白い梅の木の根もとに穴を掘って葬《ほう》むってやった。

〈昭和二十一年三月・学生〉

# 私の書斎

　ほんとうを云うと、物を書く部屋には、余計なものを何も置かず空白な机一つがあればいいのだと思う。

　しかし、二十年にわたった習癖と云うものは、なかなか脱け出られない。私には、やはり、仕事をするのに猫と本とが手もとにないといけないらしい。私の書く小説が、調べものをいろいろと必要とするだけではなく、書くものに全く関係のないものも、時に私には、必要になって来る。筆が動かなくなると、私は見当違いの本を読んだり画集をひろげて遊び出す。頭で追及していた中心の軸から、まったく飛び離れて別の事を考え、時には、それと、今書いているものとのつながりを思いながら、また、もとの仕事に戻って来る。気が急いで来るほど、故意に私は仕事から離れて了う。こだわって来たなと思うと、一度、逃げてから、別のいと口をさがすのである。日本の歴史小説を書いていて、外国人の画家の画集を見たくなると云う迂遠《うえん》な心の働き方は、そのせいであって猫も、こう云う無関係らしく見える本と同じように、膝に抱いて撫でてやっていると心が遊べるからいいのである。仕事を初めると、人間よりも猫の方が口をきく義務を解かれるだけでも、私にはなつかしいし、都合もいい。猫の毛が柔かいのもいい。無邪気で好い遊び相手である。私には生きた猫でなく玩具の猫でも心を柔らげてくれる。

本は確かに仕事の邪魔もする。しかし何もそう急ぐことはないのだと思えば、別の世界を覗くことが出来るからいいのである。だから、仕事に直接の関係のない本ほど、私の為に成るのだ。私の書斎が、机の上も床もごった返しになっている原因は、このせいである。片附ける閑がないので、棚から出して来た本が、一年も二年もそのまま置いてある。そこへ新刊のものが参加する。その癖、他人が手をつけない限り、どの本がどの辺に在るかを即座に嗅《か》ぎ出す技だけは、人に感心して貰える。悪い友達が来て、この部屋は物置のようだなあと云ったが、主は現状から動こうとしない。机を浄めてと云ったような年齢にはまだ成っていないと自負して。（鎌倉にて）

〈昭和二十三年三月・婦人〉

# 暴王ネコ

猫のことは、あまり書き度くない。猫がいる故に、私は冬を迎えて寒い思いをしている。部屋にいて、障子を閉め切っていて、隙間《すきま》風が多過ぎたから気がついて見たら、新しく貼《は》った障子の一枚毎に二こまずつ、猫が出入り出来るように穴があけてあった。つまり四枚並んだ障子に合計八個の猫穴があり、廊下の風が自由に入って来ている。まさか猫の数だけ出入口を作ったのではあるまいと考え、妻を呼び出して、猫が八匹いても出入口は一つだけあればよいわけだと叱りつけると、どうせ破きますから、沢山こしらえて置きましたと用意が好過ぎる挨拶である。家の中を人間が安らかに住むように考えるのではない。猫の都合で決まるのである。

実際に、私の家の襖《ふすま》障子は、破れていないことがない。子猫がいたら、一番、てっぺんの欄間の近くまで穴があいている。大変ですなあ、これはと、客が同情してくれる。貼り変える勇気が出るものでない。時候のいい時は、破れたままにして置く。これは障子であって障子でない。障子の骨を飾って置くようなものである。

前にいた材木座の借家も、この調子で家の中は、さんたんたるものだった。小さい家だったが、大家さんは元蔵相の勝田主計氏であった。今の家に移る時、あまり荒れているから、畳を更え、経師屋を入れて襖も障子も新しくしてから、引越した。伝え聞くと、大家さんが、跡を見廻って、小説家と言うのも感心なものだと賞めていたと言う話であった。

引越しの時、猫は無論、私たちと一所に新居に移った。頓兵衛と言う名の雉猫《きじ》であった。デベッカーさんと言う帰化外人の弁護士のところから貰って来たので、私たち夫婦とも親しかったマリイとイディスの姉妹のお嬢さんが、トムと名をつけていたのだから、日本人の私の家へ来て、トム兵衛と改めたのである。

引越して数日後に、この頓兵衛が行方をくらました。近所をさがしていると、勝田さんの留守番から電話があって、頓兵衛が来ていると知らせてくれた。猫は人間よりも家に附くと言うが、頓兵衛は、元の家へ帰っていたのである。新居からは十町あまりある遠い距離で、途中に滑川もあり、鉄道線路もある。どうやって帰ったものかと感心した。すぐに妻がバスケットを抱えて迎えに行き連れ戻った。

二三日後に、また電話があって、頓兵衛がまた来ていると、あった。今そこに寝ていたが、と見させると、果して、いなく成っている。同じことを、四度、繰返した。やがて頓兵衛は、元の家の近くに出没はするが、人間にはつかまらなく成った。探しに行っても無駄足ばかり繰返した。その間に、頓兵衛は、元の家の貼り更えたばかりの障子襖に存分に爪を立てて、経師屋が入る前の状態に戻した。それで満足したのか、遂に行方知れずに成って終った。西洋猫の血が入った猫で、年齢も年齢だし、たくましい奴だった。

終戦後、私は雑誌を見ていて、来朝中のアメリカ大使シーボルトさんの夫人が、もと鎌倉にいたマリイ・デベッカーさんだと知った。失踪《しっそう》したままの頓兵衛の、昔の飼主である。デベッカーさんの家の墓も、私の家の墓地も、寿福寺にある。現在のシーボルト夫人が鎌倉に墓参に来たことも聞いた。夫人のことを雑誌で見て、私は頓兵衛のことを思い出したのである。あれだけ存分に大がかりに新らしい障子襖を破いた猫を、私たちも、その後知らない。

戦争中、私たち夫婦が疎開しなかったのも猫がいたせいである。あの当時の物情、大小十三匹の飼猫を引連れて疎開出来るものではないから、運命と諦めるより他はない。十三匹の猫の他に「通い」と言うのが、三匹いた。近所の飼猫で、食事時間に必ず、私の家へ通って来る奴である。その中の一匹が、現在でも通い続けて来るのは、主人の内所が戦後も思わしくないかららしい。それもこの猫は念入りに、裏木戸の柱を攀じ登る時に、呼鈴に手か足をかけて、堂々とベルを鳴らしてから入って来る。来客かと思って返事をして出ると、台所口に、こいつが蹲っていて、こちらを見上げ、口をあけてニャーンと啼く。猫では、いつまでも苦労することである。

〈昭和二十五年二月・群像〉

# 春風秋雨三十余年

私が廿五《にじゅうご》歳の時一緒になったのだから、星霜三十年あまり、猫ならば、そろそろ化ける頃と言ってもよい古女房である。定収もなく家を持ったのだから、質屋と仲善くして、つないだ。極端な時は、女房は着たきり雀《すずめ》でニコニコがすりの筒袖《つっそで》一着を留めただけのことがあった。

時世がよくて、魚屋も八百屋も三カ月ぐらい勘定を待ってくれたが、若いとは強いもので、平気で通って来た。原稿を書いて暮らせるようになってから、私の老父母を迎えて世話をすることになった。父の死後、枕《まくら》の下から遺書が出て来たのを見ると、特に妻の労をねぎらった手紙であった。このあたり私の一代の負債である。

しかし、新憲法はこの家の門からこちらに入れぬと宣言したら、それで結構だと答えた。亭主は関白のつもりでいるが、女房から見ると、五十過ぎて、まだ手がつけられない子供だと思っているらしい。困ったのは、最初、嫌っていた猫を、私が好きだったところから可愛がるようになって、遂に度を過ぎて来たことである。一軒の家に猫は一匹で十分のはずだが、この家では常に平均十匹を下らない。現在も全然盲目の猫が一匹、片目のが二匹まだ員数に加わっている。生きている捨て猫を拾って来るのはいいが、死んだ猫まで外から拾って来て庭に葬ってやることがあった。黙って聞いていると、近所から遊びに来た猫を相手に真顔で話をしている。

〈昭和二十六年四月・週刊朝日〉

# ミケやブチの喜び

## ――上原虎重著『猫（ネコ）の歴史』――

よくは知らないが、犬のことを書いた本は、日本にもありそうである。犬の品種の流行はあるが、ネコの流行はまずないのが日本である。日本にあって外国にないのが化ネコ映画であって、これは現代のような文明時代にも日本では横行している。日本のネコは不遇である。

二十年近く無精ながら私は内外のネコの本を集めてきた。丸善に古くから親切なひとがあって外国版のネコの本がつくと必ずとどけてくれたせいもある。その前はなくなった水木京太さんが丸善にいて、珍らしい本は自分が横取りして、カスを私につかませた。丸善の倉庫の中に敵がいるのでは私がかないようがなく、くやしいが運命に甘んじていた。（水木さんがなくなって、水木さんのネコの本がどこへ行ったか、私は今でも気になっている）それでも私の手もとに百冊あまりの古今のネコの本が集った。ところで日本の本がない。明治の仮名垣魯文《かながきろぶん》の次は、石田孫太郎というひとの「ねこ」という仮とじのものであろう。ネコのように人間に身近くいるものについて、日本人はあまりセンサクもしないらしい。手近いところのものに深い興味をそそぐ英国人などの態度と、ひどい違いで、高遠のものや観念的な問題にばかり注意をひかれるから、足もとにいるネコなどけ飛ばしてしまったのだろう。こんど、珍らしく出た上原虎重氏の「ネコの歴史」は、ネコを飼っている内に、これは、いつごろから日本に来たか、どこから来たものかと考え始めて、ひとりで調べ始めたのを、まとめたものである。ヴァン・ヴェクテンのもののようにネコについての古典になった本にくらべると素人臭いがネコの日本史についてはさすがに無類であって、ヴァン・ヴェクテンに知らせてやりたいくらいのものである。ネコにおぶさって、犬公方のくわしい研究まで出ている。ほかにいそがしい仕事を持っていながら、こういう身近かにある本を書かれた上原氏の人柄を奥ゆかしく感じるとともに、日本では冷遇を受けてきた平凡な三毛やブチのために、まあ、よかったねと悦《よろこ》ぶものである。今朝も家のネコどもと廊下で出会い、こいつら、平安朝時代には宮中や貴族でないと飼っていなかったほど珍重されていたのかと思うと、ひとりでおかしかった。ヘイの上にいる野良ネコにも面白い由緒や歴史があるのである。

〈昭和二十九年二月・毎日新聞〉

# 猫の引越し

家の者に、さいわい変りがなかった。ここで私が家の者と言うのは人類だけでなく、猫のこともふくめてある。実は猫の方が人類より数が多く、私が知らない赤虎《とら》の子猫も一匹、迎いに出て来た。

全部で、九匹である。

「案外、すくないな」

と、初対面の子猫を見て、私は苦笑した。

これも捨猫なのである。私の家が猫好きだと知って、どこから来るのか人が猫を捨てに来る。迷惑なことだが、私の妻がひろってしまう。一匹の猫なら可愛いが、猫も十匹以上になって昼夜の区別なく家の中を駆けまわるのでは、決して可愛いものでない。

そこで私は大分前に妻や女中たちに申渡した。

「猫が十五匹以上になったら、おれはこの家を猫にゆずって、別居する」

この脅迫は、きき目があって十五匹で人口(?)は制限出来た。猫は私のように原稿を書いて稼がないからである。捨猫が入って来ると、女中が自転車で遠くへ捨てに行く。十五匹の猫は各自の皿を十五並べて食事するのである。念の為に算《かぞ》えて見たら十六匹いたことがあったので、女房を呼び出した。

「おい、一匹多いぞ。おれは家を出るぞ」と言ったら「それはお客さまです。御飯を食べたら、帰ることになっています」

捨てにやる前に、おなかが空いていては可哀想《かわいそう》だから、と言うのであった。以前に、めしの時間になると台所口に来て坐《すわ》っていて、人の顔を見ると、甘えて、なく猫があった。どこかの家の飼猫らしいが、戦時中の食糧不足の時だったので、門乞《かどご》いに来たのである。

あわれに思って、余裕のある時は何か食わせてやる。すると定期便のように雨の日も休まずにめし時には通って来るようになった。

「通いと住込みか」

と、私は可笑《おか》しかった。

終戦となって、しばらく「通い」が姿を見せないことがあった。

「飼主が、疎開から戻って来たか、台所がゆたかになったのだろう。どこの家の猫だったのか?」

　半年ほどすると、ある日、

「通いが引越して来ました。子猫を一匹連れて」

と、台所から知らせて来た。冗談でないと思って見に行くと、台所の外につってある洗いもの台の棚に親子で、ちょこんと坐っていた。二、三日前から、そこにいて帰って行かない、と言うのであった。二匹は内の猫に遠慮したのか、夜も外に寝て、屋内に入って来なかった。いじらしいものである。しかし、そのうちに冬になり、台所のストーブに内の住込みどもが集るようになると、差別待遇をして置くのが気になり、呼び入れて、ストーブにあたらせた。通いは、その時から親子で住込みに昇格した。


〈昭和三十三年十月・西日本新聞〉

# 無能なる家族

本を読んでいたら、鼠《ねずみ》が天井裏であばれている。一匹ではないらしい。三、四匹いて運動会でもしているような、はしゃぎ方であった。

私は鼠取りを買いにやった。

使いに行った女中君が帰って来て、

「金物屋の小父さんが、お宅は猫がいるのに鼠をとらないのですか、と言いましたよ」

と知らせて来た。

私は苦笑を禁じ得なかった。

「猫の奴《やつ》、けいべつされたな」

十匹も猫がいて、鼠をあばれさせて置くのだから不面目至極である。もっとも、私の寝室と書斎は中二階になっていて、天井が非常に高い。猫をつかまえて、一々人間が梯子《はしご》をかけて上げてやらないと、天井裏に入ることが出来ないのだ。

鼠は、二階でなく、平屋の方の天井裏にも進出して来た。猫の奴、相変らず取り合わない。鼠の足音が、自分の頭の上ですると、ちょっと顔を上げて天井を見、耳を立てて聞くだけで、すぐ、そのあとは居ねむったり外に遊びに行く。

鼠は、私の寝室の天井の一部に小さい穴をあけた。そこを通路にして、私が寝ている間に、出たり入ったりする。

私が夜中に目をさましている時にも、本の上を走ったり食糧を入れてある冷蔵庫の付近で何かしている。

急に起きて、電灯をつけると、音をひそめてどこかに隠れ、また電灯を消すと、利口にひき上げて天井の穴から逃げて行くのである。泥棒が見つけられながら大手を振って玄関から出て行くような感じであった。

幾夜か、私は真暗な中に、寝床にひそんだまま、鼠どもの行動を偵察した。

鼠があかりに驚いて隠れた場所を、屛風《びょうぶ》で包囲して、退路をなくしてから、階下から猫を持って来させる。

私は、こう計略をめぐらして、昼の間に、屛風を運び上げて準備をととのえ、夜を待った。まだ宵の口から寝床に入り、電灯を消して待伏せることにした。

待つ間は長いものである。だが、やがて欄間の上を走る可愛らしい足音がした。

やがて降りて来たようである。真暗な中で私は、全身の神経を耳に集めて聞いている。

コトリ、と何かに触れた小さい音がした。冷蔵庫の下に、物を置いてある場所である。私は、枕もとの電灯を急にひねって明るくすると、起きて出て、予定どおり屏風で、そこをかこった。電灯がついている限り、鼠は、隠れ場所から出て来ない。私は安心して、階下に降り、こたつに寝ていた猫を抱いて来た。私の家の十四の中で一番、りこうで見込みのある奴を連れて来たのである。

鼠が隠れている屏風の中へ、私は猫をおろした。隠れている鼠のにおいを感じて、冷蔵庫の下へさがしに入るだろうと期待したのである。

猫の奴は、その期待にそむき、寝ているのを起されて、まだ、ねぼけていたのか、屏風の上からのぞいている私の顔を、いぶかしそうに見上げて、

「にゃあん」

と、ないたのである。その声に驚いた鼠が死物狂いで飛出して来て、猫の頭をとび越え少しの隙間《すきま》から屏風の外に逃れた。

猫も、あっと思ったらしいが、時すでにおそしで、鼠は穴に入った。

私は、猫をこたつに返しに行った。

「こいつは、ばかだよ」

飼主があきれているのだ。金物屋の亭主がけいべつしたところで無理はない。

〈昭和三十三年十月・西日本新聞〉

# 泰山鳴動

朝、目をさましたら、何事か家中の者が集ってさわいでいる。どうしたのだ、と尋《き》いたら、泥棒が入ったのだと言う。

雨戸が一枚、人が出入り出来るほどに、あいていた。もう四年ばかり前のことである。あいている雨戸のところから、廊下に泥足の跡が残っていた。前の晩に小雨があり地面が濡《ぬ》れていたのである。これが猫の足跡なら、この家では年中のことで、誰も問題にしない。人間の相当大きい素足の跡なのは、どうも気持よくない。おまけに、家内の寝室に置いてあった相当の現金と小切手を入れたハンドバッグが失くなっていた。

女房の奴は、そこに寝ていて、そのことを知らなかった。ねむれないので、催眠薬をのんだ後だと言うのだから、言訳も体面も立つようなものである。

私の方は、硝子《ガラス》戸と二枚のドアをへだてた隣りの寝室に寝ている。これは、毎夜の如《ごと》く飲んだくれた上にアダリンを服用する習慣で、そのくせ、飲んだビールを夜中、二度ぐらいは、返しに起きて出る。

泥棒は、階段を上って中二階のこの二つの部屋の間の廊下に立ち、右のドアに入ったら私の寝室、左のドアをあければ、女房がぐうすけ寝ているところに出る。

運のいい奴で、鞍馬天狗《くらまてんぐ》が寝ているところを避けて、左へ入って、金のあるところに間違わずに行った。

「猫の奴が、ちっとも騒がなかったな」

と、私は言った。当時十四あまりいた猫の、誰かが驚いて騒げば、階下に寝ている女中君の三人の中で、目をさます者も出たろう。

警察から刑事が三、四人で来て、足跡の大きさを計り、写真を取り、ドアに残った指紋を取る努力をした。鎌倉も田舎だと思っていたら、科学的捜査らしいものも、心持やるなと見た。ハンドバッグは裏庭に捨ててあって、小切手を残し、時計と現金が盗まれていた。前科がある人間らしいと言う話であった。忍び込んだ時間の推定が問題となった。

すると、駅前のギャレジの運転手からの聞き込みで、この夜半の三時頃、私の家から八幡前の通りに出たところでタクシーをひろい、はじめ大船までと頼んだのが、途中で、戸塚と行く先を変え、最後に横浜まで乗って真金町の遊廓《ゆうかく》で降りた男があった。私の家で盗まれた書生君の蝙蝠《こうもり》傘と、貰《もら》い物の味噌漬《みそづけ》の樽《たる》を女に預けて、翌朝立ち去った。雨もやんだせいで傘が要らなくなっていた。

翌《あく》る日、女と横浜の桟橋で、逢《あ》いびきする約束になっているのが判《わか》った。苦もなく、御用となった。

犯人は、私の家の台所口に数年来、出入りしていた若い衆で顔も皆が知っている。これが肴屋《さかなや》で、注文を聞きに来たり、岡持で肴を持って来て、十五匹の猫から言えば、常に大歓迎に値する人物、およそ人間の中でも尊敬すべき仕事をしているひとなのだから、夜なかにこの家の廊下に泥足で突立っていようと、猫たちは歓迎こそすれ、驚き騒ぐ理由がなかったのだ。

「おどろいたね、内の猫どもは」

と、私は言った。富士の裾野《すその》で、工藤祐経《くどうすけつね》の寝所に曾我《そが》兄弟が忍び入る手引をした大磯の虎御前の役を猫どもが働いたのである。猫だから虎の真似《まね》をしたのに違いない。

やがて曾我兄弟の親が福島県の田舎から訪ねて来て、裁判所に出す示談書に署名を私に頼んだ。盗んだ金は貧乏で払えないから勘弁してくれと言った。私は承知した。猫の奴が手伝ったのでは已《や》むを得ぬ。

〈昭和三十三年十一月・西日本新聞〉

# お通夜の猫

画家の木村荘八さんがなくなった。お通夜に出かけようとしたら、妻が何か紙包をこしらえて私に渡した。

「なんだ?」

と、尋ねたら、

「猫にお見舞です」

と言う。お通夜の混雑で、木村さんの家の猫が皆に忘れられていよう。海の近い鎌倉から、タタミイワシと、夕方、焼いた鯵《あじ》を差入れようとするのだ。

木村さんの家は、私のところと並んで、飼っている猫の数では、まず日下開山《ひのしたかいさん》の両横綱であった。いつも十匹より下ったことはなく、顔が合うと、

「お宅は、当時」

と半分言っただけで猫の数のことと話が通じて、

「十四匹ですよ」

「それは、内より一匹多い」

おたがい様、もう六十歳を越しているのだから、たいそう、おとな気ある会話であった。用事で手紙が来ても、木村さんは忘れずに猫のたよりを絵入りで書いて来る。木村さんのところの猫は、歌舞伎《かぶき》役者の名がついていた。歌右衛門《うたえもん》も海老蔵《えびぞう》も福助もいる。ぶち猫が布団にくるまって寝ているのを着色までして描いて、側の註《ちゅう》に「海老蔵が風邪ひきこもり中」と書いて来る。

もと次郎という猫がいたそうで、木村さんがお客を玄関まで送りに行った時、ついて来て、そばの壁に小水をしようとしたので、木村さんが急に大きな声で、

「次郎！　バカッ！」

と、どなった。

そうしたら屈《かが》んで靴の紐《ひも》を結んでいたお客さんが飛び上ってびっくりして振向いた。

気がついて見たら、お客は人間の「次郎」安成二郎で、自分が馬鹿とどなられたのかと信じ、木村さんの頭が急にどうかしたのかと思ったのだそうである。

「いや、安成君に、あやまりましたよ」

と、木村さんは、淡々としてその話をした。

遺骸《いがい》は、まだ棺におさめる前であった。仏前に弔問客が集って坐っていた。見ると、新派の喜多村緑郎夫妻が木村さんの遺愛の猫を夫婦が一匹ずつ抱いて壁の前に坐っていた。もう一匹の猫が入って来て私の側に来たので、抱いてやった。また別の肥った大きい猫が入って来て、人が集っているのを不審そうに見て、間をあるきまわった。

「その子が松緑です」

と、喜多村の奥さんが教えてくれた。

この松緑は、皮膚病を患って背中の毛が禿《は》げていた。藤間勘右衛門の松緑が聞いたら、苦笑して背中をかくことであろう。

「今、何匹、いるでしょう?」

「十四匹ですって」

普通、猫を魔物として遺骸の脇《わき》に近寄らせないのが日本の古い風習だが、この家では人の間を、のそのそと出たり入ったりする。私の通夜も、こんなことに成ろうと他人事でなく眺めた。

お棺におさめた木村さんは、生前より顔も若く色までよく見えた。しかし、口をきかなくなったとは、何とも冷たく静かなもので、別れたさびしさが身に沁《し》みて感じられ、涙をこぼした。

猫の奴は、一向、平気でしたよ。木村さん。そう知らせることが出来たら、木村さんは答えるだろう。

「それで、助かりますね」

〈昭和三十三年十一月・西日本新聞〉

## 舞台の猫

今月の東京歌舞伎座の顔見世公演を見に行ったら舞台に猫が出た。

舞台に猫が出たのも、有馬や鍋島の猫騒動の狂言が上演されたのではない。芝居に関係のない、ほんものの猫が、舞台に歩いて出たのである。

何をつまらないことを、と笑うひとがあるかも知れない。しかし旅興行の小屋掛けのものでなく、仮りにも天下の歌舞伎座の檜《ひのき》舞台で、いくら顔見世でも、猫が顔を見せたのでは、悪落ちして芝居がこわれよう。私が見に行ったのは十二月十八日の夜の部、妹背山《いもせやま》の御殿の場で、松本幸四郎の漁師鱶七が、蘇我入鹿《そがのいるか》の御殿に押上って、仰向《あおむ》けにごろりと寝る。その時であった。舞台の下手の袖《そで》から黒猫が一匹、ゆう然と歩いて出て来た。二千いくらも入る劇場のことだし、観客が皆、舞台を見まもっているのだから、笑声が揺れ起った。猫は、始めて客席の方を見て、人間がいっぱいにいるので、ぎょっとしたらしく首をすくめ、急に走り出して、もと来た道を退場した。客席のどよめきも鎮まった。幸四郎は天井を見て寝ていた。客がなぜ、笑ったのか、多分気がつかないで、不審に思ったことだろう。

私の立会った限りでも、以前に、同じ歌舞伎座で、地唄舞《じうたまい》の武原はんの舞台に猫が出たことがある。一中節の道成寺で、おはんさんが前ジテで花道を舞台に出て、名乗りになるところであった。やはり下手の袖から虎猫が出て、ひょいと見たらきららかな能衣裳《いしょう》の女が目の前に立っていたので、びっくりして立ち止り、急に走って逃げた。

本舞台を横切って走りでもしたら、見物は笑いやむまい。舞いにくいことになるのだが、短い距離を下手に逃げたので、おさまった。

「猫が出たのを気がついた？」

と後日、会って尋ねたら、はん女は答えた。

「出たなと思ったから、お不動さまをお頼みして、めえっと、にらんだら、逃げましたがな」

落着いていたが、芝居の幸四郎の場合と違って、余分な振りを入れて崩すことの出来ない舞の舞台のことで、どうなることかと心配だったろう。足もとに来ている猫を蹴飛《けと》ばすわけにも行かず信心する不動明王にたよった心持はもっともである。

劇場のような大きな建物には、猫が隠れて住む余地は、いくらでもある。野良《のら》猫となって雨風に打たれて落着かぬ暮らしをするよりも、大屋根の下に、廊下はひろく、芝居がはねて客が帰ってしまえば、猫たちにとってまことに自由な天地がひらける。おまけに客席で弁当を食べる行儀悪い客の残りものがあり、それを狙《ねら》って鼠が出る。深夜の劇場は人が考えるようなものではない。幕をあけたときの花やかさとは反対で、がらんと暗く、天井ばかり高く椅子《いす》の数ばかり多く、無人の世界なのだ。そこの住人が、うっかり時をまちがえて幕があいている舞台を訪問することはないことでない。用心深い猫のことだから、珍らしいだけである。舞台に猫が出たら自分に好いことがあると思いなさい。

〈昭和三十三年十二月・西日本新聞〉

# 歳のない人

菊五郎劇団が私の「江戸の夕映」をこの初春興行に出すので、押詰ってから稽《けい》古《こ》に立会うことになった。前に一度、やったことがある脚本だし、女形以外が同じ顔ぶれで映画にもなったことで、書きおろしの場合新作よりも芝居がまとめ易い。稽古場に出かけようとして電車に乗ったら、同じ鎌倉に住んでいる尾上多賀之丞さんが北鎌倉から乗込んで来た。六代目菊五郎の相手役として名女形だった多賀之丞さんも今は古稀《こき》である。秋の芸術祭では文部大臣賞を受けられたが、これは遅かったくらいのもので、舞台生活が六十年、古い名人たちの芸を目のあたりに見て育った、今は残りすくないひとの一人である。

北鎌倉から乗ったのは、漢学者の細野燕台さんのところからの帰りらしい。多賀之丞さんは俳優だが余技の篆刻《てんこく》で、文展にも度々入選した趣味人で細野さんのところは、七十（？）の手習で漢詩の講義を受けに通っているのである。今度の私の芝居では、お寺の妾《めかけ》で品川の女郎あがりが役なのだからまことに漢詩、漢文学とは妙な取合せであった。

「あのお妾は女郎上りなんですから、今度は、腰巻を赤くして出ますが、よござんすか」

と言う。私は、細野老人のことを聞いた。

「もうおいくつです？」

「八十八です」

七十歳の弟子に八十八歳の先生だから、緋《ひ》ぢりめんの上を回って派手なこと、学問の他の世界には見られぬことであろう。現役で講義をしているし、聞きもしているのだ。

「お酒の方は？」

「やっぱり、一日に一升は欠かしませんね。この間、腰を痛めて立てなくなっていましたが、その間だって結構召上っていらしったんでしょう」

すごい豪傑である。食事は、小さい握り飯が二個。「もっとも、お菜は、いろいろと上りますが、米は、ほんとうの小さい握り飯です」

私はこの間、舞台に猫が出る話を書いたので、多賀之丞さんにも経験を尋ねてみた。

「それァ、ちょいちょい、ありましたね。小屋に鼠がいるもので、猫が住んでいるのでしょう。そうだ。もう図々しくなっている猫がいましてね。舞台の雨落ち（フットライト）のところ、あすこが電気がついて暖いもので、あすこに来て坐ってて、どかないんでさ。六代目がいる時でして、ああいうひとでしょう。芝居をしながら、『おい、あすこで猫が芝居、見てやがる』って、ひとをからかうので、見れば、なるほど猫がちょこなんと坐って、目をあけて、こっちのすることを見ているので、それを見たらおかしくて台詞《せりふ》が出なくなって、弱ったことがありましたよ」

と笑う。

なるほど、芝居の最中では猫がいても追いに行くことが出来ぬ。猫は、暖くて気持のいいところに香箱を作って、うずくまり、「おや、あの人間は何をしているのだろう」と、芝居とは知らず怪しんで見物していたのに違いない。

多賀之丞さんは、台本の書抜きを出して自分の台詞を、暗記にかかった。私は電車の窓から、畑の冬菜や冷たく明るい空の色を眺めて邪魔をしないように黙っている。新橋駅で降りると、一緒にタクシーに乗り歳末で混雑している稽古場に向った。

〈昭和三十四年一月・西日本新聞〉

# 小鳥の週間

雨があがって、ぬぐったような青空になったので、朝日の光をあびに庭に降りる。聞きなれぬさえずりを聞いたので見上げると、桜の枝につけた巣箱の中である。これは三年ばかり前に那須良輔君がわざわざこしらえて取付けてくれたものの一つだったが、この巣箱だけは、いつまでも空家でいたのが、この間から庭に降りると、どこかに四十からの親がいて、しきりと啼《な》いた。人間が来たぞ、と警戒役の御亭主が、妻君の四十からに知らせているのだった。

電線の上にいるかと思うと、テレビのアンテナ高くにとまっていた。

私の巣箱は、空家ではなくなったらしいと気がついた。

ある朝、あまり四十からが啼くので行って見ると、私の白猫《しろねこ》が木に登って巣箱を覗《のぞ》こうとしていた。つかみおろして頭をたたいてやった。

巣箱の中に声がしたのは、卵がかえったのである。四十からの赤ん坊も最初は舌がまわらぬと見えて、チュッチュッ、つぶやくだけである。まだ彼らは姿を見せない。私のような人間が下に立って聞いていても、親のように遠くに逃げて、可愛らしい警戒警報を伝えない。やがて、揃《そろ》って巣立って行って、あとを、もとの空家にして行くことであろう。顔を見られるかどうかも判らない。内の白猫は、この猫が手を突込みに行かないように用心してやらねばならぬ。

この間、飛んでいる頬白《ほおじろ》を捕えて来た。まだ生きているらしいので、あわてて猫をつかまえて、はなさせて取上げた。頬白はまだ飛ぶ力があって逃げて欄間の小障子にとまった。それをおろして、庭に放してやると、宙を飛んで木の枝に逃げた。

頬白羽色まで美しく可愛らしく見えたので、逃がしてやったのだが、これが、頬白でなく雀だったら、おれは猫から取上げてまで逃がしてやったか、どうか？　そう考えたら、不公平なように見えて変な気がした。美しいものだから贔屓《ひいき》したのに違いない。これは、どうしたことなのだろうか？

ともあれ、朝床の中にいる間から、小鳥のさえずりを聞くことが出来るのは幸福である。その幸福のない土地に住んだら、一羽だけのよごれた雀も可憐《かれん》に見えるのに違いない。

〈昭和三十四年五月・読売新聞〉

# 猫・虎・人間

今度インドに虎狩りに行くハンターからまだ市販になっていない赤外線望遠鏡で夜の闇《やみ》を透視出来るのを持って行くことに成りそうだと聞いた。暗闇でも百メートルぐらい先まで物の形が夕暮ぐらいの明るさに見て取れる。虎狩りは今日でもランプの光をこちらからあてて、虎の目が反射して青く光るのを狙って狙撃《そげき》する原始的方法のもので、新らしい望遠鏡が使用されれば最尖端《さいせんたん》を行く狩猟法になるわけである。

それと同時に、と私にその話をしてくれたひとは笑って教えてくれた。我々は猫のマタタビを持って行って試して見ることにしました。

実は私も、ひとりでそれを空想して楽しんでいた。マタタビの実があらゆる猫を前後を忘れさせるほど恍惚《こうこつ》と興奮させる事実は一般に人が知っているが動物園にいる猫属の虎や豹《ひょう》にやっても、巨《おお》きなからだの奴が、やはり陶酔して我を忘れるような様子を示すと言うのである。断っておくが、私が実験したわけでないから真偽は保証しない。猫属だから在り得ることと認めるだけである。

薬屋で売っている漢方のマタタビの乾いた木の実や粉末をインドに持って行きジャングルに撒《ま》いて虎を集めるのに成功したら、これは壮観であろう。大小の虎が出て来てマタタビをなめ、頰ずりし、よだれを流して恍惚となり、四肢《しし》を宙にして背中で地面をこすって歩いて、ハンターの危険も度外視することと成ったら？　いささか武田信玄流の軍学か、物語の楠木正成《くすのきまさしげ》の兵法に似て、古風なだまし討でほんとうかね、と疑われるような方法だが、闇を透視する赤外線望遠鏡とでは好い対照である。インドの虎に、両者ともに始めての経験であろう。いささか、お気の毒さまである。マタタビの実が、虎にきくかどうかまだ言えないが、とにかく猫には間違いなしに微妙な作用をする。猫がマタタビに酔って我を忘れてだらしなくなっている姿を見ると、人間にもこれだけ正体をなくさせる何かが在ったら、さぞかし面白かろうな、と、思う。抵抗ぬきに影響を受けて、生理的に変になって了《しま》うのだから大変である。猫の脳をマヒさせるのだろうか？　人間にきくマタタビはないが、脳細胞を、ひとりよがりのイントレラントの思想に刺戟《しげき》されて、踊り出すことがある。よだれをたらし泡を吹き、世論に背いて背中で歩き、知性を盲目な暴力に変える。中世のいかさまな錬金術《れんきんじゅつ》の如く無理である。

〈昭和三十四年十二月・読売新聞〉

# 八百屋の猫

今度のパリ滞在中の宿は、ホテルでなく家具付きのアパートにはいってみた。台所付きで自炊もできるし、欲しい時に日本の茶を入れ得る。場所はあの凱旋門《がいせんもん》があるエトワール広場に近く、コペルニック街というので、もとより太陽中心宇宙説を最初に唱えた大天文学者コペルニックスの名を取ったもの。近くに地動説のガリレオ町もあった。土地に別に縁はなさそうだ。水道浄水池の石の壁がすぐ目の前にあり、比較的静かな住宅街で、店屋はすくない。パリでは一軒の家を占めて住むのは郊外に出れば見られるが、市中ではできないぜいたくで、どんな家族も六七階もある大きな建物のどこかの階に幾部屋かを買って住むので、町の番号が同一の建物の中に、数家族がはいって暮らしているのである。おまけに肉屋も八百屋《やおや》もパン屋も日本と違って配達などしてくれないから毎日のパンも家族のたれかが一々外に買いに出る習慣である。地位もあるらしい家の男女が買物かごをさげ、バゲットという棒のように長いパンを手でつかんだり、小わきにはさんで往来を歩いている。朝夕の普通に見るながめである。新聞も配達してくれないから、人に頼んで買ってきてもらうか、自分で外まで足を運ぶよりほかない。

コペルニック街の町筋には小さい八百屋の店が三軒あった。その一軒は私の部屋の窓から見て、通りを隔てて、ななめ横にある。向い合って通りの手前にも一軒あったが、協定ができていると見え、こちらが店を休む日には向う側のが店をあけている。パリの店やは、シャンゼリゼあたりの外国観光客を相手の店でないと、時間をかまわず一日中店をあけていることがなく、朝あけて正午からは三時三時まで店をしめて休む。初夏の季節だったが夕方もあかりのつく前には、戸をしめてしまう。その他に一週に一日の休店日がある。日曜など、前の日に買っておかないと、用が足りぬ不便があって最初はまごついた。店はたいていおかみさんだけがやっていて、フランス人の仕事はのろいから、一人の買い物が終わるまでらちがあかず、他の客は列を作って待つことになる。客に品物をいじって選ばせないで、手を出すと、いやな顔をするのも横柄なのでなく風習として確立しているのだった。八百屋物などでも、マダムがつかんで取ってくれるので、傷のある古いものがはいっていようが、客も慣れていて問題としない。

朝、起きて寝台から降りると私は窓のカーテンをあける。下の道路を歩く人々が見え、前の八百屋の店が見えた。日よけの布をおろし、店の外まで品物を持ち出して並べてある。その家に大きな白猫がいて、店があくと、すぐに外に出てきて、空箱の中に入ることもあるが、コンクリートの歩道に平気ですわりこむ。人通りがあっても一向に気にしないで、四肢を投げ出して寝ていることもある。頭を踏みそうに近く通行人が靴を鳴らして通ろうが、おどろきもしない。一日中、その場所にいた。犬のようなまねをする猫だな、と感心した。外出する時、側に寄って頭をなでてやることになった。日本の猫にくらべて、大きさも大きく、まるまるとふとっている。日本の猫ならば、どんなに可愛がられている猫でも神経質で、往来に出て人の影を見れば、はしこく逃げて隠れる。知らない人間がいくら通っても無関心らしく道端にうずくまっているのが、毛色がよごれているし、からだが悪いのかと最初疑って見た。毎日のように窓から見て暮らしたことだが、気がついて見ると、通行人のだれ一人いたずらざかりの男の子でも猫に悪いことをして通る者を見ない。立止って頭をなでて、何か話しかけて行くのは猫好きな人間なのだろうが、そうでない通行人もひとりとして寝ている猫の安心を妨げる者を見なかった。坂を降りてクレベール通りに出る途中の人家の窓にも日あたりがよいので、よく飼い猫の灰色をしたのが、すわって外を見ていた。手を出しても逃げないで、されるとおりになっている。三味線のないパリだから日本のように猫捕りも出なかろうし、小さい動物をいじめないしつけや習慣が子供たちにもできているので、猫ぐらい過敏で警戒深い動物でさえ、人間をおそれず、歩道の日だまりにゆうゆうと終日、ねむりをむさぼっていられるわけである。空気銃のような危険なもので子供が遊ぶのを親が無関心でいる国とは、しつけが違うのだと文化の深度を思って見た。

地唄舞《じうたまい》の田岡まき子さんがはるばる日本からタタミイワシを航空便で送ってくれた。私は故国の磯《いそ》の香を自分で楽しむ前に外に出て八百屋の猫のところに持って行ってやった。パリの猫はタタミイワシを知るまい。と私は妻に告げて微笑した。

鼻さきに出してやると、果たして猫は生まれて始めて出会った好いにおいに鼻にしわを寄せ、いつもは一度寝たら動こうとしない無精なやつが目をまるくして頭を持ち上げよろこんでむさぼり食べ始めた。

私は猫に話しかけた。「こんないいものがある世界とは今まで知らなかったろう、どうだ?」もちろん日本語で話しかけたので、パリの八百屋の猫に意味が通じたかどうか、疑わしい。

〈昭和三十六年七月・神奈川新聞〉

# 台風記

昨年の夏か、パール・バック夫人がきて鎌倉でいっしょに食事したとき、なんで来朝したのかと思ったら台風の映画を撮るのだと話した。

中国の生活が長年だった夫人に黄河の大洪水を書いた短編の小説があったのを私は思い出した。洪水にあって田畑をなくした親が赤ん坊を養って行けぬと考えて、まだひかずにいる洪水に子供を投げ込んで殺す話であった。日本の台風を映画にすると聞いて、私は日本の台風が中国の洪水より軽いような気がした。心ある外国人から見れば、これは同じように過酷なことなのである。一年に幾度かこの狭い日本列島を襲って、そのたびに田畑が流され、家がこわされ、人が死ぬ。この運命を不問に付して耐えている態度が驚異に値するものに見えるだろう。これは日本に住む限り、人間が負う業《ごう》か宿命のようなものだ。ちょっと豪雨が降っても人間が何百人と、どこかの谷あいで死んでしまう。こんな国土を人は知らない。

私どもがまた、台風が来るまでは台風のことを考えずにいるのに慣れた。現に襲ってきているときでも、方向が自分に関係ないと知ると、日常の生活と変らない。その間にどこか日本の国内で道路がこわれ橋が落ち、鉄道がとまり町が水びたしになり、たくさんの人命が失われていようが、無関係な心持ちでいる。来るか来るかと恐れていたのが、よそへ行ってくれたのでありがたやと思うことにたれも変りないであろう。ひどく利己的で、自分さえ助かればよいということだ。それも承知でどうにもできない天災だし、わが身を守るのが精一杯のこの世であろう。子供を洪水に投げ込む中国の貧農を、むごいとばかり非難できぬことである。

十八号台風というものすごいのが関東に来ると知らされて、私も人並みに覚悟した。しだれ桜の若木が庭にあるのを心配し、野牡丹《ぼたん》や夕顔の鉢は風に飛ばされぬように注意して地面に寝かせた。

私の家は建ててから三十四年の古家だが、良い時代の東京の下町の棟梁《とうりょう》が建ててくれたので、まだしっかりしている。この家が倒されるようでは普通の家は屋根を飛ばされよう。ただひとつ、私が心配なのは書庫の屋根であった。これはあかり取りの窓がガラス板をはってあるので、六十メートルとかの強風がきたら、あおられて空に舞い上るであろう。以前に強い吹き降りで雨が吹き込み、書棚の本をぬらして迷惑したことがあった。水をかぶった本ほど始末に困るものはない。かわいても脚気患者のあしのように本がふくれて、ボール箱から出ない。箱を破って出すと、ページははりついてはがれず、表紙のクロースの色がにじみ出ている。それを知っているので、窓が飛んだ書庫のむざんな姿を想像し、避けられぬ災難とあきらめながら、伸びぬ足腰を起こしてはしごを登り、本の上に古毛布やらビニールのふろしきを掛けて手当てする。気やすめだけの話だが、年齢にしては大事業である。

私のところには猫が十匹あまりいる。平素飯を食わしてやっているのだから、こういう場合、いざというときに防空演習のバケツリレーの要領で、一列になって書庫の本を順に手渡しで送って、よそに避難させてくれたらどんなに助かるだろうと思った。猫たちはあらしの来る前の蒸し暑さに身を持ちあぐんで、風の涼しいたなや屋根に出て寝そべっていた。一匹のやつは風が強くなって揺れている藤《ふじ》だなの藤のつるに腹をつけ手足を宙にたらして、のんきにねむっている。ラジオを聞いてもわからないから、台風が来るとは考えない。知ってても苦にしたり心配したりするようなやつらでなかった。

夜になって食事中に停電したので、蠟燭《ろうそく》をつけさせた。いいあんばいに、また電灯がぱっと、ともってくれたので、蠟燭の火を消そうとしたが、風をよけて離れたところに置いてあったから、わざわざ立って行かねばならぬ。蠟燭のそばに猫の一匹が泰然とすわっていた。

「蠟燭を消すぐらい、してもいいだろう」

といったら、妻が笑い出した。

「猫はなにもしませんよ」

猫は自分のことが話題になったと知って、ちょっと目をあいて、私を見たが、また、すぐ居ねむろうとするように目をつぶって、強くなった外の風と庭木のさわぐ音を夢の中のものに聞くようであった。幸いに十八号台風は道を変えてくれた。しかし、ラジオのニュースを聞くと、また大変なことである。百人以上の人が死んだ。今朝まで丈夫で生きていた人たちが、ぽいと、持って行かれるのだから、これは大変なことである。なんといってよいことか、わからない。この次の世には私は猫に生まれて来るだろう。

〈昭和三十六年九月・神奈川新聞〉

# ネコ騒動

私がネコをかわいがるのを知って、どこからとなく家の外にきてネコを捨てて行く者がある。一匹二匹のネコならよいが、ネコが十匹以上となっては、いくらネコ好きでも迷惑で毎日の苦労になる。私はネコのノイローゼである。仕事をしていると外に捨てられた小ネコの泣き声がする。もう、仕事に手がつかず、本を読んでも頭にはいらない。罪深い話である。いやなら、よそへ捨てればいいと考えるのだろうが、それなら選んで私の家の外に捨てて困らせてくれなくともよい。

この間は何気なく窓から外を見ていたら木戸の前で人が立ち話をしていた。道を尋ねているらしい。男のズボンをはいた中年の女のひとが大きな声を出して教えてやっている。尋ねた方が礼を言って別れて行ったのを、まだ見送って立っているのを間違わぬように見てやっているのかと思ったら、あたりに人がいなくなったと見ると、前の路地へ、つかつかとはいって行って手にさげていた紙袋から何かつかみ出して、私のお隣のお茶の先生の生けがきの目から庭に投げ込んだ。

すこし歩いて、同じことをまたくり返してから、紙袋をもんで地に捨て、とっとと通りの方へ出て行った。

おかしなことをする。何をほうり込んだのだろうと気になって見に行ったら、生まれたばかりの小ネコ二匹であった。私は、その女がにくらしくなった。お隣の庭に投げ込んだのだが、これは私の家のへいが板べいで投げ込むすき間がないからで、マークされたのは私なのである。お茶の先生の家ではネコを飼わない。

「おい、また捨てて行ったよ」

と私は二階から降りて行って、家人になげいた。気になって、もう筆が進められなくなっていた。

次には、三、四日前の夕方のことだった。一日中机に向かっていたので腰をのばすためにステッキを突いて散歩に出た。外はもう暗くなっていたが、通りへ出る路地の途中で、白いネコを抱いたジャンパーの青年が向こうから歩いてきた。

ネコが自由になろうと、もがくのを押えつけて、

「いい子だ、いい子だ」

と、かたく抱き込む。あやしいなと思った。一度すれ違ったのを、私はひき返してわが家の木戸をあけ台所の妻に声をかけた。

「またネコを捨てにきた」

私はステッキを突いて見張りに立ち、妻も助太刀《すけだち》に出てきた。前の青年より若い学生風の男が私の前を通り過ぎて行った。通って行くのかと思うと、立ち止まって、こそこそして歩き出すのでも戻るのでもなく、振り向いてしきりと私の様子を見る。

意地になって、私は木戸口に立ち動かなかった。すると出ることも引っ込むこともできず困ったように暗やみをうろうろしていたが、やがて、抜け裏に姿を隠した。

「仲間だ。様子を見にきたのだ」

と、私は妻に知らせた。六十四歳のおじいさんとその女房とははなはだ苦労なことである。

私は、路地を出て行ってネコを抱いた青年がまたいるのを見つけた。青年は私を見るなり逃げるように歩き出した。

「ネコを捨てないでくれよ」

と私は声をかけた。

「捨てませんよ」

と青年は答えた。

そのまま私の家の方へネコを抱いて歩いて行く。木戸口には妻が立っていた。

「ネコを捨てないでくださいね」

「捨てませんよ」

この間の紙袋のおかみさんより、さすがいい青年たちであった。良心にとがめたらしく、その辺に捨てずに行ってくれたので、われわれは助かった。

その一両日あとで、今度は、別の電話があった。

「足の悪いネコがいて、きたなくて困ってるんですけれどお宅で飼ってくれませんか」

ていねいにご辞退申し上げたらまた言った。

「一服で、ネコを殺す薬が、お宅にないでしょうか」


〈昭和三十六年十月・神奈川新聞〉

# 猫騒動

十一歳に成った家の猫が死んだ。この家に飼った猫の中でも長命の方である。これは雌猫であった。猫も人間世界と同じことで、どうも女の方が長いきである。雄の方は、人間の男のように仕事で疲れることはないが、丈夫な内は恋愛合戦で、季節が来ると傷だらけに成っている。冬の雨の夜を、家に帰らずに外で濡れて明かすこともあって、内科的疾患にもかかる。それで、短命である。人間の男が働かずにはいられず生活に規律があるのは良いことなのである。猫の一代は、人間の光源氏と一緒で、どう考えても馬鹿げている。

死んだ猫の病気は癌《がん》であった。それと分って手術したが、やがて転移が行われ、手がつけられなかった。遺伝もない筈《はず》だし、酒や煙草《たばこ》、刺戟的な調味料も用いないのに、生意気な病気をしたものである。酒は、一度だけ、あまり皆でうるさく食卓を囲むから一匹ずつ口をあけて猪口《ちょこ》で飲ませてやった。すると猫にも下戸と上戸とがあると見えて、苦しがって寝てしまう猫と、始末につかず、はしゃいで駆け廻《まわ》る猫と、二つに分れたのには、こちらが驚いた。見ていて、人間の友人達の酔態を思い泛《うか》べたくらいである。死んだ猫は下戸組であった。だるそうに障子の腰板のところへ行って寝そべり、息を短かく刻んで、苦しがった。いたずらしたのは、たった一度だし古いことだから、これが癌の原因になった筈はない。

墓を、日頃よく行って寝そべっていた庭のぼけの木の蔭《かげ》に作った。土饅頭《どまんじゅう》の上に、皿が一枚置いてある。

「あれは、一体、何匹、子を生んだろう」と、妻に尋いたら、即座に返事があった。「百五十匹ぐらい」

人間の母親とくらべて、これは大変な数字である。まさか、と思ったが、一年三度生むとして、一度に五匹で、十年ではこう成ると言われて私は閉口し、これは猫のサンガー夫人に聞かせたら卒倒するだろうと思った。猫はどこまで愚かなのだろう？　その百五十匹の子供は、どこへ行ったろうと、私は疑問にした。もちろん半数は幼時に乳不足で死んでいる。また、この家では、生まれた猫が呼吸する前に、あまり丈夫そうでない猫は整理することにしている。他家へ貰って貰う努力にも怠りない。だが、一匹の猫が、百五十匹の猫を生むとは？

金沢八景の武州金沢は、鎌倉時代にいろいろの文物をもたらした中国の宋《そう》の船の碇泊《ていはく》地になっていた。その船に乗って来た猫が一匹、土地に居ついたものの子孫が、金沢猫と呼ばれて、古くから珍重されたと伝えられている。私は、これを金沢文庫の闕靖先生の本で読み興味を感じたのだが、金沢猫が実朝の時に来たきぬた青磁の皿や鉢のように代々残ったものかどうか疑問にして来た。だが、一匹の猫が百五十匹に殖えるものだとしたら、金沢猫はゲン然として今も存在するわけであった。

十年あまり前に、私の家にシャム猫の夫婦がいた。ジイドの書いたものにも、飼っていたシャム猫が純粋の毛色のシャム猫と黒いのとを産んだことが出ているが、純粋の毛色のは出ないとしても、すらりとした形のシャム猫で、毛の黒い猫に現在、鎌倉の町を歩いていて、とんでもないところで出会うことがある。これは明瞭《めいりょう》に私の家のシャム族の子孫で、他家で生れ、他人(?)として育ったものなのである。ほそ面の顔も姿も、そっくりである。随分、方々で見る。さかりがつくと猫はよほど遠方まで出かけると見えて、思いがけない場所で、歴然たる我が家の一族が、他人となって悠々と道路を歩いているのを見る。

一度、その一匹が、私の家の猫に殴り込みを掛け、庭で大乱闘になったことがある。十何匹猫のいるところへ単身乗込んで来たのだから、よほど度胸のよい奴に違いなく、七八匹と組んずほぐれつ、揉《も》み合った。妻がそれを分けにはだしで飛び降りて行ったが、内の猫にそっくりな黒猫が、数匹の同じ色の中に飛び込んだので、烏《からす》の雌雄どころでない大混雑である。妻もあきれて笑い出し、組打っている猫に、ひとりひとり内の猫の名を呼んで問いただしているのだった。

「お前、誰《だ》れ？　お前、誰れ？」

その中から返事もしないで疾風のように一直線に逃げて塀の上に行った奴がある。勇ましい闖入者《ちんにゅうしゃ》は彼であった。鏡に写した影のように、地上の一族と、同じ形、同じ顔付毛色で、尻尾《しっぽ》を太くふくらませて立てて、暫《しばら》く相対峙《たいじ》していた。

「早く、お内へお帰り」

と言い聞かせながら、妻は我慢なく笑っている。そのくらい、そっくりで見分けがつかなかった。黙って、おとなしく家の中へまぎれ込んで坐っていたら、内の猫の誰かと思って済ましたろうと思う。そこが猫だから、頰かむりして済ますことが出来ない。化けて手拭《てぬぐい》を姐《あね》さんかぶりにするまでには、まだお飾りの数も修養も要る若い者と見えた。

〈昭和三十六年十月・神奈川新聞〉

# ここに人あり

また猫をバスケットに詰めて、わが家に投げ込んで行った。かなり育った猫で、バスケットに画用紙の手紙が付けてある。

「この猫をあなたの御家族にしてお飼いくださいお願いします」

そして、どうしたつもりか、猫の顔を絵に描いてあった。

またか、と私は嘆息し、終日、沈んで気持ちであった。

手紙の文字は、高校生あたりのものでなく女文字だが、しっかりしていて、多分、どこかの若い奥さんであろう。自分の迷惑を他人の家へ投げ込んで、これでこちらは気楽になったと考えていられる神経にはおどろく。捨てられた猫を私は捨てられない。家の猫はこれで十四匹になる。世間には、他人の老後の平和をみだして平気でいられる人間があるのである。それが、若い女で幸福な家庭のひとらしい。

中国文学の奥野信太郎教授、これが私と同様に、猫のためにこの世を住み憂しとするひとりである。

村松梢風《むらまつしょうふう》さんの一年忌で会ったら、強度の眼鏡の奥で小さい目が英雄的にほほえみながらも、なげいた。

「郵便箱へ投げ込んで行くんですよ」

この短い言葉だけで、私には碩学《せきがく》の教授のなげきがこちらの胸に伝わって来る。ここに人あり、である。捨てられた猫のなく声を聞いて、書斎にいて本も静かに読み続けられない時が、しばしばなのだろう。

「何匹？」

「今、十三匹ですか」

「内は十四匹」

暗然と、ふたりは目を見合せる。

「一体、十三匹の猫にどのくらい食費がかかるかと、この間、計算して見たのです。一万円はたっぷり食いますね」

私は、びっくりする。

「ほんとうですか」

「ほんとうですよ」

「すると、猫がいないと蔵が立つな」

「そうなんです」

いよいよ、ふたりは落胆して目を見合せて言葉もなくなり、うなだれる。そう話すことで、わずかにお互いに慰め合っているのだ。冷然と、他人のところに迷惑と負担をつけて猫を投げ込んで行く世間の良家の人々は、何とけしからぬ動物どもであろう。苦しい生活をして働いているひとなら、こうしない。紳士淑女のしっぽのやつらで高級の方でないことは確実である。だから、私はその見てくれの偽善を忌まわしいと思う。霜夜に捨てて凍え死にさせるくらいなら、オシャマスなべにして食ってやる方が人道的なのだ。なんじの欲せざることを他人にほどこす。捨てるなら勇気を出して鍋《なべ》で煮て、おあがりなさい。

小猫で鈴をつけて、よく庭に遊びに来るのがあった。時間が来ると、いつの間にか帰ったと見えて姿を隠し、また明日、やって来る。かわいらしい。どこから遊びに来るのかと思って、ある日、

「君ハドコノネコデスカ」

と、荷札に書いて付けてやった。三日ほどたって、遊びにきているのを見ると、まだ札をさげているから、かわいそうにと思って、取ってやると、思いきや、ち

ゃんと返事が書いてあった。

「カドノ湯屋ノ玉デス、ドウゾ、ヨロシク」

君子の交わり、いや、この世に生きる人間の作法、かくありたい。私はインテリ家庭の人道主義を信用しない。猫を捨てるなら、こそこそしないで名前を名乗る勇気をお持ちなさい。

〈昭和三十七年二月・神奈川新聞〉

# わが小説

## ——スイッチョ猫

私は物など書かないでネコのように怠けて好きなことをして日だまりで寝ていたい。近ごろそう発心したのではなく、若い時分から移り気で怠けものなので、ほんきネコになることを望んでいた。物を書き始めても怠けものの性質が出て、ほんきに成れない。作家になるのに必要なうぬぼれがなかった。今でもそれは同じことである。若いころのもので『霧笛』だけがふしぎと気を入れて書いた。伴奏の木村荘八氏の画がよかったのに誘われたのと、何と言っても若さのせいである。むやみやたらに数だけ書いていたが、別に書きたいものもなく筆を執っていた。いやでいやでたまらなかった。

そのうち戦争で同盟通信社（共同通信社の前身）からジャワ、スマトラの建設状況を見に行くことになり、アンダマンやサイパン島の空を飛んでいたら、その内に死んで一生も終るのだと気がつき、何も仕事らしい仕事をしないのが心残りになった。自分の持っているものがあったら、せめて書いて置きたいと思った。

そのころ書いた『乞食大将』は怠けない作品の最初であった。終戦後の『帰郷』は、例によって何の用意もなく書き始めた。書くと言うよりもコンポーズしたものであった。東と西の出会をいつか書きたいと思っていた意図の動きがあった作文である。その後に私は『風船』を書いた。これは素直に自分が出たし『帰郷』のように怒り肩でない。自然で今でも私の作品の中で一番気に入っている。『幻燈』と言うのも終戦後に書いた。開花期を舞台にして『霧笛』の青春でなく、もっと穏やかに同情の微笑にくるんで開花の世態をながめたものである。

昔を書いたものでは、私は目下のところ窮屈な徳川時代から離れて、室町時代、安土桃山時代に興味を感じている。日本の近代の出発点のせいもあろうし、あの時代の文化は日本が自分のものを作ろうと初めて試みたものと思うからである。フランスの第三共和制のドレフュス、ブーランジェ、パナマ、それ以前のパリ・コミュヌに手をつけたのは、私が大学で政治学を習ったせいだし、フランス語を少し読むので、何か日本の民主政治のお役に立てばと考えて始めたらしい文章である。

私の一代の傑作はほんとうは終戦後、藤田圭雄さんがやっていた「赤とんぼ」に書いた『スイッチョ猫』と言う短い童話である。十二、三枚のもので、珍しく、書いたものでなく生まれたものだった。子ネコが庭で遊んで、あくびをしたらスイッチョが飛込んでしまい、しばらく腹の中で鳴く話である。ネコは不眠に陥る。ねむったかと思うと、スイッチョが急に腹の中で鳴くので、おどろいてとび起き、あたりを意味なく駆けまわるのである。子どものころからねむりネコだった私のスイッチョは何だろう？

〈昭和三十七年三月・朝日新聞〉

# 白ねこ

女房の話だと、私の家に住んだ猫の数は五百匹に余る。まさかと疑ったが間違いなかった。軍隊としたら何個中隊に編成できるか？　戦国時代に五百匹の精兵がまとまれば、私は相当の侍大将である。

猫は、譜代と外様に分れていた。食事の時だけ外のどこかから通って来るのがあった。戦時中、食料難の折から発生した現象である。彼らは食事の時間を精確に守った。住込みのほかに通いがあったわけである。通いで子猫まで連れて引越して来た奴がある。そのまま我が家に住込んだ。譜代の猫はやはり可愛がって貰って育って弱く、外から入って来た蛮族が我が家に座り込み、優雅な風を我が家から失わしめた。

黒猫ばかりふえた時代があるかと思うと白猫ばかりの天下があった。両統対立の時代もあった。現在は、捨猫ばかり収容して悪い民主時代となった。家の中にいる猫の名を私はもう知らない。覚え切れないからである。一匹の猫なら可愛らしいが、十五匹ともなるともう可愛らしくない。

私は朝起きると、庭に出て狭い地面を踏んで散歩する。私が起きるのを物音で知ると、先に外に出て待って、私が歩く先に手毬《てまり》のように転がり出て、戯《じゃ》れかかる白猫がいた。子猫だけは小さい花よりも可愛らしいものである。小僧と呼んで可愛がった。

年頃に育ってから病院に去勢にやった。夕方になっても帰って来ない。尋ねたら何かの都合で地元でなく横浜の病院へ行ったと聞いて、ふと暗い予感がした。

夜になると電話があって、手術しようとしたら猫が怒って窓ガラスを割って逃亡し行方《ゆくえ》知れぬとのこと。家事を見てもらっている伊藤さんと言うのが、猫の食器とマタタビを持って、夜おそいのに病院の近所の町をさがしに行った。鎌倉内なら、どこかで見つかるだろうし、猫の方から自分で帰る機会もあろうが、土地不案内の大都会の縁の下にもぐり込んだのでは、出そうにもない。

冬の二月のことであった。伊藤さんは毎日、横浜に通い、猫の出そうなところを考えては食事を置き、近所の人に頼んで帰って来た。寒がりの猫に寒中なので、心配であった。新聞に、猫の特徴を書いた挟込み広告をした。すると知らない人から同情の電話や手紙をくれた。

「御心配なさいますな、あなたの白猫は今、横浜から鎌倉のお宅に向って歩いて帰るところです」と言うのもあった。私にも猫が人や自動車に警戒しながら道をさがしてとっとと歩いている一心不乱の姿が目に見えるようであった。

一週間経《た》って、もう絶望と思った。猫を逃がした獣医のひとが責任を感じて新しく新聞広告をしてくれた。これに反響があって、その白猫らしいのが三日前から来て、主人の膝《ひざ》にだけ平気で乗って寝るのがいると申出があった。「小僧」かどうか判りませんが、とにかく捕えて連れて行きますと、すこし乱暴な話だが獣医さんから電話があった。小僧は二度と逃げぬよう、がんじがらみに縛られた上、丈夫な麻袋に入って戻って来た。横浜から袋の中でずっと黙りとおして音も立てないで来たのを、我が家のある路地を入ると、にわかに別の猫のように太い声を出して続けざまに鳴き始めた。ほっとして始めて声が出たらしい。

「小僧」の性質はそれから一変した。外から来て住込むのが原則なのに、「小僧」はあべこべに家出をして外で暮らし空腹になると、一日に一度か二度、我が家の台所に姿を見せる。放浪の味を覚えてから外の方が好きに成ってしまったらしい。毛色もよごれ憎々しく肥り、まったくの野良《のら》猫となった。小僧が入って来ると、家中の猫がいそいで避難する。見つけたら追って行って、機嫌悪い時は噛《か》みつくからである。私たち人間が手を出しても怒って、おどすようにうなる。飯を食うと、仕残した用でも思出したように、また、一目散に出て行く。道楽息子が、とにかく飯だけは食いに帰ってやったと言う風で威張って出て行くのである。

「内の非行少年はどうした？　今日は帰って来たか」

と、私は尋く。

伊藤さんだけが、今もこの不良少年を可愛がって、顔を見ると飯の支度をしてやる。家は要らない。食欲だけ充たす為《ため》に、どこからか通って来るのである。

〈昭和三十七年八月・朝日新聞ＰＲ版〉

# 猫の出戻り

朝からの粉雪が、昼過ぎて小雨となった。かわいていた土がぬれ、木の葉のほこりが落とされる。下枝が生きもののように動くと見ると、雨のしずくを落としたのである。降ると言うほどの雨でないが、庭の紅梅の花の色があざやかである。梅の根もとに猫がいた。小降りなので毛がぬれるのも感じないらしい。白い猫の六之助である。上州無宿と上に付けたい名だが鎌倉生まれである。彼と頭の上の紅梅の木とは無縁でない。

紅梅は、もと二の鳥居の蒲焼《かば》き天ぷらの浅羽屋の路地にあった。花のころ行って二階から見ていて木は細いが八重の紅梅で艶《つや》めいて見えたので、ほめた。毎日、おいしそうな蒲焼きのにおいを吸っているので、色つやがいいのだと冗談を言うと、もらってくださいますかとお内儀《かみ》さんが言った。邪魔になっているし、その内そこを改築したいのです。

なるほど、梅の木は玄関にはいる通路にあり、雨の日に客がぬれぬように屋根をしてあるので、トタンに穴をあけて、幹を出して枝を屋根より上にひろげていた。このままでは、木のためにもかわいそうと思われた。

その内に私の家から小猫が二匹、浅羽屋にお嫁入りした。お前たち、うまいものが食えるぞ、と言って送り出した。これが六之助と熊である。熊は、黒のぶちで、島田まげを結っているように染め分けられていた。銀行から預金を勧誘にきた者がお世辞がよくて、いい猫ですね、まるで浮世絵に出ていそうな猫ですとほめたと聞いて、私は失笑した。考えたな、浮世絵の猫とは。ほんとうは、春信にしろ、歌麿《うたまろ》、清長にしろ、浮世絵師は人間の美人を描くのが上手でもネコを描かせるといかにも添えもので下手でかわいらしくない。内の「熊」は、女なら月の輪お熊で、なかなか美人で、料理屋には向くと思った。二匹がかわいがられたのはよいが、お客に料理を出す場所へ行ったのだから、お客が来る前に度々失敬して相当派手にお膳《ぜん》をひっかきまわしたらしく、浅羽屋の夫妻がかぶとを脱いだ。捨てるのはかわいそう、お引き取り願えるかと電話があって、やがてお内儀さんが涙ぐんで自分で連れてきた。

バスケットから出た相州無宿六之助と浮世絵のお熊は、けろりとした顔付きで、たちまち昔の仲間を見つけて、組打ち、乱闘、競馬を始めた。浅羽屋でごちそうになった恩など三日で忘れてしまったらしい。

　私は二匹を並べて猫の出戻りか、と言った。この家では、もとから住み込みの猫と通いの猫と、ふたいろに分れていたが、出戻りが出たのは始めてで、それもよい。ふたりの猫がこし入れした前後に、浅羽屋の路地の紅梅がとどき、私の書斎の窓の外を飾った。「うなぎの紅梅」と名づけて他の木と区別し珍重した。猫は帰ってきたが結納の紅梅の方はもらいっぱなし、片側の枝が枯れたが、艶な花の色が毎年の早春を飾って私を楽しませる。小雨の中で、今がその花の季節である。

　やがて、ほかの不思議な、猫の出戻り事件が発生した。またひとの迷惑を考えず小猫を塀の外に捨てて行った者がある。わが家ではもう収容力がない。教会へ持っておいで、人も集る場所のことだし、神様がかわいい猫にきっと優しくして下さるだろう。そのとおりに教会の庭に置いてきた。ふしぎなことが起こった。その猫が次の日になると、私の家の道路に帰ってきて、悲しげに泣いていた。これをもう一度教会に捨てに行ったら推理小説流行の折からでなくとも、私が捨てさせたとキリスト様にわかってしまう。仕方なく拾い取った。ここまではよい。

　また、暫くして捨猫があった。近所の人が通りかかって私に言った。この猫はさっきまで教会の前にいたんですよ。これはキリストのお使い姫の猫らしい。遠い道を教会から私のところまで目標を間違わず歩いて来るのである。神様の思召しに従ってのことだろうか。

キリスト様、もう、猫のお恵みは結構でございます。二度とこちらからは捨てにまいりませんから。

〈昭和三十八年三月・神奈川新聞〉

# 喜びの神・ネコ

ニューヨークの美術館のエジプト室に入ったら、巨大な墓所をそのまま床にすえてあった。雪花石膏《せっこう》なのか一軒の家ぐらいの大きさがあって、見上げるように高く厚さも一メートルぐらいの壁が、浮彫の絵で飾られて組合され、廊下になって隠し戸に行き当るまで、ふた手に分れて奥に入っていた。遠足か見学に来ている小学生が出たり入ったりして遊んでいた。隠れて声だけ天井にひびいていた。次に、これだけの重量のものを運ぶのに、どんな方法が採られたか、疑問に思った。次に、ドルの力だなと、ひがんだ。ナポレオンがオベリスクを運んだのは、確か、いかだを組んで海上を動かしたように記憶する。私はエジプトもカイロ美術館も見ていない。映画や画集で見るピラミッドや今度ダムの水底に危く沈むところだったアブ・シンベル神殿などを見ると、あれだけ驚くほど巨大に作らぬと自然の砂ばくの広大な単調さに負けてのみ込まれてしまうからだ、と思った。

パリのルーブル美術館に来ると別のエジプトがあった。「供物を運ぶ女の化粧しっくい像」を見るために私は凡《およ》そ十度は通ったろう。アメルニエヌ王女の線条でおおわれたトルソだの、その他の小さい首だけのものに全盛期のギリシャの彫刻も及ばぬ美しさを見つけて息がとまる思いをした。それから獅子《しし》脚の平たい木と草のイスや寝そべる女と鳥とを組合せた小さいサジに目をみはった。私の好きなネコの像が戸だなに一杯並んでいた。神さまらしく行儀よく威厳のある座り方をしているネコだけでなく母親ネコが子ネコを並べて乳を飲ませていたり胸でじゃらしている、かれんな彫刻もあった。耳輪をつけたネコや首飾りをさげたネコがいた。砂ばくとおおきさを張合う大きな建造物でなく小さいものの中にエジプトがある。護符や雑器の中にまで、エジプトがあった。あれだけのゆたかな画を描くのに用いた筆を私はニューヨークで見た。ナイルの葦《あし》の茎を、昔の歯ブラシのように先端を割っただけの、不思議としか思われぬくらい粗末な原始的のものであった。

今度のエジプト展は、カイロの本場から運ばれて来た。私は、またネコの像に出会った。神像や国王女王でない粉ひきの女や召使の小さい像に、何とも言えぬ生命感のこもった力ある美しいものを見た。ミイラの内臓をいれる雪花石膏のつぼの少女の顔は、何千年も後の中国の玉の細工でも見るようになめらかで、繊細で、かれんに生々としている。化粧料入れのサジもある。日本に土器しかなかった古い時代に、現代の美術などより、はるかに前方に出ている。奴隷を自由に使い得たせいばかりではなかろう。作った人間のよろこびが品物からこぼれて見える。器械でなく生きている人間の手のものであった。

〈昭和三十八年四月・朝日新聞〉

## ねこ家墓所

　ネコ家と言うのは、動物のネコの一家のことではない。ある一族の人間の姓である。ネコと日本語に訳したから、誤解も起ろうが、フランス語でル・シャ――すなわちル・シャ家である。ムッシュ・ル・シャなり、マドモワゼル・ル・シャが皆さんの前に現われたら、別におどろくまい。

　だが、その意味は、動物のネコなのである。

「わたくしは、ネコでございます」

　と、人がきて名乗ったら、あなたは真昼のネコの瞳《ひとみ》のように目をまるくして、

「へ？」

　と、問いかえしかねぬ。

　私がネコ氏一族がフランスにいることを知ったのは、パリにいて、一世紀前のパリ・コミュヌの人民政府の事件を書くので、ペール・ラ・シェーズの墓地に調べに通っている間であった。この墓地はその名の神父さんが持っていた庭に造っ

た現在ではパリ第一の墓地だが、十八世紀からの古いもので、古今の名士の墓があるので知られている。その上にコミュヌの人々が最後にこの墓地内に立てこもり、政府軍の攻撃に抵抗して闘って敗れ、生き残った者何百人が捕えられて石の壁の前に並んで立たされて順に銃殺されて行った。「仲間の壁」と言うか、連盟兵の壁と名付けられて毎年その忌日には参詣《さんけい》の者の花で埋められる。戦闘の一番激しかったのは、小説家のバルザックの墓のある付近だったと言う。音楽家のショパンの墓、名優のタルマの墓もそこから遠くない。

ネコ家の墓所は、門をはいって右に折れ、有名なアベラールとエロイーズの比翼塚のある近くにあった。アベラールは中世の神学者で徳の高い僧、女のお弟子のエロイーズと恋仲になったが、添うことを許されず、別々の僧院に離れて清くー生を暮らし、死んでから始めて合葬された。悲しい恋として有名な話で、ふたりの運命をあわれんだのか、その墓は廟《びょう》と言ってよいくらいに、屋根のある石の堂で二人が並んで合掌して横たわっている彫像が、生けるままの姿で石の墓に飾ってある。（記憶をたどって書いている。間違ったらご免ください）私は「連盟兵の壁」に通う途中で、この昔の、きびしく清い恋びとたちの墓所に詣《も》うでた。そこを離れ、近道して道路に出ようとしたら、ふと目についた墓に、ファミイユ・ル・シャと家名を示してあった。ネコ家である。

ネコ好きの私だから、にわかにきょろきょろして、あたりをながめると、ネコ家は数軒あって墓が一個所《かしょ》にかたまってある。おまけに驚いたことは、ラ・シャット家と名乗った墓があった。めすのネコの意味である。この、めすネコ家も繁盛して、幾たりかの立派な石の墓を並べてあった。私は、びっくりした。めすネコ家は、男ネコ家の分家か親類ででもあろうか？

日本にも犬養家、犬丸家はあっても、単刀直入のイヌ家はない。ネコ家は昔のフランス童話にある「長靴をはいた猫」の子孫の末が繁栄したものかも知れないと空想して私は愉快になった。ここにいるネコの一族は皆天国へ籍を移してしまった人たちなので、現世の住所は墓石に彫り込んでない。墓地はきれいであった。けっして無縁の墓ではなく、生きてるネコ一族が今日どこかパリ市内外に暮らしているわけである。まさか、ほんもののネコ屋か三味線屋の店を出しているわけはなかろうから、市役所の吏員かガス会社あたりに平凡につとめて、家庭は円満で夜になるとネコ一家がテレビの前に集まっているかも知れぬ。私は、よほど墓地の管理事務所へ行って現在のネコ家の住所を教えてもらおうかと思ったが、あなたは何ですかと怪しまれたら、縁続きの日本のネコ家ですとも名乗れまい。あきらめて、帰国した。

一年後の、ついこの間、日本橋の丸善に本を見に行ったら、フランスの「姓氏家名辞典」のフルース社から出た部厚いのが棚にあった。私は、すぐにペール・ラ・シェーズのマロニエの花の咲く墓地の静けさ、深さを思い、そこで見たネコ家の墓の数々を思い出して、少しあわててこの辞書を買って、重たいので送らせることにして帰った。

フランスの占い家名も、我が国と同じく、出身したいなかの地名を取ったものが多い。油屋だの、酒屋、かざり工だの、その家の職業から出たものが、これに次ぐ。ル・シャ家も、ラ・シャット家も残念だが、この辞書に出ていないので、由来を知ることができなかった。そもそも、ネコ家は、いかなる家柄であろうか、メスネコ家は、どうして本家から分かれて独立したか？　どうやら、いよいよ「長靴をはいた猫」に近いような気がしてきた。当主は、髭《ひげ》を左右にぴんとはねた丸顔の好男子で、奥さんはきれいにマニキュアをした爪《つめ》をしていて、さぞかし喧嘩《けんか》が強いことであろう。美人でも、多少、毛深いかも知れぬ。

ネコ家について、その後の調査は、後日に譲る。私は、ル・シャ家のだれかを訪問して、いろいろ話を聞くつもりでいる。

〈昭和三十八年六月・神奈川新聞〉

# 化猫について

七月の歌舞伎座《かぶき》に「有馬の化猫」が上演されたのは珍しかった。

映画でも、夏になると化猫映画が出て、名のある女優が、生の魚を口にくわえたスチールなど看板に出た。さしみなら美味《うま》かろうが、さぞかしなまぐさかろうと思う丸一匹を口にくわえる苦労は、女優さんの商売も楽でなかろうと思ったが、映画ではトリックやカメラの技巧で、化猫も化猫らしく活躍を見せられるかも知れないが、これが舞台となると、制限ある舞台上で人間の役者がすることで、化猫に進化のあとを発見できないのは当然である。

元来が昔から小芝居で出すもので、歌舞伎の大本山の舞台にかける見世物でない。よしず掛けの小屋で、夕涼みに、脛《すね》の蚊を団扇《うちわ》で追いながら見るものであろう。このごろの歌舞伎座のこと、私の行った日も外人客の男女がかなり多かったが人間の猫が行灯《あんどん》の油をなめ、当然だろうが猫の手付きで顔を洗い、柱でツメをとぐ芝居を見せられて、きょとんとした顔付でいたが参考のためにそばに行って感想を聞きたかった。

怪猫だけは、わが日本の創作で、世界中どこの国へ行ってもなかろうと思われるから、まことに独創的なものである。怪談好きの中国にも私の知るかぎり化猫はない。「奥山に猫またあり」ぐらいの伝説ならまだよいが、大名屋敷で側室にかわいがられていたかわいらしい子猫が、女あるじが端の嫉妬《しっと》から虐められて自害した仇をむくいるために、たちまち、化猫となって人間の腰元に乗り移り、悪人ばらの首を食い切ったり、ネズミのように翻弄《ほんろう》して遊びたわむれる。そこが畜生のあさましさ、敵討の目的を忘れて、餌《えさ》ものと遊んでしまうらしく、見ていておかしくなるが、それがおかしくなく、多少凄味《すごみ》あるもののように昔は感心して見た芝居だとしたら、我々の祖先の頭脳の程度もどうかと思われて来る。洒落《しゃれ》気があればいいのだが、それがなくて生真面目で、人間が猫の化物を演技し、舌を出して行灯の油をなめ、柱でツメをとぐ。どうも幼稚で、外国人に質問されたら、私は解説に苦しむと思う。

「イエス、日本の封建社会では、敵討は世をあげて賞賛する美徳であって、その国粋的標本たる大名屋敷の奥深く飼われたる猫は、自ら高貴なる人間の道徳を会得し、主人が辱しめを受けて自殺した恨みを晴らさんために、玩具の小猫のようにかわいらしいのがたちまちに、猛虎《もうこ》のように大きな図体となり、口が横に裂けるのであった」

「わかりません、愛らしい小猫、どうして急に大きくなりますか」

「さあ」

　私にも、もうわからない。

「日本のひと、それ、信じますか」

「信じませんね、多分、あなた方、目の碧《あお》いひと以上に」

「では、信じませんもの、どうして芝居でやりますか」

　歌舞伎は阿呆《あほう》の芸術だと名言をのこしたのは、正宗白鳥である。くだらぬことも見せてしまう芸があって成立したのだが、見る側でも、かなり阿呆であるか阿呆になる能力がないと、舞台と客席とのアンタントは生れ得ない。劇よりも役者を見に行くのが歌舞伎だからである。五世尾上菊五郎があって、この名優が化猫に化けて見せることで人気が立ったのであろう。それもガス灯以前で、面あかりの蠟燭《ろうそく》を使う薄暗い舞台なら行灯の油を音を立ててなめても凄《すご》かっただろうが、猫がいけませんね、照明が今日のように明るい舞台では行灯の油をなめるより、猫が吐きかける息で、ついてた電球が消えてしまう方が今日では、ずっとこわいだろう。

つまらないはずだと予期して見に行ったが、果たしてつまらなかった。八重之助のような猫のワキをつとめ得る名人がまだあって、その軽快な芸だけが喝采《かっさい》できる。あとはすごくなくて、ただ笑う。そして考える。おれは捨て猫を拾って十五匹も飼っている。この中のどれか一匹がおれの小説の悪口を言う批評家のアパートへ乗り込んで、手鉤《てかぎ》を並べたような大きなツメでそいつの面をひっかいて、君の御ため、恨みをはらしてくれるかどうか？

十五匹いるやつが、ニャンとも言いません。化猫は今も昔も嘘《うそ》です。行灯の世の中の暗やみから生れた知能のひくい想像なので、外国にないからと言って、石炭ガラと同じく輸出はならない。白鳥のバーベキューとも、その国民的特異性でどこかつながっているのではないか。

〈昭和三十八年七月・神奈川新聞〉

# ある白書

知らないひとから電話があった。お宅は猫をかわいがっておいでだそうですが、外国に帰るひとがシャム猫を三匹持っているので、飼っていただけないかと言うのですが、もらってくださいませんか？

「お断わりです」

と、私は苦笑して答える。

「こちらから差し上げたいくらいなのです」

私はテレビで電気大工道具の広告を見て、あいつを欲しいなと、いつも思う。しかし、あいつを買ったら、机や板の間にむやみに穴をあけたり、所きらわず柱を削りたくなって困るだろうと気がついて、買わないでいる。私の計画はあの大工道具を使って、猫のための監獄と病院を、庭の一隅に建てることであった。けさも腹を悪くして、座敷中、よごして歩いた子猫がいた。こいつを、収容する病室が庭にあると、本や畳を汚されずに済むし、治療のため、他の猫の皿に首を入れぬよう隔離して絶食療法を施すこともできる。病室の設計は床の全部に砂を入れた便所にして、二階に日光浴できる寝ぐらを作ってやる。監獄の方は、もちろん悪いことをした猫を刑期をきめて謹慎させるためである。文化国の刑務所だから散歩場も作ってやる。食事もやる。怠け者で言いつけても働かない猫に懲役を宣告しても無意味だろう。窃盗罪も飼っている人間の不注意から起こることだから、見のがしてやる。その代り小暴力でほかの猫をいじめ、立ち小便をしたやつは禁固を命じるのである。ビールや葡萄《ぶどう》酒の木箱をこわして、組立て、格子をはめれば、りっぱな刑務所が建つ。そのためには、私に時間のひまと、テレビで見る電気大工道具一式が欲しい。家の猫は捨て猫が多いせいか、実際に非行少年少女が多いのである。親がわりの私たちは苦労している。

シャム猫は当今にわかに日本で流行している。展覧会やコンクールもある。私は三十年ほど前に飼い、子供も生まれた。かわいらしい美しいものである。日本にきたシャム猫では最も古い方であろう。すこし前の私なら、ほんとうにのどから手が出るほどシャム猫は欲しいのである。だが、今はいけない。彼らは猫の貴族である。飼いたいひとはいくらでも出ようが、私の家の雑猫、ドラ猫、捨て猫、出戻り猫、通い猫は、養い手がないから私のところに集ってきて、私を怒らせ、落胆させ憤慨させながら、私ひとりに労働させて、飯を食って寝て暮らしているのである。シャム猫がここにはいってきたら、彼ら庶民階級は急に見劣りすることに成る。私自身が、駄猫ののどかな愛らしさに目が鈍って来ることもあるかも知れない。ここの家は不幸なやつだけ集っていればよいのである。現在もビッコの猫が二匹、盲目で、まったく見えないのが一匹いる。

めくらの猫は以前にも飼ったことがある。これは近親結婚の結果により生まれつきのめくらであった。勘がよく、細いへいの上をさっさと歩いて墜落したことがなかった。今度のめくらはかわいそうに空気銃で撃たれた結果である。どこの人間がしたことか知らない。急に弱って歩行も困難になって帰ってきたので、みてもらったら、小さい頭部から、空気銃の弾が三つ出てきた。よほど近くから続けて発射したのだろう。かわいらしい目が両眼とも白く濁った。よく死ななかったものと思った。

鉛の毒と、神経を切られたものと見え失明したほかに嗅覚《きゅうかく》に故障を生じた。やっと歩き出したが、にわかめくらだし、嗅覚がそこなわれたので、よたよたし、物にぶつかってばかりいる。雌で母親なので、子猫が外に遊びに出るのが心配で見えぬ目でさがしに出るのである。私はこの猫のあわれさを見るたびに、こんな、むごいことを平気でする人間を思う。同じ人間として、その罪の償いにこいつは死なさないようにかわいがってやろうと思うわけである。高いところに登って降りられなくなったり、帰る方角がわからなくなっているのを、声をかけ何か音を聞かせて呼び寄せたりする。おそらく前の猫のように鋭敏な勘を持つことはないであろう。

だから私はシャム猫をお断わりする。考えて見ると、ふしぎであった。出来ぞこないの駄猫を人に押しつけて捨てて行く人間は多いが、シャム猫を戸口に捨てて行く例をまだ見ない。いよいよ、人間と言うやつは、悪いやつである。私が自制して電気大工道具を買わないように、空気銃など人間が持って歩く必要は全くないのである。

〈昭和三十八年八月・神奈川新聞〉

# 猫家一族

外国に出かけて目ぼしい観光の場所、ローマのサン・ピエトロ大寺院、パリのノートルダム、ロンドンのウェストミンスター寺院などへ行くと、ほとんど、どことなく失望を感じる。古い宮殿にしてもそうである。巨《おお》きいなと眺めても、それだけだし、立派だと思ってもそれだけで、気抜けがすることは確かである。

時間をかけてこまかく見たら興趣も湧《わ》くのだろうが、立って紋切型の説明を聞かされて、ぞろぞろと次へ移動するお上りさんの行列で、自分が見たいところを見るわけのものでない。旅行者として二度三度行くこともなく、無理して出かけても、フランスあたりでは案内人が出口でチップを集める都合上、見物の抜駆けをきびしく取締まる。先に出ようとすると、規則に依り相ならぬと引きとめられて、理解しにくい外国語の長い説明を、金魚のように顔を揃《そろ》えて終りまで聞かねばならなかった。世界的な名所旧跡はどこの国へ行ってもそうで、説明を押しつけられるのが煩わしい。見て来たことは確かでも、何も見ずに追出されたようなもので、折角受けた印象も記念に買った絵葉書の鮮明なのに打消される。絵葉書の方が実はほんもののような気が段々として来る。その内に絵葉書を出して見ないと思い出せないようになるのだから、始末悪い。

そんな名所旧跡ではなく、ふとした時に街《まち》で見かけた小さい情景の方が、遥《はる》かに映像が濃く焼きつけられることがある。何か見るつもりで緊張している場合でなく、すこし疲れて休んでいるような時に、目の前の地面に降りて来る鳩《はと》や、堅信礼の白い衣裳《いしょう》をつけた少女が歩道を歩いて来るのや、公園で庭師が植木の手入れをしているのを、ぼんやりと見ていたことが、よく記憶に残るのである。私は日本にいてもそうだが、外国に行っても裏町や小さい路地を歩くのが好きであった。並んだ家の窓の中に、地上どこに行ってもある人間に共通した悲しみや悦《よろこ》びが隠れている感じで、よごれた壁にも親しみを覚える。窓にもたれて外を見ている女や、門口で立話している町の老人たちが、外国の町で見ると永い後まで記憶されるのが、ふしぎである。お互いに知らずに心が触れ合っているのだ。

パリのペエル・ラシェーズの墓地は、コミュヌの時、市民が追いつめられて最後の死闘をしたところだし、遂《つい》に敗れて武器を捨てた者まで石の塀を背に立たされて捕虜として処刑された場所が記念されて残り、フランスの近世史のナポレオンの将軍たちから、歴代の大臣外交官の墓に、バルザック、ミュッセ、コレット、俳優サラ・ベルナール、タルマ、音楽家のショパンなどの墓があって、マロニエの並木が繁《しげ》る下をさがし歩いて、古い歴史の中を辿《たど》り歩くようで興味があった。ドレフュス事件のドレフュス一家のものらしい墓碑も見つかった。ふとファミユ・ル・シャとある墓の前に立止った。

ル・シャ？　私は首を傾《かし》げた。

ル・シャは、フランス語の猫の意味である。猫は嫌いでない私だが、フランスに猫を苗字《みょうじ》に名乗る家があるのを知って、驚いた。しかも、一軒ではなく一族が分れたのだろうが、数軒の猫家の墓があった。

その上に私は見た。すこし離れてラ・シャット家の墓。

「雌猫」家である。いよいよ私は目をまるくした。雌猫家も一門隆盛と見えて、幾たりか立派な石碑を並べている。雌猫家は猫家の分家であろうか？　それともル・シャ家は、猫全体でなく男性の猫家なのか。この発見は、私に遥々とパリに来た甲斐《かい》を感じさせたようなものであった。猫家、雌猫家。日本にも犬丸・犬養家はあるが、単刀直入の犬家はない。丁寧にまことに正々堂々と猫家を名乗った家柄があるのである。

フランスの童話に有名な「長靴をはいた猫」がある。粉屋の息子で親から猫一匹を遺産に貰《もら》ったのを、その猫が長靴をはいて駆けめぐり、智慧《ちえ》を働かせて王女と結婚されるまでに出世させる話である。猫家は、あの長靴をはいた猫の子孫であろうか。悧口《りこう》な猫だから神様に人間にして貰い、その子孫の末が今日の猫家となって繁昌《はんじょう》しているのだろうか？

猫家の墓地は手入れよく、きれいであった。決して無縁墓地でなく、背広を着たムッシュ猫、フランス風につつましいマダム猫が今日もパリのどこかに実存するのである。贅沢《ぜいたく》なサン・トノレ街でシャム猫ペルシャ猫を売る店を経営しているわけでまさかなく、また日本のように三味線屋がないフランスのことだから、堅儀に平凡に市役所の吏員かガス会社につとめて、家庭は円満で、夜になると寝る時間が来るまで、テレビの前に、猫のように香箱を作る習慣はあるまいが、坐《すわ》り込んで居睡《ねむ》りしているようなもの静かな家風かも知れぬ。墓地の管理事務所へ行って尋ねれば、沢山ある猫家のどれかの住所を教えて貰えたろうが、どうも、そこまでは出来にくかった。あなたは何ですかと尋《き》かれたら、実は遠く日本から来た猫家の親類ですとも名乗れまい。

帰国してから私は丸善の書棚で『フランス家名辞典』を見つけて買って帰った。

フランスの古い家名も、我が国と同じく出身した田舎の地名や、村で代々していた油屋やかざり職、酒屋などの職業から出た呼び名が多い。この部厚いアルベール・ドーザ編纂《へんさん》の辞典には、ル・シャ家もラ・シャット家も残念だが掲げてなかった。猫家はどの地方から出たのだろう？　雌猫家は、猫家の分家なのか、それとも反対に猫家の方の母系の家柄なのか？　まんざらの野良猫ではないだろう。

私はパリにある、知らぬどこかの、この一族一門を思い起こす毎に、いつも心楽しい。御主人のムッシュウ猫は、きっと丸顔で髭《ひげ》をぴんと左右にはねて気取っているのに違いない。マダム猫は、爪をマニキュアして尖《とが》らせて、喧嘩をさせると御主人より強いのにきまっている。美人だが、当然に毛深い。よそより寒がりで、一家は、もう今から暖炉に火をたいて部屋を暖めて、まるくなっているかも知れない。

パリまで行って、ル・シャ家のあることを知ったのは、私はひろい物をした気でいる。大臣代議士諸君の外遊にこんなことを視察して来たひとはないだろう。

〈昭和三十八年十月・朝日新聞ＰＲ版〉

**猫家後日**　「猫家一族」に対し歴史家の「ねずまさし」氏から中央公論の「世界の歴史」に猫の紋章の記事（會田雄次氏）があるとお知らせがあり、これはロンドン市長のディック・ウィッティントンの伝説で猫家は英国からフランスに移住帰化したのではないかとのお話、また家兄の野尻抱影からも英国にCatt、Katt家がある旨、The Story of Surnamesと言う本にあり、猫をペットにしていたニックネームから出た旨、知らせて来ました。京都美術大の堀内正和氏からは「ギリシャ彫刻」の著述のあるルシャ（アンリ）Lechatと言う学者がいるとのこと、私の書いた猫家の一族から美術史家が出ていたことを悦びたいと思いました。無用の戯文に皆さんが関心を寄せてくださったのを光栄と存じます。

〈昭和三十八年十月・朝日新聞PR版〉

# 新座敷

大きなフジですね、と客が感心してくれる。軒端にたなを作って、夏は日陰になるようにしてあるが、幹は電信柱ほど太くて、毎年枝をおろさないと、どこまで伸びてひろがって行くかわからない。

この木はいくらで買ったのだったけな、と急に妻に尋ねると、

「四円五十銭です」

と言う。

もうだれもその値段を信じまい。藤沢の在からお百姓で植木屋の手伝いもする常さんというのが、手車にのせて運んできたのだから、その時は幹も細く目方もかからなかったのである。三十年ほど以前のことであった。

山フジで白い色のだが、花の粒が大きくて、花の咲くときはよくにおった。どこからかぎつけて来るのか、アブがたくさんに集まってきて、明るい翅音《はおと》で宙をみたし、花の中に身を沈めて蜜《みつ》を吸っては、つぶてのようにあたりを飛びまわる。

白い花なので、夜になって見ても軒端に明るい。

花のあとは柔らかい葉を出して、厚く茂って夏の日差しを防いでくれる。茂みは緑を深くする。秋になると落葉して、冬の準備をしてくれる。フジは枝をひろげるのといっしょに地中に根を同じほどひろくひろげるものだそうで、縁の下や庭の遠いところから芽を出すことがあった。枝は刈り取るが、根の方は捨ててあるから、どこまで行っているのか、見当がつかない。

今年の夏には、このフジだなの下に床を張り出した。昼間でも風が通って陰が涼しいし、食事もそこに卓を持ち出して大気の中でする習慣になった。広さは、たたみ数で四枚半ほどなので、薄べりを敷き、客がきてもそこで会うことになる。座敷がひと間ふえたようなもので、家の中でも一番利用する場所となった。夕食も空の星や月をながめながらする。友人たちも喜んでくれた。京都の夏、鴨川《かもがわ》に出す床に似ているので、祇園《ぎおん》の赤い提灯《ちょうちん》をとどけてくれた友人もある。これで下を水が流れて、舞妓《まいこ》がいたらね、と笑った。

しかし私の設計は成功であった。秋は月見の場所となり、冬にはいってからも日あたりがよいので、朝起きると、そこに出て日光の中で深呼吸をしたり、すわり込んで日向《ひなた》ぼっこをする。

私よりもこの張り出し床の利用者は、わが家のネコどもである。どうも、ネコのためにこしらえてやったようなものだね、と私は苦笑する。私が出て行かない時も、ネコたちは夏の暮れ方、鉢のユウガオの花の咲くのに向かい合っていたり、冬の朝日がさして来るのを何匹も並んで日光浴をしている。居心地よいところを捜してすわり込むことでは彼らは天才なのだ。私がすわる目的で出してある座布団も、すぐ彼らが占領してしまうので、私は別のを持って出ることになる。

冬の日をあび、私はネコどもとすわって狭い庭を見て休息の時を過ごす。雨の日は別だが、日光のある昼間は、そこに出ている時が私は楽しい。小鳥が降りて来る。ツバキのつぼみが、だんだんとふくらみ、花の色を見せて来るのを毎日、見まもっている。マツの葉が針のように光って見える。家の中には歳晩のせわしなさがはいってきているのだが、この青空の下の座敷だけは、いつも静穏で光りに恵まれている。

やがて、ここに雪が降りつもる日もこよう。だが、この新座敷は夏になってから作ったので、フジの花ざかりの晩春をまだここで迎えてない。これは来年の楽しみである。花の房がにおい、アブがさかんにうなる時に、私はここで怠惰を楽しむことにしよう。今から思っても楽しく、春を待つものである。

〈昭和三十八年十二月・神奈川新聞〉

# 千坂兵部の猫

大石内蔵助《おおいしくらのすけ》以下赤穂の人々が、高家の吉良上野介《きらこうずけのすけ》に亡君のかたきをむくいようとした時に最も心配したのは、上野介が奥州の米沢に引き取られて行きはしまいかと言うことだった。米沢の大名、上杉氏に、上野介の子供が養子に行って当主となっている。上野介の命がねらわれていると気がついたら、他家にあっても骨肉の父親をかばって引き取ろうと考えるだろう。上野介が江戸にいるのなら襲撃して討つこともできようが、遠い奥州の米沢にかくまわれたら、いなかのことだから、多勢で出かけて行ったら直ちに発見されるし、小人数で行っても怪しい旅人がきたと気がついて警戒されるだろう。上杉家は武勇の家柄だし、城のある自分の領土内ならば、向って行って歯が立つまい。浅野は五万石、上杉は十五万石あまりの大藩で、家中の人数も多い。

私の「赤穂浪士」では、内蔵助は上野介の命を奪うだけで満足する男ではなく、場合によっては上杉家を紛争に巻き込んでつぶさせてしまうまでの決心である。

上杉家から見ると、これは迷惑で、事件に関係するのを避け、謙信以来の古い家柄を傷つけたくない。東北の風土で保守的に育った譜代の家来たちが当然に警戒しそうなことである。その代表として、私の小説では、家老の千坂兵部を働かせることにした。実は、千坂兵部の働きは歴史の上では明らかでない。兵部は当時、国詰めで江戸にいなかったし、問題の処理に関係なかったと主張したひともある。小説は歴史とは別の真実を創造する仕事であるから、私は千坂兵部を内蔵助の攻撃を受けて立つ位置におき、由緒ある主家を守るために、主人（上野介の子）にうとまれながら、いろいろと画策して衝突を避けようと苦慮する人物とした。そんなことはしなかった男かも知れないし、実際に主家のために計った忠義の者かも知れないのである。千坂兵部は、私の「赤穂浪士」で世間に顔を出した男である。

古い大名の家の累代の家老で、冬の長く厳しい東北育ちの武士、保守的な性格として設定した。兵部がネコを飼って、いつもひざにのせているのも機略がありながら気むずかしく口重い老人らしい姿をあざやかにするためであった。家つきのネコを譜代ネコとしてかわいがり、よそからはいってきた外様ネコと待遇を区別したと言うのも、しんから封建的な人柄で、秩序や習慣を折り目正しくする気質のかたくなさを示す意味で、実は私がそのころからネコを飼い、内で生れたネコと外からきたネコと手もとにいたのを、そのまま写して、兵部の生活の中に組み入れたもので、創作に過ぎない。兵部の飼いネコが風呂《ふろ》のふたに寝る話も私の家にあったことを、そのまま書いたままでである。いつからか私のものでない映画でも千坂兵部が出るとネコを抱いてすわっている。あれは、私の新案特許侵害で、もちろん史実にあることでない。米沢のような冬の寒いところにいたら、年寄りがネコを抱いてたら、ひざが暖くてよかろうと思って書いたことである。いつも黙りがちに、物を考えて気むずかしくすわりこんでいる老人にネコはうつりがいいし、それらしい人間ぎらいの孤独な空気を作り、画にも成ると思った。

今度のテレビの赤穂浪士では、千坂兵部は歌舞伎の実川延若なので、若手ながら癖のある面白い風格だし楽しみにしていた。初めて画面に現れて出た時に、やはり形どおりネコを抱いていた。小さい三毛ネコである。もっとまるまるとふとった老猫の方が兵部に似合うと思ったが、延若の兵部が絶えず上体をそらして、ゆらゆら動いて、何となく落ち着きがない。大石の豪快さに対抗する謀臣らしい重みも幅もない。私はこれはいけない、注意してやろうと思った。台詞《せりふ》も変に騒々しく軽い。口の重い東北の人間らしく見えなかった。

そのうちに演出者に会ってその話をした。すると、実は、と話してくれた。延若はどうしたことかネコが大きらいな男で、さわったこともないのに仕事だから我慢してひざにのせた。ほんとうにきらいなので時がたつほどからだが段々とそってきて、台詞も早くなる。抱かれたネコの方は、相手が自分を好きかきらいか本能ですぐにわかるものだから、落ち着かない。延若はネコをなでているつもりが、知らずに力を入れてつかんで押えつけている。ネコの方は苦しいから逃げようとする。それを押えつけて、元来がほんとうにきらいなので、ぞくぞくして、からだをそり返らせている。

それで、ああ成ったと言う。

いつも無愛想で、人と対座していても自分の頭の中の影とにらみ合っているような態度。話しかけられても返事をずっと後からするような口重い性質、そうしたら兵部らしくなる、と私は注意した。「仕様がない。ネコを引っ込めよう」と私は言った。「あんな貧弱なのでなく、もっと大きい、まるまるとふとったネコを抱いてもらいたかったのだ」

〈昭和三十九年二月・神奈川新聞〉

# 困ったこと

火の用心に書斎の窓の下に、ため池を作って睡蓮《すいれん》を沈めたり、鯉《こい》を放った。ほうりっ放しなので、やがて睡蓮も花を持たず、つやつやと光る葉ばかり水面に繁り、鯉もいなくなった。夏場に蚊をわかせてはと考えて、小さい鮒《ふな》を買って放つ。これを、十数匹いる我が家の猫の中に、釣りの名人がいて、辛抱強く、鮒が出て来るのを待って上手に釣り上げて来る。

猫のことだから、釣り竿《ざお》も餌《えさ》も使わない。油断して金魚や鮒が水面に出て来たところを、前足の爪で、ひょいと引っ掛けるのである。その呼吸もコツもあるらしい。ほかの猫では出来ない。その犠牲者が畳や廊下に、捨てて置いてある。食うのが目的でなく、動く間をにらんでじゃれるだけで、動かなくなると興味をなくす。その猫は釣りの名手で、あきずに毎日のように出かけた。雨の日も、ぬれながらじっと腰をおろしてすわり込んで、水を見まもっている。魚たちは雨の日には、よく出て来るのであった。

「とうとう、池の金魚が一匹もいなくなってしまった」

あとを補充して、遊ばせてやる粋狂さはこちらもない。苦笑して、そのままにしておいた。その時は、猫は咲いてにおう藤の花や躑躅《つつじ》に飛んで来る虻《あぶ》をねらい、舞って来るモンシロ蝶《ちょう》を追い始める。

「だれでしょう。お隣りの池の金魚をとって来るんです」

と、台所から私のところに報告がある。

「昨日も今朝もです」

それは困ったなと私は思った。例の釣りの名手が、新しい漁場を見つけて感激してかせいでいるのに違いない。

「あやまって来てくれよ」

と私は言う。

「買って返すかな？」

「大丈夫でしょう。一匹や二匹、沢山、いるんですから」

「そうは行かないよ。あやまっておいてくれ」

その内、可憐《かれん》な金魚の死体を発見することがなくなった。

だが、家まで持って帰らないのかも知れない。隣りに頼んで、猫を池の縁に見つけたらホースの水でもかけて追ってもらうようにしようか？　私は戦時中の我が家の猫の活動振りを思い出した。

別のお隣りだが、私の家と違い、防空壕《ごう》が掘ってあって空襲警報が出ると、一家ではいって避難する。私が庭に立って敵機を見ていると、内の猫が見事な鮭《さけ》の切り身をくわえて来て、鼻にしわを寄せて、ムシャムシャやっている。

しまった、と思った。隣りの台所か、食卓にあったものらしい。こんな立派な鮭の切り身は買えない時代であった。お隣りは新潟の方に工場を持っていたひとなので、鮭は新潟から手に入れたらしい。むろん、配給外のルートだから、秘密である。私が猫の口から鮭を取り上げて返しに行ったら、お隣りの食事の秘密に触れることになる。見て見ぬふりをして、猫にもうけさせた。すると、猫はきれいに全部を平らげてから、ああ、うまかったと言うように満足してすわり直して顔を洗い始めた。私は家の中に戻った。しばらくして、ふと見ると猫が、もう一枚、新しい切り身をくわえて、意気揚々と隣りのへいから降りて来た。たまらなくおかしいけれど、どうも仕方がない。あやまりにも断わりにも行けない。猫が行くから気をつけてください、とでもどなろうか？

「いいですよ、御主人」

と、猫が私に言った。

「この鮭は闇《やみ》の鮭で、違法なんです」

なんでしたら、御主人の分も一枚、持ってまいりましょうか、とはさすがに言わなかった。

猫は自分だけで当時めったにお目にかかれない御馳走《ちそう》を賞味し、満腹し、舌なめずりして風の涼しい木蔭《こかげ》に寝に行った。その時の鮭と、今度の金魚とでは事情がちがうのである。私は、その内にお隣りにあやまりに行かねばなるまい。猫のやつは、李承晩ラインを認めず、自分は関係ないと信じているのである。

私は、やっと結論を見つけた。

「やはり内の池に、早く鮒でも入れて、こっちで働かせるのだな」

リムスキー・コルサコフの自伝を読んでいたら、イゴル公の作曲家ボローディンの家に、やはり池の釣りの上手な猫が一匹いたそうである。

〈昭和三十九年五月・神奈川新聞〉

# 夜曲

庭に突き出した日本風な裸の床に出て私は籐《とう》いすに横たわっている。仕事を終えた夜の時間である。やみの中でたなの藤の若葉がそよぎ、木の枝を渡る風をぼんやりと見るともなく感じている間に、おれも世間普通の生活だと、もう停年を十年あまり過ぎてしまって、ゆうゆうと何もしないでいられる身分だろうにな、と、ひそかな歎《なげ》きのような声が胸の奥を横切って行った。

業のように私はそうするのを許されない。朝、目がさめるとまくらに頭をつけたまま、今日の日課、果たさねばならぬ仕事のことを考えている。休息している夜の時間でもそうである。近く始める新しい仕事のこと、それについても自分がもっと深く物事を勉強しておくのだったと言う及ばぬ悔恨やら、参考になるはずの本を書庫のどの辺にしまってあるかを思い出そうとするなど、やはり仕事のことが頭から払いのけられない。自分がついいえてしまうまで停年がないのである。また不幸にして私を養ってくれる子供がいない。猫だけは無限にふえるが、こいつは大切な本を小便で汚し、私が植えさせた百合《ゆり》を同じことで枯れさせ、ナデシコが好きでこの夏は咲かせるつもりだったのを、葉の柔らかいうちに食って坊主にしてしまって、つぼみも持てぬようにする。我が家に害をして家人にいらぬ手間をかけるだけに一所に暮らしているやつらである。重い本を運んで来て、用がすんでから、もとに戻しに行く体力もなくしてから、私のいる場所は、片付けることのない本で埋まってしまった。せめて十何匹いる猫のやつが本の出し入れだけでも手伝ってくれるといいと思う。

このままで年々、一年ずつ老いて行ったら自分の書斎はどうなることだろうか。現に本の重量で、床が抜けるのではないか、と時々、迫る危険におびえて考え込むのである。それでも仕事となると必要な本をさがしに、神田本郷の古本屋街へ出かける。視力が衰えているので、薄暗い店の中の本だなをあさっていると、すぐに疲れて来る。こりずにまた重いのを腕に抱えて、帰って来て床に投げ出す。人間として片輪の生活だな、と私は思う。これが停年制なしに、自滅を待って連続するのだ。

夜の藤だなの下で、今日は疲れているからこんな考え方をしているのだな、と思う。ねむることは私に恩恵である。酒を飲む上に催眠剤を常に用いる。眠るのは時間的に死ぬことだと信じている。その夢の中にまで、仕事が押し入って来る。ある夜は私は書きかけた仕事を夢の中で原稿紙にペンを走らせて続けている。よく出来ているような好い気でいる。それが、朝になって目がさめると夜中書いていたと言うだけで何も記憶に残っていない。他のデスクの仕事でもこう言う経験があるものかと思うが、夜ねむる間もそのことを忘れないでいるとは、どこか因果のようで悲しい。ばかげたと言うより他はない一生のようである。ごまかしがきかないのである。

私が中学生の時の先生だった亀井高孝先生が、漂流民大黒屋光太夫のロシアについての報告「北槎聞略」を校訂して新しく学界に送った後に、レニングラードにまだ光太夫の遺物で残ったものがあるのでそれを調べに行くと言うので、先月初めに横浜からソ連の船でナホトカ港に向かわれた。そこからハバロフスクまでシベリアの汽車、あとは旅客機で壮年でもかなり苦労の旅を、八十歳の老先生が思い立って出て行かれた。しきりなく、ロシア文字であて名を書いたおたよりがある。レニングラードで、目的の光太夫関係の文書や遺物を黙検しながら、日本語学生に向かって教壇に立って講演までされたようなお話である。

私はこの先生の弟子だし、まだ十年は年下なのだから、書斎の床が抜けようとも、首が飛んでも、動いて見せるわと、四谷怪談の民谷伊右衛門のせりふの如《ごと》くに、いよいよ根気よく、努力を続けるより他はない。

先月の歌舞伎座では、市川寿海が競伊勢物語の小野篁《おののたかむら》の大役に初役で取り組んだ。七十八歳の老人が、初めての長いせりふをよく覚え、一時間あまりの緊張した舞台を堂々と演じて見せてくれたのである。昼の部の「箕輪《みのわ》心中」の藤枝外記の役は立ち上がっている間はよいが、すわると曲がった背中に年齢が現われ、締めた帯が押されて段々と上にあがって来るのを年とはかなしいものとながめたが、小野篁で、かみしもをつけて出て来ると古怪となった顔立ちと相まって、気力充実したさっそうたる姿となった。せりふの流麗なひびきについては言うまでもない。これも燃え尽きるまで努力して働く人のようである。

だれのためでもない。一切自分の志のせいゆえである。

〈昭和四十年七月・神奈川新聞〉

# 小鳥の客

秋晴れのよい日が続く。静かな朝、耳なれぬ小鳥が庭に来て、鳴いていた。鵙《もず》でないかと思ったが、声が違うようであった。姿を認める前に飛び去った。

数日たつと、ほんとうの鵙が来て、特徴のある鋭い声で鳴き、数匹いる私の猫たちが耳を立てて、鳴く音のした梢《こずえ》に向きなおった。ことし生れたばかりの子猫には、鵙の声は、初めて聞くので何かと怪しむのであろう。軽くおどろき警戒するような挙動を見せた。古い猫たちが、記憶力があって以前に聞いた鵙の鳴く音をおぼえているかどうかも疑問だが、おどろく風は見えない。聞いてから、知っているものなのを思い出すのだろう。人間の私でさえ、聞きなれぬのを間違うのだ。

雀《すずめ》や鶯《うぐいす》をとって、家の中に見せにくわえて来ることがあるが、鵙はさすがに敏捷《びんしょう》だし高い枝に来るので手に負えぬらしい。取りに木登りして行って、うっかり手をはなしたら、猫の方が墜落する。

鵙で思い出すのは「若き日の信長」を書いて歌舞伎で演出も自分でした時のことであった。柿《かき》の実が赤くたわわになっている秋日和《びより》の野の場面で、鵙の鳴く音が遠くでするように指定しておいた。

稽古《けいこ》を終えてから、正体の知れない爺《じい》さんが私の側に来て、

「あの鵙でございますが」

と、ていねいに尋ねかけた。

「朝の鵙でございますか、夕方の鵙でございますか」

気がついて見ると、役者らしく見えなかったはずで、舞台の裏で鵙の鳴く音を聞かせるのが老人の仕事であった。

私は、この質問におどろいた。

「朝と夕方で、鵙の鳴き方が違うんですか?」

「へい、違います」

と言って、爺さんはすぐに、鵙の鳴く音をふたとおり真似《まね》て聞かせてくれた。

「これが朝の鵙で、夕方のは、こうでございます」

専門の道にはまったく思いがけぬ奥があるのを知って私は感心した。実は、ふたとおり聞いても、素人の耳には、ある個所をのばすだけのことのように聞えた

が、鵙の大将はどっちでもいいとはしないのである。

「夕方のにしてくれたまえ」

爺さんは頭をさげ、

「かしこまりました。ありがとうございます」

と、昔者らしく律儀なあいさつをして、ひきさがって行った。

芝居では、夜の場面でよく犬の遠ぼえを聞かせて夜更の寂しさ静けさを出す。私は鵙の声に朝と夕方の区別があるとすると、犬の遠ぼえにも時間による違い、宵の口と夜半過ぎと、朝がたの相違があるかも知れぬと想像して、ひとりでおかしくなった。舞台稽古の帰り道に、演劇制作部の稲田竜夫君（おしくも昨年なくなったが）と一緒だったので、鵙の話を聞かせた。稲田君にはだれのことかわかったらしい。

「へえ、そんなこと言ってましたか」

と笑って、芝居で中日《なかび》になると、裏の方から小道具や衣裳の代金をこまかく書き出して表（制作部）に請求している。その中に鵙の鳴く音も値段をつけてくる。犬の遠ぼえ三百円とか、鶯の声五百円とか、恋猫のなき声にも何円と値段を書いて来る。なるほど芸の内なので、役者が長い台詞を言うのと同じで、人語でないだけである。ただ声優であって舞台に姿を見せず、犬の遠ぼえや、鶯の初音の代金を漏れなく書き出して請求するのである。

「それを、私の方で五百円と言って来たのを三百円にしたり二百五十円に削って、入費を割り出す。ひと声だから、半分でよかろうってわけですか」

と、稲田君は笑って話してくれた。

「すると」

と、私は真剣に考えて言った。

「朝の鵙と夕方の鵙では、値段が違うのかな?」

それは、同じだろうと言う。しかし、芸なのである。当人としては、朝の鵙の声か夕方のかあいまいにしておくのは良心のある仕事でないと思うのだろう。そこまで身を入れて鳴いてくれるので、舞台に、時間が現れて効果も出るのだろう。今度の鵙の声は、値切らないで欲しいと演出の私は言いたかった。

こんな老人も次第にすくなくなって来るのではないか?

庭の今ごろ、鵙が来て鳴くのだが、朝と夕方との違いが、私にはまだ聞き分けられぬ。その代わり、事、猫に関しては、何を話しているのか私は自慢でないが、大体わかる。内の猫でなくよその猫でも、なき声を聞くと、何の意味か知れる。

腹がへっているのか、病気なのか？　それとも、ただ甘えているのか。有馬や鍋島の化け猫では困るが舞台で普通の猫がなく芝居がないだろうか？　見にではなく聞きに行って、うまいか下手か、私は聞きわけて見せる。

〈昭和四十年十月・神奈川新聞〉

# 山寺の猫

松の内の六日間を、大阪の四天王寺、堺《さかい》の南宗寺、河内の観心寺、金剛寺から始めて飛鳥奈良で暮した。旅の終りに新幹線の「ひかり」に乗ってから、連れが回って来た寺の数を算《かぞ》えて、四十二ヵ所になりましたねと知らせたので、あきれて苦笑した。しかし正月の寺は、どこも日頃よりも静かで、一日を除いて天気続きで暖かかったのは倖《しあわ》せであった。

奈良から京都に出る日になって、途中で立ち寄る寺を考える。柳生に近い円成寺から岩船寺、浄瑠璃《じょうるり》寺と、通いなれた山道である。昨年中のこと、句誌「馬酔木《あしび》」に秋桜子さんがたしか「山寺の猫」と題してこの岩船寺の猫のことを随筆に書いておられたのを読んで、私もその猫を知っていたので面白く思った。秋桜子さんが岩船寺に行くと案内に立つ寺の和尚が注意した。ハンドバッグの中に菓子など入れてありましたら、そこに置かずにお持ちください。猫が食ってしまう心配がありますから、と断わったとある。その文章を読んで私が笑いを覚えたのは、柿の実の梢が赤い頃に奈良からこの寺に行った時、私は以前に寺に猫がいたことを思い出して、乗っていた自動車を東大寺の転害門近くの八百屋の前に停《と》めさせ、その猫の土産に鰯《いわし》の目刺しを買って新聞紙の袋に入れてくれたのを持って行ってやった。寺の座敷に上がり猫を見つけ、最初のひと串《くし》をやると、猫はくわえるなり走って縁の下にもぐり込んだきり、二度と姿を見せなかった。私は、猫のために、まだ沢山の鰯を袋に入れて持っているのに、肝腎《かんじん》の猫が出て来ないので、困って、寺の妻君にこれは猫へのお土産ですから、あとでやってくださいと断って渡して寺を出た。

秋桜子さんの文章は、私に猫が最初の鰯をくわえて縁の下に逃げ込んだ時の、ものすごい速さを思い出させた。来客の菓子まで盗んで食う山寺の猫は、生臭ものの鰯の目刺しをもらって、取り返される危険を最初に直覚して逃げて隠れ、まだあともやるつもりでいる私を待たせたまま二度と出て来なかったものだろう。岩船寺は山の奥にあり、魚が住む川や海から遠く、近くに物を売る人家などない場所にあるのだから、猫は好物の魚類を恵まれる機会など、めったにないのだろう。鰯の目刺しなど、生れて初めてお目にかかったのかも知れぬ。寺だから生臭いものは門を入れぬ習慣が、今時、まだ残っているとは思われぬが、とにかく、八百屋も肴《さかな》屋もない淋しい山里のことだ。猫も来客の菓子までねらうように育ったのであろう。

今度もまた、私は岩船寺の猫のために、前にも寄った転害門の傍《そば》の八百屋に車をとめて、鰯の目刺しを一袋、用意した。

猫が来客のハンドバッグをあけ菓子まで盗むことから考えたことで、私は連れに言った。

「この前、猫にと断って置いて来た目刺しも、寺では猫まで回さずに、和尚が分捕って炉端で一杯やる肴にしてしまったかも知れないな。今日は、寺へ行ったら、猫でないと見つけないような場所に分けて隠して置いて来よう」

岩船寺に行き、石段を登って境内にはいると私はまず猫をさがしたが、見つからなかった。本堂で法事でもあるらしく障子を閉めた内部で人の話し声がしていて、寺の者も出て来ない。山蔭で寒いことだから猫はどこか火のある暖かいところに蹲《うずくま》っていることと、台所口からのぞき込むと、土間の大かまどに薪の燃える炎の色が見え、薄暗い板の間に猫が二匹いた。前に見た三毛でなく雉《きじ》猫だが。

「おい」

と私は声をかけて、袋の目刺しを投げてやった。

一匹の猫が、すぐそれに飛びついてくわえて、少し逃げてから、むしゃむしゃ、食い始め、もう一匹の方は本堂の客から下げて来たらしい菓子の盆にかかってい る。私の知り合いの猫でないが、その子供たちのような気がした。子猫だから鰯などまだ知らないらしいのである。

私はすぐに次の作業にかかった。猫にだけ発見出来るような場所を見つけ、かまどの陰や、縁の下の踏み石のうしろ、庭木の繁みの下に、目刺しを隠して置いて歩くのだ。山側にある三重塔の床下にも置いてやった。猫が順に歩いて見つけ出しては、むさぼり食う悦びを空想して私はひとりで面白がった。

「猫の奴《やつ》、なんとこの世はどこへ行っても楽しいことに充ち充ちているかと思うだろうな」

山寺の猫は返事をしない。帰りぎわに、もう一度庫裏の台所をのぞくと、人影におどろいたのか、残った一尾を口にくわえて、薪が燃えているかまどの後へ隠れた。私は岩船寺の猫に正月をさせたのに満足して帰った。手がなまぐさくなったのを、石段を降り氷がはった石の手洗鉢で洗った。

〈昭和四十一年一月・神奈川新聞〉

# 猫の風呂番

私の風呂《ふろ》は鴉《からす》の行水のようにいつも早いのだが、出て来て、妻に、

「おはいり」

と言うと、テレビを見ていたのがおどろいた顔を向けて、

「早いんですね」

と言う。

私は説明しない。実は、はだかになって流し場に降りて見たら、猫の一匹が湯ぶねの蓋《ふた》の上に寝ていた。内の風呂は洋風なバスタッブだが、湯がさめないように板をならべ蓋をする。寒くなったので、その上に寝ると、暖かくて猫の居心地がよいのである。

私の内には捨て猫を十五匹も収容してあるが、この一匹の女猫は、どうしたものか他の猫と一緒にならず、いつも離れて、浴室に住んでいる。毛の色が醜いので隠れることは猫にあるまいが、ほかの猫のように所嫌わず、主人の座布団を占

領したり、夏冬ともに一番居心地のよい場所をさがして悠々と香箱を作り寝そべっているようなことがなく、食事の時以外は風呂場から外に出て来ずに、棚の上にいたり、脱衣用の竹籠《たけかご》の中に、まるまって寝ている日常である。

「おかしな猫だな」

と私は首を傾《かし》げた。

「どこか、からだでも悪いのか？」

そんなことはない、食欲もあると言うのだから、ひとりで居るのが好きで、人間で言えば隠遁《いんとん》好きの性質に生れたのであろう。

毛色の醜い猫だし、どこか淋しげで、可哀想《かわいそう》に思って、夏の間の私の習慣で日に何度か水をあびに行くと、涼しいので蓋の上に寝ているのが、水のとばっちりをあびせられるのを嫌って、はだかの私を見るなり条件反射のように自分からさっさと降りて脱衣場に避難して行くのがいつもであった。いつも風呂場にいるから猫の風呂番のように見え、男猫なら三助と名をつけてやってもいいと思った。ひとりで隠れて暮しているので、まだ名前も貰《もら》ってないようである。

寒くなったので、猫は私の顔を見ても蓋板から逃げて降りない。板を二枚ほど、あけても、少し不安らしく場所を移しただけで、座ったままで私の顔を見ている。

湯は熱かったので、水道の栓をひねって水を落した。

毛が濡《ぬ》れるのが嫌いだから、すぐ逃げると思ったのに、動こうとしない。

「おい、どけよ」

と私は言った。それでも動かないから、蓋をあけるわけに行かない。うろたえたら熱い湯の中に落ちないとも限らぬ。こちらが寒くなったので私は小桶《こおけ》で湯をくんで軀《からだ》にあび始めた。湯がはねれば驚いて逃げてくれると思った。

それでも動かないで、まるい目でひとの顔を見ている。

もう一度、かけ合ってみた。

「どけよ。おい」

私は小桶の湯ばかり続けて浴びた。

やがて軀が暖まり、もう湯に入ったのも同じになったから、とうとう猫に負けて、出て来てしまったのだが、あとで考えて、おれもおかしな男だ、猫に遠慮することないのに、と思った。

せっかく居心地よく蓋の上で暖まっているのを、無理に、どけてまで湯に入るのも可哀想と思った。

あとで聞くと、毎夜湯を落したあと、浴槽の鉄板に余熱のあるのに、乾いた夕オルを敷いて上から蓋をしてやると、朝まで、そこで、のびのびと軀を伸ばして睡《ねむ》っている由。湯番や三助どころではない。浴室の主、女王さまだ。

# 早春一夜

旅をして宿を取ると、初めての土地なら、私は夜の食事の折に給仕の女中か芸者から土地の話を聞くことにする。いつもおもしろい話が聞けるものではなく、芸者たちも他所から流れて来た者の方が多いことがあってその土地の昔のことなら、調べてきた私の方がくわしくて、話にならぬことさえある。私の興味は、今日残る土俗的なことなのだが、それも彼女たちはあまり知らない。従って私が呼んでもらうのは、おばあさんほどよい。

福島の久慈川の奥にある袋田温泉へ行きふたり呼んでもらった。温泉地だが芸者がいくたりいるのかときいたら三人だと言うので、それは惜しいことをした、もうひとり呼べば袋田へ行って芸者を総揚げにして大尽遊びをしたことになるのに、と笑った。

そんな山中のことだから、出頭した両人とも、袋田でも近在の生れでもなかった。年上の方のふとったのは、終戦で樺太《からふと》から引き揚げて来たとのこと。そう言われて見るとロシア人のように鼻が肉が厚く大きいのも、おかしかった。もうひとり若い方は、どこから来たのか返事をあいまいにぼかす。

とにかく土地のことなど何も知らない。それよりも、いつも相手にしている客の質がそうさせるものか、下がかった話をすればお客の私がよろこぶと思い込んでいる。すこし閉口して、こちらから話題を求めて、彼女たちに子供はないのか尋ねてみた。こちらが頭も白いから、そんな話を持ち出しても先方も色気ぬきで、正直に答える。この方が、よほど、生地のままで、素直である。

「だんなは、おいくたり?」

と、子供のない私に尋ねてきた。仕方なく私は返事に自分の家にいる猫の数を代用した。

「十七人だよ」

「まあ、大変」

と、ふたりとも驚いて叫んだ。

「それで、皆さん、ごじょうぶで」

「ああ、大体、じょうぶだな」

私は、びっこの猫や盲目の猫がいることを思い出して、すぐ訂正した。

「もっとも脚の悪いのも、めくらのものもいるんだがね」

「あら、そう、多勢いらっしゃると、どうしても……それでも一番上の方は、もうごりっぱに世の中に出ておいでなんでしょう。おいくつぐらい？」

「それが、十一になったばかりなんだよ」

「え！」

と、彼女たちは目を見はって驚嘆してから、たちまち彼女たちのエレメントに戻ったようすで快活になって見えた。

「まあ、十一の方が一番おかしらで、十七人もお子さんがあるの」

「そうなんだ」

「では、お宅だけでなく、方々におできになったんでしょう」

「そうだよ」

私は別に澄ますわけでなく正直に答える。実際、どこかよそに生れたのを、人が我が家の塀の外に捨てたのを拾ったものだからだ。

「方々から来たんだね」

「それで、皆さん、ごいっしょに？」

「それは、そうだ。みんなを食わせるだけでも大変だね」

「おちいさい赤ちゃんもおいでなのね」

「うん、まだ相当いる。みんな、まだ、はってるんだからな。いくたりいるか？」

「あきれた」

と、大鼻は、つくづくと私の顔を見て感心したらしい。ふいに奇声をはり上げた。

「お達者ねえ、だんな。十七人。十一をかしらに！」

ふたりでお互いに肩を寄せ合って、げらげら下品に笑う。私の方も腹の中でおかしくてたまらないが、なるべく真顔でいる。

「十七人もいると、兄弟喧嘩《げんか》ばかりして、夜なかまで起こされる。閉口だな」

彼女たちはすっかり感心してため息までした。

「お内のなか、にぎやかでしょうね」

「うん、にぎやかだ。でも、おかしいな。ねむる時には、申し合わせたように皆でそろって、いっせいにねむるんだからな。てんで分れて、屋根の上だの、塀の上へ行って」

ちょっと、あやしくなった。

「その時は家中、静かだ」

「目の悪い方がいらっしゃるの？」

「両方とも見えない」

と、私は極めて正直に実情を話した。

「でも、両目が見えなくとも、狭い塀の上を、とっとと駆けて歩くんだね。それから、びっこのやつでも、じょうずに木登りするよ」

「………」

「猫なんだよ。内の子供は」

# 牢獄の猫

夜になると銭湯の前の広くもない道路に自家用車が二、三台、いつも停まっている。青空のパーキングかと思うと、そうでない。遠方から自動車で家族が湯に入りに来ているのだ。いずれ若い夫婦であろう。無精をして自宅で湯を立てるのを怠るのか、アパートで浴室のない部屋に住んでいるのだろう。

これは、新しい市民生活の情景であった。われわれ古い世代だと、自家用車を持つより、自家用の風呂を持って、日曜日（私にはこれがない）の朝など、ゆっくり湯につかって、木の香でも楽しみたい。若い人たちは、バスルームのあるアパートより、車を買いたい。もとより銭湯通いだけの自家用車ではなかった。日曜日のドライブにも、通勤用にも足になって便利なことバスルームの比ではない。近ごろのことで、住む場所が、駅に遠く不便な団地にあるのである。

なるほど、蜂《はち》の巣を真四角にしたような、同じ形式の住宅に、画一な大きさの窓を外にひらく眼として、箱の中に入っているような壁にかこまれた生活では、遊んでよい時間が見つかれば、降りて行ってエンジンを掛け、どこか遠方へ飛び出したくなるだろう。いつの間にか、自動車が住居の変形となった。私はロサンゼルスの郊外住宅が家族が住む場所にくらべ、車庫にあてた部分の方が空間を取っているのを見てあきれた経験がある。しかし、あきれるのが時代おくれなので、自動車の方が居間より重い地位を占め始めたのである。バスルームのない家に住んでも自家用車で銭湯通いするのと同じことである。

私はおどろくのをやめて、感心することにした。自動車は若い彼らにバスルームの役をする。庭の役をする。御用聞きの役をする。これまでの家というものの内容が変化して、まったくドライに寝るだけの場所になった。仕方ないのである。あいにくと、日本には、フランスやドイツの田舎のような自由に入れる深い森や、ただで釣りが出来る沼や、日光浴をしていつまでも寝そべっていられるような野原や草野がないのが不幸だが、彼らはただ物に憑《つ》かれたようにドライブする。すると、一匹の犬が他の犬を集めて群れをなして来るように、限りある路面に同じような自家用車が集まって来て、すし詰めになり、前も後もふさがって、出たくとも列外に脱けでることは許されない。日曜日のドライブである。食事は路傍のドライブインが便利、森や池がないから人工のアミューズメントセンターへ出る。

ドリームランドと言うのだが、夢の代わりに埃《ほこり》と混雑がある。たしかに新しい。これで家の生活と言うのは、だんだん、なくなって来るのだと私は思い込む。

ところで、世論調査をすると、公団住宅に住む人たちが小さくとも庭のある一軒だての家に入るのが将来の理想だと言う。まだ過渡期だから、その悲しみがある。人間は悧口《りこう》だから、その内にそんな未練を振り捨てて、私有の庭でない森の公園や水の公園を作り出して、そこに車を集めることだろう。その方が自分のふところも痛まず、また社会正義の上から公平に平等である。自動車は、いよいよ古い家の屋台を侵蝕《しんしょく》して、人間の住居は、夜寝る箱のようなものになるだろう。アメリカでは自動車の中に寝台を入れ台所を作って、生活とは言えまいが無宿者となって、家を捨てる旅の人さえ出ている。これからの風流とは、このことか？引っ越しは毎日のこととなって実は引っ越しではない。車が実は家なのである。古い観念の家の領分は崩壊したのだ。

私は小さい庭に、いろいろの草の芽がもえ出るのを身の幸福として眺めて暮らしている。もう自分で車を運転して銭湯へかよう年齢でもない。ヒヤシンスの球根を植えたのが芽を出し、けんらんと盛り上がるように花を咲かせたのを、ここ数日のわが世の驕《おご》りと信じている。一本きりない桜の木も、もうひらき始めた。

夏のための山百合《やまゆり》も、そろそろ土を割って赤い芽をのぞかせて来た。私は、朝起きると、庭に降り、まるで守銭奴のように百合の芽を算えて、足もとにからむわが家の猫をお供に枝をくぐって見てまわる。

ふと、昨日、読んだ本に昔の江戸の牢屋《ろうや》で、女牢の牢名主、それこそ鬼神のお松と言ったように知られたものが、自分の猫を飼う勢力やら特権が許されていたと知って、ひとりで楽しく微笑したのを思い出した。私も家につながれて猫とともに牢屋暮らしを営む。

〈昭和四十一年三月・神奈川新聞〉

# 積　雪

鎌倉で雪の日を迎えるのは、近頃、一年に一、二度あるかないかであった。それも降ったと言うだけで、夜の間に地面に積もっても昼には溶けて無くなるのが例である。この間のように二日にわたって降ったのは珍しく、仕事部屋の窓越しに木々が綿帽子をかぶったようになったのを見て、大雪だなと思った。

外出する用事があって門を出ると、木犀《もくせい》の枝が積もった雪の重みにしなって塀を越して路地にたれさがり、通るひとの頭に障りそうに成っていた。引き返して、箒《ほうき》を持って出て、枝を揺さぶり雪を落とした。かたまって落ちて来て、帽子や襟首の中まで入って来るので、悲鳴をあげて逃げる。ひとが私を見て笑って通った。この木犀の大木は私の自慢の大切な木で雪で一本でも枝を折りたくなかったのである。

庭の柚子《ゆず》の木、夾竹桃《きょうちくとう》など、細い幹の樹木も雪を落とさせた。紅梅のもう色のさした蕾《つぼみ》を持ったのが綿にくるまったように小さい顔を枝に列《つら》ねている。これは枝がほそいので、あまり雪は積もらない。

「今年生まれて、雪を見るのが始めての猫もいるな」

と、私は言い出した。

そのとおりで、ほとんどの猫に雪の経験はないと返事があった。犬と違って猫は寒がりである。赤く燃えるガスストーブの前に集まって寝込んでいて、外の大雪とは関係ないように見える。いつもは屋根に昇ったり廂《ひさし》の上を駆けまわっているのが、こう厚く積もっては遊びに出る気にならぬらしい。と思って、ガラス戸越しに庭を見ると、丁子《ちょうじ》の木の下に黒猫が座って、空から降って来るちらちらしたものを見まもっていた。雪がなにものか正体知れず、けげんに感じて見ているらしいのである。それが動いて歩き出したのを見ると、全身が黒いせいか、おもちゃの熊が歩いて来るようである。

前肢が肩まで雪に深く入るので、びっくりしたような動作で、次の肢をおろし、ゆっくりと、足もとを試すようにしながら歩いて来る。未経験のものに出遭って、急に興奮を感じたのだろうか、静かだったのが急にエンジンがかかったように大きな動作で飛び出して、雪につかえて動けなくなると、前肢で雪を抱えたまま、考え込んだように立ち止まって動かない。そうかと思うと、また雪の中からはね起きて、方角などなしに走り出す。

「毛皮の外套《がいとう》をきてるから、冷たいとも思わないのだ」

と、私は思う。

背中の黒い毛に砂糖をまいたように雪を白くのせ、手足をふるって、猫専用の出入り口から家の中に帰って来た。さすが、はだしの足の裏など濡れて冷たいと思ったのだろうか、ストーブの前に寝ている仲間のところに来て、手足をゆっくりと舐《な》めてお化粧をする。そのあとは、仲間の猫の間に割り込み、まるく蹲《うずく》まって、ストーブの火気に暖まるのだ。

私は、電車が不通になりはしないかと心配しながら東京に出かける。

「また降って来ましたよ」

と、運転手君が言う。

「珍しいですね。まだ降り足りないのでしょうか。この辺はいいのですけれど、朝比奈峠など、スリップして通れませんよ」

「チェーンを巻かないのか」

と、私が尋ねると、

「チェーンは鎌倉の車は持ってませんね。さあ、会社にもあるかしら」

私は若くて雪国にスキーに行った時代、乗った自動車がどれもタイヤに厳重にチェーンを巻いていて、新雪の山道に、その痕《あと》を刻みつけ下の泥の色を滲《にじ》ませて通ったのを思い出した。暖かい鎌倉でチェーンの入用はめったにないのであろう。

十一日は初午《はつうま》で、麻布の「はん居」の稲荷《いなり》祭であった。雪が上がったが、門から玄関まで続けて作った朱の鳥居に雪が積もっているのが、木版の画の色を見るようである。珍しく早く咲いていた紅椿《べにつばき》も、積もる雪の中である。

会場のガラス戸の外が、桂御所《かつらごしょ》風のこまかい竹を横に積んで編んだ竹垣で、それに吹きつけた雪が片側に白く留まっていた。

〈昭和四十二年二月・神奈川新聞〉

# ビルマの竹

家族のひとりで、若衆ざかりの色つやのよい黒猫が、充分食わせてあるのに、私の食卓が出ると、坐り込んで物欲しげに啼《な》くのがいる。間をおいては小さく形だけ口をあけて啼くのである。

「黒は、今、食べたばかりでしょう」

と叱《しか》られる。

食卓を片付けるまで、行儀よく坐っていて、時々思い出したように啼く。私が小さい時分、母親からよく聞かされた言葉を思い出した。食いしん坊のことを、この子には餓鬼が憑《つ》いているようだと形容するのである。地獄の餓鬼はいつも空腹に悩んで泣いていると言うのであった。食卓から離れない黒に向かって私は母親の口真似をして言った。

「お前は餓鬼が憑いてるんだよ」

黒猫と向かい合って箸《はし》を動かしながら、私はかなり前に電車の中で見て感心した小さい情景を思い出した。七、八歳の子供のくせに、えらく肥った男の子と母親が乗っている。空気枕《まくら》のように肥った子である。顎《あご》にも手首にも線が入っているくらい、むっちりと円《まる》い。感心して見ている内に電車は横浜駅に着き、母親が窓をあけて駅弁を二つ買った。食事時間でもないのに、まだ済んでないのかと目を逸《そ》らしていた。そして、ふと遠慮がちに視線を戻して見ると、肥った子が頬ぺたをふくらまして、さかんに、ぱくついていた。健康な食欲とは見物していて自然に愉快になるものである。ところで気がついて見ると、弁当は母子に仲善く一個ずつのものでなく、二つともその子のものであった。一つを、きれいに平らげて了ってから、母親に空箱を始末させて、子供は二個目にかかっている。それまで健康でユーモラスに見えていた食欲が急に些《いささ》か病的なものに見えて来た。なるほど、こう食うから肥っているのだと理解した。我が子が満ち足りた顔色で衰えぬ食欲を示しているのを眺め、ママは目をほそめて手を貸してやっている。近頃のいわゆる肥満児なのだが、当然ながらお母さんは可愛くてたまらぬらしい。

さかんに口を動かしている男の子を見て、よくはいるな、と私は感心し、何となく不安になって来るのだが、ママさんは平気だし、悦んでいるのである。内の黒猫ほども躾《しつけ》がないのである。餓鬼が憑いたどころではない。餓鬼は画で見ると痩《や》せ細っているが、この子は相撲を小型にしたように、肥って、からだが重たげであった。

　終戦後、食料事情がよくなって、子供の背丈がいちじるしく伸び、次代の日本人の体位がよく成ったように感じられた。肥った子も目立って、ふえた。ところが肥っていても何となく、ぶよぶよした感じで、柔かそうに見える。背の高い子供にも、もやしっ児と呼ばれるくらい、運動能力のないのが多いと聞いた。熱帯のビルマの竹が、すぐ大きく太く育つが日本の竹のように、ひき緊まって弾力のある堅い性質がないとか聞いた。湿度が高く、高温の中に成長するせいなのであろう。雪折竹など言うことのある日本の冬のきびしい寒さとは違うのである。

　もやしっ児の小中学生は、朝礼や、何かのことで長く立たせておくと、脳貧血を起こして倒れる者がよく出ると聞いた。耐久力が養われていず、また我慢することを教えられてない。もやしの如くに弱く、実質がないのである。肥ってる子は駆けられない。いくら肉体だけ大きく変っても、よく使って動かすことを知らなければ、独活《うど》の大木と昔は称したが、もやしっ児よりは、まだ無能の中にも肉体的には雄大と言うべきものがあった。「もやし」は南京蕎麦《そば》が日本蕎麦を征服してから一般的に人が知ったものかも知れぬ。「もやしっ児」とはどうも頼りない人生を想像させ、独活の大木だけのユーモラスな味もない。人間のからだは大きくても弱くてはどうにもならぬ。敏活に動くことができるように、使い易いように鍛えることから一切が始まるようである。自分で使えない軀なんて、たしかに無意味である。乗り物をなるべく避け、歩くことから始めてもいいのだが、やたらに子供に満腹させるママがあるかと思うと、子供を出来るだけ歩かせまいと心を遣うママもある。子供には、心して苦労をさせた方がいい。空腹にも耐え得る能力を与えてやることであろう。

猫の黒と向かい合い、睨《にら》み合っていて、こんなことを考えた。私は黒に忍耐の美徳と行儀を教えてやっているのである。私が見ている限り、彼は膳《ぜん》の上に手を伸ばすような不謹慎なことをしない。

〈昭和四十二年十月・神奈川新聞〉

# 歳晩の花

近所に植木や花物を売る店が出来て、駅へ出るのに前を通るので、つい欲しくなって家へ届けさせる。淡い緋《ひ》色の山茶花《さざんか》を数株求めて、駅から電話で、植える場所を家人に指定した。狭い庭のことである。もう植える場所がありませんから買わないでくださいといわれた。人間でなく、猫が遊び場がなくなると苦情をいったら止《や》めようと答えた。そのあとで、また花の色の気に入ったのがあったから届けさせたら、猫が全員で反対していると言われた。うそである。

幾株かの山茶花が、冬だというのに、揃《そろ》って今花ざかりで、小さい庭を明るくしている。椿《つばき》も好きで、白玉椿、光悦椿から始めて、黒椿まで持っているが、椿の花は霜に弱く、純白のものなど一夜で痛められて、なさけない姿に変わる。一々、霜よけしてやるわけにもいかない。山茶花はそれにくらべると強く、散り尽くしてもう終ったと思っていると、また小さいつぼみを持って沢山に咲く。かれんである。白い花に、紅を少し差したようなのは、古い時代の日本娘のようにつつましく感じられて私は好きである。現代の若い女性を感じさせる山茶花はない。人間の方が花よりあくどく装飾過剰である。家から通りに出る路地の一軒に、この花が咲くのを、美しいと年々に思ってながめて通る。

白一色の八重のものも、冬の空気のきびしさに釣り合って、見事である。この白い花の木の三百年以上の樹齢を持った大きなのが、京都の詩仙堂の庭にある。これだけ大きな山茶花の木を私は他所で見たことがない。詩仙堂は徳川家康に仕えた漢詩人石川丈山が住んだ家だが、この木の花の咲いた時に行くと、白川砂を敷いた地面に、この花びらが一面に散っている。黙って座っていると、白い花びらが宙を軽くこぼれて来る。机に向かって読書する丈山が、ふと目をあげた折りにこの花の雨に静かに向かい会ったことであろう。この木の幹が幾本かに別れているが、薄く苔《こけ》をつけて、たくましく立派で、幹だけでも画になるような気で、行く度毎《ごと》にしげしげとながめる。同じく京にある椿寺の五色の椿の大木とともに、両横綱であろう。椿寺のこの木は、豊太閤遺愛のものといわれている。一株で五種の花が咲くので、さかりの時は派手でにぎやかだが、詩仙堂の山茶花の清純さには及ばない。椿の花は、昔武士の家にはきらったというが、花のさかりの時でも、もろく、しどけないところがあるようである。花冠がきびしくひきしまって見える花はすくない。

大和の当麻寺の僧房を訪れた時、これが寒牡丹《ぼたん》ですと住職に教えられて、正月の庭に牡丹の花が一輪咲いているのを見た。霜よけのワラでかこった中だったが、正しく牡丹の花である。白い花だが、やはり山陰の寒さのせいか、花びらが痛んで半透明のものに見えた。温室やフレームで冬に牡丹を咲かせるのはそうむずかしくはなかろうが、ただでさえ寒い僧房の日だまりに咲いているのが、寒牡丹の名のある所以《ゆえん》だろう。

猫から抗議が出たそうなので、私は植木店の前を通っても横目でちらと見るだけで、駅に急ぐ。少し先に美容院があって、窓の下の狭い地面に、紅色の山茶花を植えてあって、花ざかりのまま年を越して正月を迎えようとしている。駅に行くと、改札口の奥の土手に同じ色の花が咲き、青いまま残った草の上に、花びらを散らしている。平和が続き、生活にも心にもゆとりが出来たせいか、人が花の木を植え始めた。丸の内の照明の明るいビルの外の歩道を歩いていると、菊の花のほかに、葉牡丹を上手に集めて、飾りに植えてあった。やがて、もっと日本の道路に花を見る時代が来るに違いない。新しい年の来るのを待とう。

〈昭和四十四年十二月・神奈川新聞〉

# 納戸の猫

私の「赤穂浪士」の中に、上杉の家老千坂兵部が猫好きで、客と話している間も、沢山居る猫のどれかを膝《ひざ》にのせている姿に書いてある。もちろん私が創作して兵部に押附けたことだが、猫も親の代から居る譜代猫と、外から入って来て住みついた場合のような外様猫と二様に別れている。これは保守的で封建的な千坂兵部の気質を示す為でもあった。しかし、今考えて見ると、その頃から我が家には、内猫のほかに外猫が居たと見える。

赤穂浪士を書いたのは、四十年あまりも古い過去になる。その頃、料理屋の女中にも住み込みと通いと両様あった。猫にそれがあっても驚くに値しない。

今年になっての話である。永い間、通いだった外の猫が、我が家から数軒離れた家の屋根裏で、子供を三匹生んで、屋根のひさしに遊びに出ているのを通りがかりに見かけると聞いた。

私の家の猫の食事時間を待って入って来て、御伴食で腹を肥やして帰って行くだけの外の猫で私には関係ないと思っていた。これが子供が少し大きくなってから、親猫が一匹ずつ運んで私の家へ引越して来た。無断で入って来たので、私の書斎の中二階から降りたところに、物置き場となっている座敷の、どこかに隠れて住むように成ったもので、外に出ていても足音を聞くと、さっと逃げて隠れて姿を見せない。この家へ来れば、飯が喰《く》えると親が気がついて、一匹ずつ子供を口にくわえて運んで来て、住みついた。その一匹を途中で溝に落して気が遠くなっていたのを、私の家の台所にいる猫好きが助け上げて、蘇生《そせい》させたと言うのだから、承認済みの引越しと居候住いのようである。

しかし、猫たちは納戸に隠れて住んで、我が家の猫とは別に暮らした。親猫は食事時間に隙《すき》を偵《うかが》って出て来て、満腹すると子猫のところへ帰った。子猫が乳を飲んでいる内はそれでよかったが、乳離れすると、いつの間にか納戸の猫の為に、別に皿が準備され、砂を入れた便器も備えられた。それでも、居候一族は、納戸から出て来ない。人間よりも我が家の十四以上の猫どもが、知っていて黙って置いてやってあるのだから、御大家の猫は鷹揚《おうよう》なものである。

変化が起った。納戸の子猫たちが段々と育って、活動的になり、お互いに、じゃれて遊びたわむれるように成長したことである。納戸の前は廊下を隔てて庭である。子猫たちが庭に降りているのを、よく見かけるように成った。しかし、人に馴《な》れない彼等《ら》は、人の影を見ると、敏捷《びんしょう》に退散して、納戸に置いた物の蔭《かげ》に隠れて仕舞う。これが夜おそく、家の者が寝につき、電灯が消えると、彼等は出て来て、公然と、廊下や茶の間を駆けまわって彼らだけの運動会を開始する。電灯をつけると、さっと逃げて納戸へ帰るらしい。暗くなるのを待って出て来るのだ。

どうせ、どこか親切なひとに貰《もら》ってもらうことで、こう人に馴れないのはいけないと言って、家の者がつかまえて馴らそうとするが、すばやく逃げて、なかなかつかまらない。

親の方は、母性の本能で、子猫が見えないと啼《な》いて、さがして歩き、人をおそれない。数日前、私が茶の間へ入った時、お母さん猫が子供をさがしに啼いていて、壁にかけてある堀文子さんの小猫の画の額を見上げて、にゃーッと鳴いた。

「おい、この画は名画らしいぞ。猫が見て猫に見えるらしい」

と、私は、妻にどなって知らせる。そう言えば、納戸の猫の一匹に、よく似た画であった。日が経《た》つと、今度は茶の間にあるテレビの上に親子で並んで、まだ多少不安そうな目つきで私を見おろしていた。やっと馴れて来たらしいが、私が立ち上りでもしたら、一度に逃走にかかって、納戸に隠れる。しかし、また、そっと出て来て、私の動作を偵っている。

「納戸の猫が、テレビの上に来ている」

私は、猫の方に顔を向けないで、台所に、こう知らせる。来ているのを気がつかないように見せているのだ。テレビの次には、やがて、冬が来て寒くなれば、私の膝か肩の上へ移って来るだろう。外猫がいよいよ内猫に成り、住み込みとなる。いや、天下晴れて、と言うだけのことで、住み込みは以前からである。

〈昭和四十五年十月・オール讀物〉

# 十五代将軍の猫

京都へはよく行く。よその地方へ旅しても帰りには京都に寄って、ひと休みする癖がついていた。しかし近ごろは、どこの寺も、あまり人間で混雑するので以前にあった風情なく、ただあわただしいから、京都に降りても町を歩いて、知り合いのバアやおでん屋に顔を出して、そのまま帰って来るように成った。それでも結構楽しいのは、京都の人たちの、客あしらいが好い故であろう。名所旧跡などより、どこの土地でも、結局、人を見ることに落着くのである。

今度は急に二条の城を見に京都へ行くことに成った。二条城へは四十年ほど昔に訪れたことがあったが、場所も近くて便利なのに、その後、絶えて行ったことがない。城の入り口に、連合艦隊のように列を作っている観光バスを見ると、真っ先に内部の混雑を思って敬遠して了《しま》う。今度は、そうは行かなくなった。毎日書いている仕事が、将軍慶喜の朝廷へ大政を奉還したくだりと成ったので、当時将軍の居た二条の城と、京都守護職の会津藩が本陣を置いた黒谷の寺院を、どうしても、も一度、訪れて見ないと、気がすまなくなった。

　黒谷の山の墓地には、奥に一廓《いっかく》、幕末維新に京都で死んだ会津藩士の墓が塊って在る。故郷へ帰れなく成った人々である。今の季節では、列んだ墓を秋晴れの光が明るくし、木犀《もくせい》の花の香がどこかから漂って居よう。朴訥《ぼくとつ》な会津の人たちは誠実に働いた後に、京都でも、故郷の会津若松でも、悲劇的な運命を迎えたのである。朝廷にも幕府にも忠誠で正直に義務を尽くして働いて、時勢の急変に依って、断崖《だんがい》から深い淵《ふち》に陥ったようなものである。将軍の慶喜の為にも、無二の忠臣であった。形勢が全く自分に不利になってからも他藩のように慶喜を捨てることなく付き添っていて、没落したもので、時代からは振り棄てられたが、道義に殉じ、古武士的に正しく清らかな性格が、明治政府に変わってから成功し出世した人達よりは私は好きである。

　十五代将軍慶喜も、動揺し易い性格だが、周囲の反対を考えず大政奉還の決断を下し、また江戸城を平和裡《り》に譲った幕切れの行動は見事である。その果断な決定に出るまで、とにかく幕府をつぶして了う大変なことなのだから二条城内に居て、どれだけ苦悩の時を過ごしたものか想像に余りある。二条城に入る前は、市中にある若州藩の別邸に居た。古い写真も残っているが池に囲まれた数寄屋風の、屋根など薄く軽い建物である。慶応三年の秋、薩藩《さっぱん》の人々が、市中で動乱を企てているのが判《わか》ったので、若州邸から二条城内に入った。ここも、古い写真で見ると、現在お上りさんがバスで殺到する物々しい表御殿でなく、裏に、やはり池もあり茶亭もある別棟に起居して、「御用」のある時、御殿の方へ出て、一段上の御座所にすわって、人を引見した。

私は、このペンを置くと、したくして一時二十分の特急「ひかり」に乗り、何となくその二条城の中を歩く為に、京都へ行く。ついでに奈良の天理図書館で、めったと見られぬ貴重書の展観をしているので、その方へも回る。天理の方が、収穫のある訪問になりそうである。

攘夷《じょうい》論の家元で西洋ぎらいの水戸烈公の子に生まれながら慶喜は、新しいもの好きの性質があって、早くから牛豚の肉食をしたので古い人たちから眉《まゆ》をひそめて疎《うと》見《み》られた。フランス皇帝ナポレオン三世から贈られた軍帽軍服を付けて、つまり完全な洋装で馬に乗った写真もある。写真は自分でも撮った。島津久光などが来た時、庭におりさせて自分でカメラを据え諸大名の姿を撮影した。ミシンも持っていたし、電灯をつける器械も手に入れ、庭に点けて、外の人々に、何が光るのかとあやしめさしたりした。二条城見物の準備をする間に、私は、慶喜が自分の猫を撮った写真を見た。大して可愛《かわい》いとは言えぬが、まるまるとよく肥ったブチ猫で、如何《いか》にも将軍の飼い猫らしく、大きな首巻きをして、廊下の日だまりに円座にすわっている。その足もとに色糸を巻いた手まりがおいてあるのも、猫の為のものである。昔の猫の写真は、見たくとも見られるものでない。十五代将軍がカメラのファンだったので、この写真を残してくれたのである。

〈昭和四十五年十月・神奈川新聞〉

## わたしの城
### ——生きてる猫は入れない

書斎と、次の間に置いた古風で巨大な寝台の上で、仕事をするように成ってから既に四十年である。足の踏場もない本の重量で、いつか床が抜けるのではないかと心配することがある。その為、低く中二階に建てたが、本は年々、殖えるばかりだ。「鞍馬天狗《くらまてんぐ》」も「ドレフュス事件」も「帰郷」も「風船」も「パリ燃ゆ」もこの部屋から出発して行った。現在は「天皇の世紀」の苦行が日課である。東の窓に八重の紅梅の古木があったが、それは枯れて、代りに四十年前に四円五十銭で買った山藤の棚が一面に白い花を咲かせる。南の窓には新しく紫色の藤棚を、窓全面を蔽《おお》うように、縦に高く作った。花の時が来たら紫色の滝となって、日光の直射から本を護ってくれる筈《はず》である。その他は猫だが、生きてる猫は、この部屋に入れない。代りに玩具の猫が、古代エジプトの木彫の猫や、青銅のレプリカなど、姿勢よく座って私の仕事を見まもっている。

〈昭和四十六年一月・週刊朝日〉

# 冬日和

## 歳暮歳旦

また京都の二条城を見るつもりで出かけたが、年も押詰った十二月三十一日午後では、鉄の大扉を堅固に閉めてあって入場券売場にも係員を見ない。もしや開いているかを希望して出かけたのだが、市役所も御用納めとなって人を出してなかった。

日ごろその混雑するせいで私はあまり二条城が好きでなく、年に二度や三度は京都へ来るのだが、「天皇の世紀」が大政奉還に入るので、最近の秋に訪ねて見ただけである。土佐の後藤象二郎と薩藩の小松帯刀《こまったてわき》が幕府の政権返上を勧告して将軍慶喜に会った大書院には、帳台飾りのある上段の間にも、一段低い広間にも、将軍を始め、老中以下の生人形が飾りつけてあった。人形は説明的なのが邪魔になる筈《はず》だが、私には反《かえ》って彼等がそこに居るのが面白かった。人形たちは、皮膚がきれいな人形らしい顔立ちをして、秋晴れの外の光も通わぬうら冷たい大書院の広さの中にそれぞれに、きちんと座っていた。

平伏している裃《かみしも》姿の武士が後藤や小松とは思われない。常例の謁見の形を見せているらしいのである。ほとんど小松一人が口をきき、将軍の前に始めて出た陪臣の後藤が、話しても声が低く顔に汗ばかりかいていたと伝えられた緊張した姿の劇は、ここには一切見えてない。人形たちは、各自人形らしい静けさで、行儀よく座っているだけだった。その全部の人形を無いことにして、この大書院に進行された政治のドラマを想《おも》うことも出来るのであった。大晦日《おおみそか》ならば、他の見物人がいまいと期待して行ったものの、別にも一度見るほどの差迫った必要もない。こちらも日常の仕事から解き放されて、正月を家に居るよりも京都で、と思って出て来ただけで、実は何もすることがない空白な時の中に居た。歳末から松の内の休み続きの間、雨戸も閉めてある昔の大きな建物の底冷えする京の寒さの中に座り続けて年を越す人形たちと同じく、何もしないでじっとしているのが、ほんとうなのかも知れない。毎日の責務から離れて、することを実は何も持たないのである。

足の向くまま、紫野大徳寺の境内を歩いた。これも大晦日で人が来ていまいと思うのが間違いで、どこでも若い人たちが来ているのに出会う。男か女か、遠くから見ては、区別がつかない。長髪にパンタロン姿、足のくるぶしに届く裾《すそ》長い外套《がいとう》、ちょっと悪口に西洋の寺おんな（女）とでも言いたくなるような黒い長服に、リボンのないフエルト帽をかぶった姿で、寺の廊下の冬の日だまりや、枯枝の影が落ちた石だたみや、土塀の前を、さまよい歩いている姿をさかんに見掛ける。どこかの舞台から扮装《ふんそう》のまま降りて来た姿を不意に見たような、軽い驚き方をする。環境が古い仏寺の中だからであろう。「拝観謝絶」と木札に表示した真珠庵その他の門前に、それらの今様の影は居た。しかし、彼等は何か見る目的があって、大徳寺境内を歩いているのだし、私には、確としたそれがない。見てもいいし、見なくともよい、中ぶらりんの行動であった。

しばらくしてから、私は数年前からの知人で、素人から東福寺で修行して、妙心寺の塔頭《たっちゅう》の一つへ最近に入ったMさんというひとが居たのを思い出した。美に対して目のあかるいところから、光悦の書状や吉野大夫の歌を見つけ出して、親切に見せてくれたりした。中年過ぎた今日まで妻子の話を聞いたこともない。その人が不意に寺に入ったというのが、動機も聞いていないが、私には異様に思われた。自分に信仰はなくても観光ブームによる京都の寺の頽《くず》れ方を私は憤っている側であった。Mさんが寺に入ったのを、誠実な性格で、やって行けるものかどうか不安を覚えながら、聞き流していたのである。

「何というお寺です」

と妻が尋ねる。

それを知らないが、行って、素人からいきなり東福寺で修行して坊さんに入ったひとの寺はどこか尋ねたら判るだろうと答えた時は、広い妙心寺内の狭い道に自動車は迷い込んでいた。事実、ここは大晦日の寺らしく岑閑《しんかん》として、ほとんど歩いている人間もなく、相談をかける方法もなかった。「天皇の世紀」の連絡や校正に日ごろ親切に気を配ってくれているお嬢さんが、

「Mさんでございますね。どこかで尋ねて行って来ましょう」

と、ひとり車を降りて、小走りに出て行ってくれる。

鐘楼があった。ラジオ・テレビの毎年の除夜の鐘でここのは有名だと聞いて、午後遅い光の映っている鐘を見上げて、なるほど今日は、大晦日だったのか、と改めて念を押すような感心の仕方で、寺内に人のない静けさに耳を傾けて待った。

がらんとした敷石道を、遠くからお嬢さんがまた駆けてもどって来るのが見え

た。宗務所へ行って尋ねたが、Mさんというのを知らないと言うので、地内の絵図を借りて来てくれた。さて塔頭の名を知らないのだから、見ても見当がつかない。ただ、大という字がついていたようだと私は不確かな記憶から呼びさまし、大の字で始まる寺が三つ四つあるのを絵図に見て、とにかく、思い切って順に当ってみよう、と言出した。夕明りが路地の土塀を染め出していた。いつの間にか、歩いていると、目の前の宙に、日光が射しているのに時雨の粒子が雪片のように輝き落ちた。私はこの寺と睨《にら》むのを、一番境内の奥に見当をつけて、真直ぐに歩いて行った。一番貧しげな寺を見つけようとしていたので、手前にあった大の字のつく寺の前を通りながら、

「ここではないね」

と呟《つぶや》いて、変な自信を持って更に奥へ歩いて入った。

## 猫のお正月

正門らしいのは、柵《さく》を渡して通れなくしてある。Mさんがいるとすれば庫裏の方だと思ったので、先まで出て小門を入って、式台はあるが田舎の農家の勝手口のように雑然と物を置きながら、がらんと広い土間に立って、案内を求めると、

中年の女性が出て来た。

「Mさんがおいでなのは、こちらですか」

ときくと、

「はい、さようです」

あまり、はっきりした言葉だったので、反ってこちらが素直に信じられなかった。

「Mさんなのですが、こちらにおいでなんですね」

「左様でございます」

「今、おいでてでしょうか」

「大晦日なので、どこか、その辺で掃除をしておると思いますが」

これだけ話している間に、私が立っている後から土間に黒く人が入って来たと思うと、僧衣に同じ色のモンペをはいたMさんで、これは、と言う話になった。

妻や連れも来る。上がってくれ、茶でも、と言ってくれたのだが、Mさんの落着いた坊さん振りを見れば、大晦日の多忙な中を、迷惑をかけることもない。佐久間象山先生の墓と、外に石柱が立っていたのを、思いがけぬことと見てあったので、墓の位置を尋ね、朽ちて倒れかけている竹垣について一段下にある墓地へ降りて行った。

ここは信州の真田家の寺となっている由である。佐久間象山は、私が泊っているホテルに近い木屋町通り、高瀬川のほとりに遭難の碑を留め、その地点で、路上で暗殺された。洋服を着て洋鞍《ようくら》をつけた馬に乗っていたので、夷狄《いてき》の風を真似《まね》て御所を穢《けが》す者として、当時の過激派の若者に付けねらわれていたのであった。

墓は折れた枯枝や落葉が散らばっている中に、墓地の一番奥に在った。大晦日の掃除にMさんが大わらわに成っていたわけである。Mさんを訪ねて来たお陰で、私は思いがけず、その前に立った。象山の墓石は大きいだけで平凡な四角い形だが、墓地の後が崖《がけ》となって落ちて、中学か高校の敷地となり、水泳のプールの青い水が冬枯れの木立の間にのぞいていた。先駆的な洋学者の象山の古臭い墓地に明るい残照を示した冬景色である。

寺全体が日あたり悪く寒々として、永く住持を欠いていたせいか荒れ切っている観は蔽《おお》い得ない。Mさんの掃除は、年が明けても、続くことである。帰り道の自動車の中で、私はMさんがあの寺内を紫陽花《あじさい》の木を一面に植えて墓地も茶室の庭も、一面の花の海にして仕舞うといいと妻に話した。枝垂桜もいいが、古く大きな木がどこにも在る京都だから、平凡な紫陽花の花で埋めるとよい、そう言ってから、私は佐久間象山のことを思ったので、笑をふくんで言った。紫陽花は夏だけだから春の季節のためにチューリップを一面に咲かせ、禅寺を洋式に明るくして仕舞うのもいいな。洋学者の象山にふさわしいと思わないか？　これは攘《じょう》夷《い》派の暴徒に憎まれそうな意見である。

夜は半世紀あまり京都を知っていて、まだ見たことがない祇園《ぎおん》のおけら詣《まいり》に早目に行き、立売りの火縄に、社頭の大篝《おおかがり》の火を受けて、消えぬように守りながら、ホテルへ着く前に折角のその火を始末して消して帰った。

ホテルは正月を過ごす家族連れで空室を残さなかった。東京を始め広島その他の遠方からマイカーで来た人々なので、乗捨てた自動車が舗道にまで乗上げてホテルを二重に取り巻く盛況。ロビーには、異風（ファッション）を競う若い男女で人形箱をひっくり返したようなにぎわい方であった。

元朝には、東山から昇る窓の朝日が美しかった。こちらまで逃げて来て、私は年始に回ることもなかった。前夜おけら詣に行く途中で、裏道の食料品店で鰯《いわし》の目刺しを買って、準備してあった。猫のお正月をさせてやる、と私は宣言した。

奈良に近い岩船寺や円成寺に私の旧知の猫がいる。山の中で生臭いものを知らない彼等を年賀訪問して、よろこばせてやるのが私の仕事であった。

浄瑠璃《じょうるり》寺の五重塔は、色を塗直して、けばけばしく新しくなっていた。その方はまだよかったが、可憐《かれん》に風情あるものとして、私が訪れる毎に遠くから足をとめてながめ入った古い門が、両袖《そで》を新しく塗った土塀で固め、小さい屋根を支えて古い柱だけだったものが、新しいとびらをつけて改造してあった。私は急に落胆し、連れだけ堂内へやって、日向《ひなた》の石に腰かけて、睡蓮《すいれん》の枯葉をうかべた池の水をながめていた。

ここの庫裏の玄関に虎《とら》猫がいたのは初対面である。美しかった門を悪くした罪は猫にないのだから、目刺しを出してやると、気が狂ったように人間のように立上って前肢《まえあし》と鼻で追って来た。飛んではねたり、くるくる回りした。

岩船寺へ行くと、ここの猫は代が更《かわ》り、前から私の知っている猫ではなく、シャム猫の雄の、まるまると大きいのがあいさつに出て来た。山の中にも変革が起っていたのを覚え驚いた。もとは二代にわたって野良猫に近い勇ましい連中だった。山猫時代は終った。経済日本の躍進と驕奢《きょうしゃ》がこの山中にも及んだのである。

そこから円成寺へ出ようとして、運転手の不案内から大柳生に出てしまった。柳生街道の峠を越えて円成寺に道を戻ると、元旦《がんたん》だというのに、ハイキングや、マイカーの若い人たちで、寺の内外は一杯で、とても寺の猫など探し出せなかった。ここの猫は、水原秋桜子さんが吟行を催して、人々が庭に降り道を歩いて句作に精進している間に、せっかくの皆の弁当を食べ散らしてしまったので、悪名高い猫である。

帰り際に、絵葉書を買っている青年たちに気兼ねしながら、店番のお寺の夫人に、そっと猫は元気ですかと尋ねると、奥さんは言った。

「お弁当をたべたのは、家の猫でなく、この辺にいた山の猫のしたことで、内の猫が可哀想《かわいそう》に濡衣《ぬれぎぬ》を着せられたのです。内のは、人さまがお見えになると、天井裏へ隠れて出て来ないほど内気なので、悪い猫がこの山にいて、やったことなのを、内の猫が汚名をきたのです」

私はその説に別に反対でない。

用意の目刺しの袋を奥さんの前に置いた。

「これはお宅の、善い猫に、私からほんのお年玉です」

奥さんは驚いたような顔をして目刺しを見てから礼を言った。昭和四十六年元旦の私の年始回りはこれで無事完了。新年、お目出度くなかったとは言えまい。ゆくものはかくの如《ごと》しか、の感なきにしもあらず、である。

〈昭和四十六年一月・朝日新聞〉

# ねことわたくし

わたくしは小さい時分からねこがすきで、今の年になるまで、七十年間にどれほどたくさんのねこをかってきたか、かんじょうができません。ですから、家にいるわたくしの身のまわりには、大小のねこがいて、からだをまるくしてすわりこんだり、ねころんだり、かけまわったりしています。かれらを見ている間に、「スイッチョねこ」ができあがりました。うずくまっているねこを見まもっていて、かれが今、何を考えているのか人間のわたくしが想像《そうぞう》すると楽しいのでした。この話に出てくるお医者さんのねこも、母親のねこも、かれらを見ている間に、できました。スイッチョは、わたくしの小さい庭で、季節《きせつ》がくると、よくなきます。小ねこはそのなくねをたよりにさがしに出て、うまくつかまえると、口にくわえてわたくしたちに見せに、かけて家の中にもどってきます。

〈昭和四十六年四月・光文書院「四年の読書」〉

# 客間の虎

猫を、ヨーロッパの都会人文化人の一部では、客間の虎《とら》と形容して讃美《さんび》した。銀灰色で、毛のふさふさと長いチンチラ猫など、サロンの絹椅子《きぬいす》に、ながながと寝そべって、青い瞳《ひとみ》を燐光《りんこう》のように光らしているのを見たら、豪奢《ごうしゃ》な姿が、独《ひと》り居て虎のようにおごそかで立派であろう。近頃は日本でも、贅沢《ぜいたく》な品種のシャム猫、ペルシャ猫など飼う人がふえたようだが、それでも犬の愛好者にくらべてはすくない。猫は犬よりも気位が高く、孤独で、人を拒絶する気質があるから、理解のあるよい飼主にめぐり会うことが、すくない。猫の方でも、別にそのことを歎《なげ》いてはいない。何もパリやロンドンの猫のように、世紀末的な客間のアクセサリーになる必要を感じない。私を、そっとして、ほっといてください、と言うのが元来、猫の真言《ほんね》なのである。

おしなべて、日本の猫は、都会的社交的であるよりも、田舎猫で、住む家に附属して、箱入り娘の気質であまり外へ出たがらない。外国種のシャム猫などは、その正反対で、家につかず、人に、特にその中の誰《だれ》かひとりに馴染《なじ》んで、他の家人さえ無視する性質があるが、日本の猫は、「家猫《いえねこ》」と言われるくらいに、人間よりも家になついている。だから、引越の多い都会人の生活には向かず、猫らしい猫は、田舎の家に住みついたものに見かけられる。

猫が家についている性格は、飼主が引越して、よそに移った時にあらわれる。よほど途中も注意してバスケットに入れて連れて行っても、猫は引越嫌いで、別の家のにおいが我慢できないと見え、飛び出して、もとの家へ帰ろうと始めるのだ。しばらく柱につないで置いても、放してやると、いつの間にか逃げている。もとの家が、すぐ見つかる近い場所にあればよいが、遠くてわからないと、猫は新しい家へも古い家へも帰れないで、道を失って行方《ゆくえ》不明となる。

私の家にいたトンベエと言う名の虎猫がそれであった。同じ市内でも二キロばかり遠い距離を引越したのだが、現在の私の家から姿を見せなくなったので、探しにやると、空屋となったもとの家に帰っていた。連れて戻ると、また逃げて帰った。同じことをくりかえして、食物も貰えない場所にどうして帰って行くのかと不思議に思っていると、四、五度目の家出に、もとの家の襖《ふすま》や障子を爪《つめ》を立ててさんざんに破って、どこへ行ったのか、姿を見せなくなった。身についた癖とは言いながら、なんとも哀れで、その後も見にやったが、ついに行方不明になった。

人にやった猫が、小さい時分ならば心配はないが、相当大きく成ってから、よそへやったのは、きまって、ひとりで帰って来て仕舞うか、途中行方知れずになる。先方へ着いたら、半日ぐらい戸棚の中にでも閉じこめて、家のにおいに鼻が慣れてから外に出して、しばらく綱でつないでおいてもらうようにしないと、すぐ飛んで帰ってくる。ひろびろと田畑続きの田舎などで、人に頼んで遠くに猫を捨ててもらうと、どうしてわかるのか、もとの場所へ帰って来るのが多い。数キロも遠くへ捨てても、猫はさがして、ちゃんと戻って来る。ヘイ、ただ今と言った感じで、顔を出す。一度橋を渡って川を越して捨てればよいのだと言う話さえある。日本の猫がいつまでも田舎猫の性質でいるせいだと思う。

私は六十年以上も猫といっしょに暮らして来たので、猫の地理的感覚が、どの程度あるものか知りたいと思った。しかし、家猫は求愛の季節のほかは、家を出て遠くへ行くことは、めったにない。外出する私を送って門まで来ても、外まで、いっしょについて来ることはない。道路に犬が出て来る危険もあるが、猫は本来、目的のない散歩を好まず外出を避ける、内娘である。家猫の家猫たる所以《ゆえん》であろう。私が外を歩いて、家の猫を見かけた範囲から判断すると、普通猫は、三百メートル移動出来る蚊《か》よりも、外出しても原則的に狭い場所を歩くだけらしい。恋愛が猫のこの非運動性に例外的に変更を加える。

私は自動車の通る国道を渡って、かなり先の繁華街の家の屋根に、我が家の猫の一匹が居るのを見つけた。声をかけて名を呼んだが、恋に狂っているせいかこちらを見向きもしない。百メートルばかり離れた路地を、せっせと歩いて行くのを見つけて名を呼んだら、警戒するように、ちょっと振り返って見ておきながら、御恩になっている御主人とも見えなかったらしく、道ばたの生垣《いけがき》の根をくぐって、忽《たちま》ち、姿を隠した。外で出会ったら、主人でも知らぬ顔をして済ます習慣なのである。

一匹だけ例外があった。前に出たトンベエの息子の「小トン」と言う白猫である。私たち夫婦が外出すると、外に出て、路地の入口にある湯屋の屋根に腹ばいになって待っていて、私たちが帰って来ると、向うから「にゃあ」と、ひと声かけて迎え、ひらりと地に飛びおりるや、私たちより先に路地を、とっとと、調子をつけて駆けて戻る。家に先ぶれするように、それも自分がどんなに悦《よろこ》んでいるのか、可憐《かれん》な手足の動かし方によく見て取れるような明るい動作で、先に立って帰る。長い歳月の間に、シャム猫もふくめて、夥《おびただ》しい数の猫と一緒に暮らしたが、この「小トン」が飛びぬけて悧口《りこう》だったようである。その他の猫は、家の極《ご》く近くでなく外で出会うと、私を見ても私とわからないか、知らぬ顔をする。「小トン」は、夜でも私たちの足音を聞くだけで、それと判ったらしく、こちらで見つける前に、屋根の上から啼いて話かけて来るのであった。犬では珍しくないことだろうが、気位高く、少しお澄ましの猫たちは、自分の感情を人に見せるのを避けるものなのである。

日本の猫は、客間の虎に成らなかった。終始、こたつの上か、飼主の膝の上、または大根や渋柿《しぶがき》を干してつるしてある農家の日だまりのひさしの上に、左甚五郎の睡《ねむ》り猫のような形で、まるく蹲《うずくま》っている。無類の怠け者が、別に客間の虎と成り都会的に成ろうとは努力しなかったのである。日本人がまた、猫を美しいと見る目を持たなかった。日光の「睡り猫」だって形の悪いブチ猫だし、浮世画の歌麿、春信などが美人の裾に添えてたわむれさせている猫でも、姿かたちも拙《まず》く、顔は化け猫でも見るように醜い。あれだけ、人間の女体の美しさを見極めた画工たちが、猫については可憐さ美しさを見落としているか、描きそこなっている。

これは、明らかに、あまり猫を可愛がっていなかったと言うことだ。日本の猫は、田舎ものであった。田舎の爐端《ろばた》か長火鉢《ながひばち》の猫板の上にいるのが最も似合い、都会は住むところでなかったのである。マンションやアパート生活から閉め出されて、猫は、いよいよ小鳥や蝶《ちょう》がまだいる田園に帰りたいものと、都会の月夜のトタン屋根の上、オキシダントの風の中で、ひそかに瞑想《めいそう》しているのではないか?

〈昭和四十六年八月・世界動物百科〉

# そぞろ歩き

前の病院の、部屋も同じ病室に入って、また以前のように毎日鳩《はと》の訪問を迎える。狭い窓べりに、並べるだけの鳩の数が並んだのだ、むしろ壮観だったので、幾羽いるのかと算えたら一列八羽であった。何もない時は平和でおとなしいのだが、用意してあるパンくずを出してやると、たちまち、中にいるボスがボスたる所以を発揮して、弱いのを蹴《け》散らして、ふてぶてしく首すじの肥ったからだを王座に据える。平和の象徴どころか、腕力（？）実力がまかり通る世界である。夕明りが地上から暗くなると、どこへ帰って行くのか、姿を見せなくなる。近くにある築地本願寺に、山塞《さんさい》があるのに違いない。

本願寺に告別式に行くひとも、境内の一隅に大名ながら画も描き俳句も作って一代の粋人とうたわれた雨草庵抱一の墓のあるのを知るひとはすくなかろう。墓地とは考えられない境内の一隅に、忠臣蔵の間喜六《はざま》の墓と抱一の墓がほとんど並んである。抱一の墓には、椎《しい》の実のような形の愛妾《あいしょう》の墓が二つ並んでいる。抱一は、晩年に本願寺の法主の何代目かに成ったので、当時は正妻は持てなかったのであろう。最近に鏑木《かぶらき》清方《きよかた》先生の一代の展覧会があって、立派な図録も出たが、その中に三幅対に描かれた抱一上人は、頭のあざやかに青い法体で、三味線をひざにひとり低音に小唄《こうた》の稽古《けいこ》でもしている姿で、この画を真ん中に、左右に細長い二幅は、右のは、朱の芥子《けし》の花の模様のある黒い打ち掛けをした遊女らしい美女、左のは薄茶を立てる禿《かむろ》である。この画中の女たちの墓とは定めがたいが、私が大分前に見た時、その一基がたれの仕わざか地に転がっていたが、今度来て見ると、まだ転がったまま、泥でよごれていたのは、数多い本願寺の坊さんも当代の政治家や社長の葬式にいそがしくて昔の何代目かの法主の墓などかまっていられないのだろうが、たとえ二号さんにしろ、むざんに地面にころがしたままである古い墓石を見るのはありがたいものでない。

私はふいと自分の力で起こしてやれぬものかと、りきんでみたが、気がついて見ると自分は病院から出てきた病人で、たしかでない足もとを慣らす為に、ここまで来たものであった。

抱一は絵画文芸の道に秀でていたばかりでなく、無類に都会的な繊細な感覚の持ち主であった。まれな生活のエピキュリアンである。都下第一の料亭でひいきにしていた山谷の八百善へ行き、刺身を一片、舌にのせてからこれは庖丁《ほうちょう》が新しいなと、とがめた。そのとおり、砥石《といし》でといだばかりの庖丁で、日頃は、冷たい井戸水にさげて砥のにおいを抜いてから使うのを、その時は板前が考えなしに井戸から取り出したまま用いたものであった。それを微妙に舌で味わい分けるひとは、めったにあるものでない。御出家だからなまぐさの名に値しても大した感覚の持ち主であった。

この墓の側に、九条武子夫人の歌碑が、幅をひろく建っている。大正から昭和の初代にかけて美人で天下に有名だった。これも歌びとだが、本願寺の生まれだから、もう法主も本妻を持ってよい時世に入ってから生まれたのである。ついでに、この墓域に、いや、駄菓子屋の娘だったろうから、少し離れて「たけくらべ」「にごりえ」の名作を遺して若く逝った樋口一葉《ひぐちいちよう》の墓が、もとあったのを取り片付けて、よそへ移し、もとの場所は道路となり市場となってしまったのを、清方先生の本で知った。

もちろん私は、一葉の墓がその辺にあったとは知らない。清方先生の名作「一葉の墓」に精彩に写されたのは、何よりのことであった。一葉を慕う若い女がその墓に詣でて、ほおずりせんばかりに、長い袖を巻いて立つ姿を描いたものだが、清方先生は自分が墓に寄り添って立って、石の高さを乳のあたりと計りまでして、描いた。「墓標の高さ、わがたけにして乳のあたりまで」と、写生図の片隅に薄れた鉛筆のあとで書き留めてあった。画中の若い女は、「たけくらべ」の美登利が成長した姿と仮定された由だが、これは美登利と限らなくとも、一葉の読者と見てもよい。水仙の花を長い袂《たもと》で大切にささえてある。ほかに墓前に上げてあるのは白色の山茶花である。その墓は、現在は広い宇宙の中に清方先生の画の中にしかない。下谷に移した墓を近頃、郊外に本願寺が建造したコンクリートの墓のアパートに収容したと聞いたが、「にごりえ」「大晦日」「たけくらべ」の作者の墓とは考えられまい。

別の日に、湯島の美術商「萬葉洞」に、故木村荘八氏の挿画や小品の展覧会があるのを、自動車で見に行った。木村さんは私の「霧笛」「その人」「幻燈」など、開化の横浜を題材とした小説に見事な挿画を描いて、私の作の足りぬところを引き立てて下さった。お互いに猫も好きであった。

木村さんのお通夜に行くと、弔客のひざに猫が配当されて分かれて座っていた。猫の湯屋の画や、婚礼の絵草紙は、彫りも絵具も悪くなった明治初期にさかんに出版された。子供の「おもちゃ画」だったろうが、木村さんはそれを集めてあって、木村さんがなくなると奥さんが鎌倉の私の家までわざわざ届けて下さった。形身と思った。

「萬葉洞」には、木村さんの肉筆の猫の湯屋の図があった。ただなつかしく、欲しくなってとどけさせて病室の壁に掲げた。看護婦さんが来て、何の画かいっこうにわからない。

猫ですか、という。

「猫の湯屋だよ」

「猫がお湯に入るのですか」

私は返答に困ってしまった。また、考えて見たらどうして猫が風呂《ふろ》へ入る画を書いて売り出したのかを、自分も解釈がつかない。看護婦諸嬢の質問の方が正当なので、私の家の猫にしても毛を水で濡《ぬ》らすことは大きらいなのだから、むろん、風呂へ入らない。荘八さんの湯屋は、時間のせいか、わりに空いていて、湯から上がって着物をまとっているのが一匹、またいで湯ぶねに入ろうとしているのが一匹、母親猫がひじを曲げて肩を洗っている側で、流し場で遊んでいる小猫が一匹。それに猫の三助は黒猫で、番台にいる内儀さん猫は、黒襟つきの黄八丈の袷《あわせ》を着て、しゃんと座って見張っている。

質問に閉口した私は、人間のヌードの出版など厳重に禁じてあった時代だから、人間の女の代わりに猫をはだかにして並べたものかと、返事をこじつけて言おうとしたが、また途中で困ってしまった。

平素、全身に毛が生えているが、猫は元来はだかなのである。こいつが、人間の着物を着て、おめかしして湯屋へ来ることはない。はたち前後の若い看護婦さんと私とでは、なるほど世代も数段違う。猫が銭湯へ行く洒落《しゃれ》を、彼らは不合理で非民主的と考え、こんな画を壁にかけて喜んでいる患者は、軽度の精神病科へ回すべきだと診断したのではないか。

苦しまぎれに私は答えた。

「まあ、君たちがこの画がわかるようになるのには、あと何十年掛かるかなあ、わからずじまいに終わることだってあるだろう。この画を面白いと思う私と、どっちが一体、しあわせなのか？　どうやら、私にもわからなくなったよ。そのうち、うちの猫を集めて皆の意見を聞いて見よう」

〈昭和四十六年十月・神奈川新聞〉

# 再説「猫の湯屋」

前の回に私が、「猫の湯屋」のことを書いたのは私にふさわしい失敗であった。ハイティーンから、はたち代の看護婦さんが猫が銭湯で裸になって湯に入っている画を見て、何でこんな画があるのかを疑問としたのは当然で、この画を買って来て大得意だった私の方が間違っていたのである。私は、看護婦さんに次いで回診に来た医師にこの画を御存じですかと、尋ねて見た。皆、中年からそれ以上の、もっともらしい、もとより学識も高い紳士たちであったが、首を傾《かし》げて、これが猫が集まって何をしているのですかと、疑問にせぬ者は一人としてなかった。

私は急に心細くなって、猫が風呂に入っているのだと言う返事も、気弱く小さい声になった。（それ以上、なっとくさせるように、熱心に説明しようとしたら、私の病患である血圧は、にわかに高く成ったろう）。不満だった私は、ちょうど国立劇場に芝居の稽古《けいこ》に通っていたので、劇場の理事の一人に、あなたは猫が風呂に入っている絵草紙を知ってますかと尋ねたら、「猫がですか」と言い、「いや、見たことありませんね」と、如何《いか》にもきっぱりした返事で、私を失望落胆のどん底に陥れた。この紳士は五十歳に近かった。私とは二十年は違うが、この二十年間に、清潔好きの猫の風呂入りの知識は世に失われ、一人も知らず考えなくなって了ったらしい。つまり私などはいつの間にか前代の遺物となっていたのである。今日の若い看護婦さんや、眼鏡をかけた医師の先生たちの無知をとがめるわけには行かなくなった。私の方が、過剰で無用の知識を温存していたことに成る。

（もっとも私は、これを別に不名誉とは思わない）

数日前にラジオを聞いたら、中学生と現今流行のロックを論じていた。尋ねる方が、近ごろ若い人の間にさかんなロックが音楽とは考えられないが、どうして皆さんが、あんなものに熱中するのですかと質すと、一人の中学生はロックはジャズなどとは別個で、リズムもメロディもないが、ロックの演奏を聞くと、自分のからだの方がすぐに乗って行って、何もかも忘れて楽しく夢中になる。つまりジャズはもう古くて自分たちはあのテンポには乗って行けないのだと答えた。

そのジャズにさえ足を踏み外す私などには、ロックは、とうてい乗って行けるものでないが、彼等は浪のうねりに乗せられて了うように本能的、あるいは肉体的にロックに乗って、他のものからは得られぬ歓びを感じるのだと言うのである。

ロックに全く無縁な私も、これは判らぬことではなさそうである。私には出来ない。しかし若い彼らは無条件で感動し、雲に乗ったような快い心境になる。在り得ぬことではなかった。しかし、ここで私はここの看護婦さんのように、どうして猫がお湯屋へ行くのですかと可憐に逆襲して来たのと同じことで、どうして、そう簡単にロックに乗れるのかと質問したら、さぞかし彼らは、わかりきったことをきく、わからず屋のおとなだと憫笑《びんしょう》して、相手にしないであろう。自分たちはロックの感興がある。大正以前の洋楽のなかった時代に青春を過ごしたお年寄りがたには判らないことですよと、頭上から簡単に最終判決を下す。つまり、他の場合にもよく繰り返されたナンセンスだと言って片付けるのである。私はジャズは別として、洋楽の古典は多少勉強したし好きであった。それに乗った顔をして見せたことはあったが、事実は、払った努力にくらべて、ほんとうには理解出来ず、雲に乗れず振り落されたケースの方が多かったと告白する方が、自己に正直なのである。

ロックは、単純で理解の手続きを入用としないらしい。聞くだけで今の若い人たちは乗車出来るらしい。勉強など要らない音楽らしく思われる。努力なく無賃乗車で無我恍惚《こうこつ》の境地にはいれるなどと、こんな幸福なことはないわけで、私などにその経験がないからうらやましい限りである。身も世もない幸福は、実は一種の悲劇の異名なのである。昔のひとは、これが死と結びつき悔恨や絶望を免れ得ぬものと覚悟して、避ける用意があった。今の青春にはその畏怖《いふ》がないらしい。これも羨望《せんぼう》に値するかも知れぬ。しかし、ロックで実は、人の成長が停止するのである。毒蜘蛛《ぐも》のタランテラに刺されたように、踊り狂う終末には、死が待っているのである。死ぬまで踊り続けるより外はない。彼等は、それに依る理由を明かさない。説明出来ても、私たちがそれが判るわけがない。おしゃれの私は、それでは美しい青春が汚なくよごされて終わるな、と思うだけである。

「猫の湯屋」の絵草紙が市販されて、はやったのは、印刷の粗悪さから見て明治の末年かと思われる。子供たちのオモチャ画として売り出されたものだろうが、どうして流行したものか不明としても、猫好きの私はながめていて大いに楽しく愉快である。もちろん無益のものとは思う。しかし無益で存在の理由ないとしても、ロックと同じく可憐で、ほほ笑ましい。今日では、お年寄りだけに、自分の稚《おさ》ない時代にこう言うものがあったと、遠い記憶の澱《おり》の底に沈めて、覚えておいでの方があるかとも思う。私が知った限り、それも稀《ま》れであった。看護婦さんも知らない。お医者さまも知らない。ロックにしても、昔そんなものがはやった時期があったっけ、と、やがて一部の人にしか理解困難になる時代が来るのかも知れぬ。

〈昭和四十六年十一月・神奈川新聞〉

# むらさき屋

日本の、と断るまでもないが、歌舞伎《かぶき》の歴史を書いた本を見ると、その時代に出た俳優を中心のものばかりである。日本の、といえるわけは、外国では広く演劇史であって、その時々の俳優は小さくしか扱ってない。それほど歌舞伎は、役者中心であって、偉大だったかどうかわからないが、人気のあった初代市川団十郎の名前が、いつまでも歌舞伎の歴史を圧倒してしまっている。

またその他の名優にしろ評判の良かった役者の名前が二代目、三代目と相続されて、これが歌舞伎の大小の大黒柱となって今日に及んだ。何代目が先代の血をつなぐものでなく、名跡を買って、何代目かを名乗ることもまれでない。つまり歌舞伎の支柱は、役者の名前なのである。しかし、名跡のない役者には大きい役がつかないのが、一貫した事実であって、この道で名家に生まれた者は、芸の資質がなくとも、主役となるのが動かぬ慣例である。

外部からはいった役者は、勢いワキに回って、二次的な立場で働くより舞台に立つ道はない。およそ古風で、封建色の抜き知れぬ世界だ。しかし御曹子《おんぞうし》といわれる若者も、子供の時から大役を課せられているうちに、自負と確信がついて、その上に、ひと月の興行に少なくとも二十五回は繰り返してその役を演じるので、これが他人では恵まれないよいけいこになって、よほどバカでない限り、自然と芸が成長する強味がある。こうして、名前は昔の大きな役者の、何代目かの俳優が舞台に生まれる。老人になるほど、芸に何かが出来上がるわけである。私は、若いのより老人の役者の芸が好きである。

この窮屈きわまる世界だから、芝居が好きでもワキに回って、一生いい役に恵まれない俳優が過去にも現在にもいくらでもかぞえられる。この人たちは歌舞伎の歴史の中には書かれない。書かれて残ったひとがあれば、これはよほどの名優で、同時代に人気があった大名題の役者をしのぐ芸の持ち主だったのに違いない。しかし、その彼も忠臣蔵で大星由良之助になることは決して許されず、せいぜい定九郎か、斧《おの》九郎太夫の役を振られるのが最上の待遇だったのに違いない。ワキ役でいて見事な芸で、舞台をさらい、見物を喝采《かっさい》でわき上がらせたものだったろう。が、その事実も歌舞伎の歴史には挙げられない。芝居は一人でするものでないから、よいワキ役を得ない限り、舞台は決して面白くならない。考えれば、大切な存在である。いくらでも掛け替えがあっても、これはあの男でなくては、と内外が高く買ったワキの名優は、実際にあった。それに値する待遇を受けてないが、実は彼らによって歌舞伎がささえられてきた。十五代羽左の源氏店に、なくてはならぬワキの名人として、蝙蝠安《こうもりやす》の尾上松助がいた。その没後に大名題の役者がその役で出ても、ついに松助ほどには出来なかった。

大体これらのワキの役者が、歌舞伎の脚本であてがわれる役は、長屋の大家だったり、女に振られる悪侍だったり、そば屋の亭主だったり、平凡でつまらない役が多いが、これが生かされぬと、芝居がこわれてしまうというのは、歌舞伎の中でも、この人々は美男美女の役でなく、ご見物の庶民に近い役で、これがうまいと、真実に客が感心するし、舞台が自分たちに近いものに信じられて、面白味もいっそう深まるからであった。

古い時代だから、そうした報いられぬ端役を喜んで演じる洒落気のある人間も見つかった。呉服屋の旦那《だんな》だったのが、芝居が好きでついに店を捨ててワキで舞台に立つようになった中村吉三郎のような役者も出た。今でも老優の中に、悪い仲間や番頭をやらせれば、あの男というのがいる。私が松緑に書いた「たぬき」という芝居に、この男と思ってあてて大きな役に書いた市川照蔵という役者がいた。火葬場の隠亡の役であった。これが実に、世をさとりきって、ひょうひょうとして枯れた茶気もある老爺《ろうや》となって傑作であった。松緑が自分で私に話したことだが、花道を二人ではいる時、大向こうから「照蔵、ピカ一！」と客の声が掛かった。「まったく」と松緑が明るく笑って私に言った。「そのとおりだったんだから、仕方ありませんよ」。主役がワキに食われていたのである。その松緑が、それを話すのにいかにもうれしそうだったのも、開放的な彼だから言えたことで、ワキでもその身分や寸評をはずさずに、舞台をさらってしまう腕の持ち主が現にいたのである。

歌舞伎は、ワキがそろわないと芝居が面白く出来ないとも断言出来よう。そのワキ役が、今日、六十、七十過ぎた年齢の老人で幾たりか残っているだけで、後継者が出ない。戦後の人情で、割りの合わぬ下積みの仕事を甘んじてやる若者がいなくなった。皆、白塗りの勘平がやりたくて、役名もないお店者《たなもの》や、長屋の人間をやりたがらない。ちょっと舞台に出て芝居をさらって引っ込むような、技《ぎ》倆《りょう》もないのである。国立劇場の研修生が、どこまでその割りの合わぬところに耐えて、次第に舞台を征服して行くものか？　むずかしい問題だが、私は期待を失わない。ワキ役でもよい、ぜひ、立派に果たして、これはと思わせる芸の担《にな》い手《て》になってほしい。

前の照蔵は、尾上多賀之丞さんの話によると「変わったひとでしたよ。舞台からおりて部屋にはいると、終始、寝ころんで翻訳の外国の小説ばかり読んでいました。なんでも土佐の本屋さんの息子だったようで」。私が知ったのは七十前後の年齢の老人で、新刊の翻訳書を読んでいた。人間の内容はただの白ねずみの類ではなかったのだが、そんなところは素振りも見せぬ終始にこやかな、血色のよい老人であった。なくしてみて、大きな損失を感じさせられた。もう二度と出まいと思われる芸風であった。現在も多賀蔵、新七というような、まね手のない老人たちが残っている。もう七十歳であろうが、一代ワキをつとめてきた貴重な人々である。

利根川金十郎などは、もとは小芝居の座頭ぐらいした人だろうが、今日は歌舞伎座や国立劇場でワキへ回って風格ある達者な芸を見せている。九代目団十郎を舞台に出て見たというのだから、もはや八十歳かと思う。十一代市川団十郎の弟子になって枡蔵《ますぞう》と称していたが、短気の団十郎が何か理由のないこごとをいったのを腹に据えかね、弟子の彼の方から破門して飛び出した。ひとり立ちになってから名乗った芸名が利根川金十郎である。利根川は、もとの師匠の団十郎の市川より大きい。団十郎に対して金十郎であった。大きな名前が、根元大歌舞伎の市川団十郎など眼中に置いてない。こうした謀叛《むほん》組は、前の師匠に対して遠慮して使わないのが歌舞伎の世界だが、芸を惜しんで松緑君あたりがかわいがってくれ、今ではいっそう元気で舞台の役々をつとめている。

「変わったひとですよ。舞台の外で身につけるものは、帯でもネクタイでもハンカチでも紫色です。よほど紫が好きなので……。口の悪い仲間は、正式の屋号で呼ばずに、むらさき屋と呼んで通っています。おどろいたのは、家で飼っている猫まで紫色に染めてたというのですから」。一代をワキで暮らした老人の気骨がその紫色の猫に現われている。猫とは縁のある私は、嘆息して言った。

「そいつは、猫が困ったろうなあ。それにしても何で紫色に染め上げたのだろう」。しかし、こんな老人がいるのを、私はたのもしくも面白くも思うのである。始終、ぐるりの若い連中の下手な芝居を見せつけられて我慢しているうっ憤が、利根川金十郎ともなり、また紫色の猫となって出現したのではないか？　おそれられている門閥を茶にして笑っているのである。

〈昭和四十七年四月・神奈川新聞〉

# 小説一篇・童話四篇

# 白猫

# 客

## 1

駅の内部には僅《わず》かに電灯を残してあった。

改札口のところに光の塊があって若い少女の駅員のカラーを白く浮き上らし、切符を受取る健康そうに肥った手や次々にいそがしげに出て来る客の姿を一々照らして、また薄闇《うすやみ》の中へ送り込むのだった。

これが駅の外へ出ると、ほんとうの闇で、うっかりしていると目の前に人が来るのも見えないくらいだった。哲太は、一度立ち止って、闇に目が慣れ、鋪道《ほどう》が雨に濡《ぬ》れて微《かす》かに空の色を映しているのが見えるように成ってから歩き出した。空襲があったばかりで市電が運転を休んでいた。山手に焼け残った家まで、相当遠い道を水たまりに踏み込まぬように気を配りながら歩いて帰らなければならなかった。

雨はかなり強く降っていた。市電の線路を見つけると、これから離れぬように歩いて行くことにした。実に暗い。それに土用に入ってからの時候とは云《い》えないくらいに涼しい日がここ数日間続いていたので、傘もなしに歩いていると顔の皮膚を打つ雨が冷たく、多少惨めな気になって来るのだった。

駅を出たばかりの時は、あたりに塊って黒い影を動かしていた人間が少し行くと、この大きな闇の、それぞれの方角に散らばって、いつの間にか居なくなって了《しま》うのだった。鋪道を打つ雨の音だけが高くなった。そして焼け残っている街路樹の向うは、昼間だと町の果まで見える平たい焼野原となっていた。

雨はそこに降りそそぎ、雲まで低く降りているように煙っているのだが、何か黒い物の形が見え、時折、そこに小さく灯火が動くのが見えたのは、焼トタンで作ったバラックに罹災《りさい》者が住んでいるのだった。

不完全な手造りの小屋で、釘《くぎ》だって充分でないのは知れたことで、雨の日につらくもなさけなくも感じるのは当然のことのようで、哲太も気の毒に思った。

「寝られないだろうなあ！」

ここ数日、無情に雨ばかり続いていた。哲太の家も、焼夷弾《しょういだん》で屋根を貫かれて穴があき雨漏りはするが、先《ま》ず焼けずに残ったので、そこまで帰れば空襲前と同じことで、無事に寝ることが出来るのだった。

沁々《しみじみ》と、運だったと思うのである。横浜市の中心部は、たった二時間で、全部、灰となった。哲太は、その時間には、会社に出ていて東京にいた。横浜の方角の空に、むくむくと簇《むらが》り立つ煙の塊の、丁度花キャベツのような形をして空高く拡《ひろ》がって行くのを見て、（これは駄目だ。家もやられた。）

こう思って諦《あきら》めていたのが、途中電車が不通になっていたのを歩いて帰って見ると、まだ余熱で熱くて歩けないくらいの市中を通り抜けて、とても朝見た時とは夢のような無惨な変り方をしているのを見た後で、自分の家の近所数軒が、全部無事でいるのを見て、嬉《うれ》しいと云うよりも焼け出された人たちに済まないような思いがしたものであった。

## 2

屋根を貫いた弾も不発で、警防団が来て始末してくれた。哲太が進んで、その夜収容した罹災家族も焼けあとへ頼もしく戻って行ったり、遠くの田舎の縁故先へ汽車で立って行ったりして、家の内は、もとと同様に哲太一人と成った。

震災後に建てた洋館で、父親の死後、母親や姉たちと住んで来て、その間に姉たちが次々嫁に行った後で空襲が日増しに激しく成ってから容易に動くまいとする母親を姉のところへ疎開させ哲太ひとりが残っていたのである。どこにも在る疎開やもめというわけだが、鍵《かぎ》一つで自由に外出出来る洋館だったのは好都合であった。

「もう、古い家だから焼けたところで惜しくないさ」

こう云ったものの、子供の日を過し、姉たちと育って来た家だけに、無事に残って、電灯の停《とま》った夜を卓に立てた蠟燭《ろうそく》の灯影《ほかげ》で古い部屋に昔のままでいる調度の類いや壁の画の額を眺めて、人の死後の魂というものが在るならば父親が護ってくれたに違いないとまで感動を深く見廻《まわ》したものであった。国に歴史があるように、この小さい家にも、建ててからの歴史が出来上っていた。嬉しかったことも悲しかったことも、さまざまの思い出が積って来ていた。

壁や柱に残っている傷あとや、薄い鉛筆の痕《あと》にも、その頃若く輝くようだった姉たちや、哲太自身の、今はなつかしく貴重に感じられる小さい思い出が残っていた。

丘の中腹に在ったので、芝を植えた東側の庭からは、港の全景が眺めおろされた。冬の日も晴れればそこの水の色は青かった。遠くから来た白色の巨《おお》きな汽船が泛《うか》んでいたこともあった。海は明るいものである。哲太は自分の気質が、どことなく他人より快活で楽天的に出来上っているのを、この家に住み、朝夕に港の明るい景色を眺めて育って来たせいに違いない、と独りで決めて考えたことさえあった。海岸寄りに巨きな建物が立て混んで来てから、ここから見る港は、コンクリートの建物の間に挟まれて了ったように、汽船と家とが重なり合って見えた。

海は、船がいない時もいつも動いていて、生きもののようだった。水が濃い藍《あい》色に落付いて見える時があるかと思うと、日を受けてきらきら輝き、風があって迅《はや》い川のように流れて見える時もあった。この海の側に置くと、人間の建てた建物がコンクリートで塗り、いつも定った表情でいるせいか墓でも見ているようだった。

これが夜になると窓に灯がつき、街《まち》は一せいに目を醒《さ》ましたように、きらきらと、瞳《ひとみ》を瞠《みは》る。ここの庭からはそれが見渡せた。夏の夜など樹木の繁《しげ》っている道路を自動車が通ってゆくのが前灯の光だけ青く街を縫って行き、箱庭の中の景色のように見おろされた。まだ哲太は小さく薄物を着た姉たちと並んで、そう云う夜の街を見おろすのだった。姉たちは透きとおった声で、よく歌をうたった。それが無惨に焼きはらわれたのであった。

家は残ったが、この庭から眺めて焼トタンと灰だけの平地となり、川筋と大小の道路の網があらわに出ているのが、印刷の白地図でも見せられているように、単調でつまらないものに変ったのであった。

強い雨が降っていた。街とは云えない街は大きな闇に押しつけられ、どこまで歩いても暗くて淋しかった。焼トタンの小屋にいる人たちは話も出来ないくらいに雨の音を近く聞いているわけであった。しかし、人は頼もしく生きて働いて行くのだ。これだけの憂目を見せられてももとの家の在った場所を捨てようとせず、烈《はげ》しい心持でじっと耐え忍んでいる勇気が、人間とは強いものと新しく見なおされることであった。この暗い雨の夜にも、哲太はそれを感じ、自分の家のある丘へ昇る狭い坂道を昇り初めた。焼トタンの小屋は、坂の片側にもあった。雨の中で傘をさして、人がそこで竈《かまど》の火を焚《た》いているのが、焔《ほのお》を吐いて赤く燃える火の色とともに見えた。

哲太は声をかけずには通れなかった。

「今晩は！」

向うは、誰《だ》れか知っているものかと取ったらしく、闇を透して覗《のぞ》きながら、やはり、同じ挨拶《あいさつ》を返して来た。

「今晩……」

「よく降りますね」

と哲太は云った。

「風がないからいいけれど……あまり、ひどかったら、家へ来ても、よござんすよ。この丘の酒井です」

向うは、不意にこう申出されて途惑いしたようだったが、

「ええ有難う御座います」

と、低く答えて、闇の中でも何となく明るい様子だった。

「大丈夫ですよ」

「御遠慮なく……」

「降る方が涼しくて楽なくらいですよ」

と、笑って、

「何しろ、石油罐《かん》の中に住んでいるようなものだからね。照りつけられた方が、困るんです。人間の蒸焼が出来そうでね」

哲太は、暖くお寝みと挨拶して、暗い坂を上って行った。

3

低い門を入って、竜の髯《ひげ》の葉がかぶさっている道を入ると玄関がある。雨の日も濡れないように屋根のあるテラスに成っていて、外側の窓わくには常盤木《ときわぎ》の植木鉢が置いてあった。無論、戦争になってから、手も入れず、庭も家も荒れていたし、この間の空襲以来電灯が停電しているので、空家のようにガランとしているし、真暗だった。

哲太は鍵を出して戸口に近付いて何か柔かいものに躓《つまず》き、隣りの犬が入っているのかと見ると、人間だったので驚いて声を立てるところだった。

向うは動かなかった。動かなければ動かないでまた気味が悪かった。燐寸《マッチ》を点《つ》けて見ると、紺がすりのモンペの色が真先に見え、十七八の少女が階段に腰かけて、お下髪の頭を柱にもたれて睡《ねむ》っているのが目に入った。

「おい、君」

無邪気に娘は目をあいて、向うの方がひどく驚いて怪しんだような様子で哲太を見上げた。乞食ではなく普通の家の娘らしく見えたのが不審であった。

「どうしたんだね?」

少女は、急にはっとしたように立ち上ろうとした。膝《ひざ》に乗せてあった乾パンの袋が足もとに落ち、パンがあたりに散らばった。これは罹災者に配給のあったパンだった。

「そんなに吃驚《びっくり》しなくてもいいんだ」

と哲太は優しく話した。

「どうしたの? 帰るところがないのか?……」

さも驚き、また怯《おび》えたように哲太を見詰めていた大きな黒い目が急におどおどしたような様子を見せ、娘は俯《うつむ》向いた。睡っている顔が十六七かと見えたが、もう少し年上かも知れなかった。俯向いた顔を両手で蔽《おお》った。

「叱《しか》りはしない。どうしたんだね。行くところがないのか」

お下髪の頭が頷《うなず》いて見せたのと一緒に、呻《うめ》くような泣き声が漏れた。燐寸が燃え切ったので、急に、あたりがまた真暗になっていた。

「待ちたまえ。電灯がつかないんでね」

哲太は手さぐりで戸の鍵穴を探していた。

「パンを落して了ったじゃないか。今、あかりを持って来るから、待ちたまえ。泊るところがないのなら、ここへ泊って行ってもいい。……待っていたまえ」

戸があくと、土間へ入って、いつも朝出がけに夜遅く帰った時の用意に、傘置きの台のところに置くことにしてある燭台《しょくだい》を探し出した。

すぐに、あたりが明るくなった。

その間に逃げて帰るのではないかと思われた娘が、泣き濡れた目で哲太を見上げて立っていたのが、一層不憫《ふびん》に見えた。

「入りたまえ」

と哲太は云った。

「僕のほかには誰れもいない家だから、心配することはない。ただ、暗いんでね」

少女は躊躇《ちゅうちょ》していたが、扉に背をこすりつけるようにして入って来た。穿《は》いているズックの靴が泥で濡れていたばかりではなく穴があいて足の指を見せていた。

「戸をしめておくれ。パンをお拾い」

と、哲太は命令してから、何気なく、尋ねた。

「焼出されたのかい？」

少女は無言で頷いて見せた。そして、云われたとおり、パンの袋を拾い、重い扉を動かしにかかった。

4

「手や顔を洗っておいで。水はそこにあるから」

哲太は自分が済した後で、廊下の壁にもたれて待っていた少女にこう告げた。少女の顔の皮膚は、焼け出されて煙を潜った人間だけが見せる変にどす黒い色をしていた。

新しい蠟燭を出して灯をともして渡してやると少女は頭をさげて受取った。哲太は食堂に使っている部屋に入って来て、手燭を卓に置くと、少女が手桶《ておけ》の水を洗面台に掬《く》み入れている気配が伝わって来た。哲太は焼け出された不幸な人たちの実例を二三聞いていたので、出来るだけのことをしてやりたいと考え初めていた。

灯影を受けて、窓硝子の外に、雨はまだ降りそそいでいた。それに暗幕を引いて光を遮蔽《しゃへい》してしまうと、何か食う物があったかと考えながら最初に湯を湧《わ》かして茶を入れにかかった。

彼は台所へ出て行って七輪で新聞紙を焚き消炭を上に乗せて行った。少女は、渡された蠟燭の灯を差出してそこへ入って来て、哲太がしていることを見詰めると、団扇《うちわ》を拾って哲太に代ろうとした。

「知っているのかい？　火をおこすの」

初めて、少女は笑顔を見せて哲太と並んで立った。まだ羞《はにか》んではいたが、七輪を煽《あお》ぎ初めると、その仕事に懸命な様子が顔付に現れた。年の行かないまだ弱々しい顔立だったがすることは流石《さすが》に男の哲太よりも確かだった。

「家でやっていたの？」

と哲太は尋ねた。

返事はなかった。妙な鎮まり方で団扇だけが烈しく動き続けた。

「家の人は、どうしたの？」

団扇が急に停ったと思うと、手から離れてことりと落ちた。それと同時に少女は両手で顔を蔽って泣きむせんで、床に蹲《うずくま》っていた。

（死んだ？）

哲太は、口まで出かけていたこの問いを控えた。波を打つように動いている肩を見詰めて、別のことを彼は云い出した。

「元気にしようぜ。うん、早く湯を湧かそう。それから……と、何か喰《た》べるものがあったろう」

食堂の膳棚《ぜんだな》の下に、非常用の罐詰が入れてあったのを彼は見に行った。その中に、蜜豆《みつまめ》のがあったのを見つけると、哲太は、少女の為に偶然を悦《よろこ》んだ。母親が甘いもの好きだったので、三年も前に買ったものだったが、もう一個も残っていないと思っていたのだった。

「君」

と呼んで、

「何んて、名？」

「とし子」

「としちゃんか？　どんな字？」

「敏……こういう」

「よし」

と、快活に命令した。

「湯が沸いたら、茶を入れよう」

5

ここへ寝たまえ。と指図された部屋に敏子は入った。扉は哲太が外から閉め、足音が遠ざかって行った。

敏子は燭台を手に持って、自分の知らない部屋に独りで立っていた。そして不意と夢から醒めたように身ぶるいを感じた。顔の色まで真蒼《まっさお》だった。

敏子は、この家の主人がどこの部屋に寝に行ったのか聞こうとしたように耳を立てた。この家からそっと脱け出して逃げるつもりでいたのだ。言葉数すくなく、尋ねられたことにもあまり答えなかったが、敏子は嘘《うそ》をついたのだ。焼け出されたのではなく、敏子は帰る家があった。しかし、今日はそこへ帰れない理由があって、どこへ行くあてもなく焼跡や街を歩いている内にこう云うことに成って了ったのだ。雨の音だけがしていた。その雨は前よりも強くなっていたし、外は無論のこと真暗な夜更けだった。

〇〇工場の少女工員の中で、敏子は旋盤の技術は満点だと云われている。ただ性質が不良だと労務監督が云った。気まぐれで欠勤が多い。気が向くと脇目《わきめ》もふらず仕事をするが何か気に喰わないと仕事にむらが出る。いつもそう云って敏子は叱られた。云わば、女工員の中の注意人物で、何か事件が持ち上ると、敏子のせいのようにして、工場の幹部の目が一せいに敏子に集るのだった。

敏子は、それを知っている。またいつの間にか、監督さんの云うとおりの人間のように成っている。悪いとわかっていることもする。電車が混んでなかなか乗れず出勤に遅れたと知ると、そのまま工場へ出ない日もある。

何かに敏子は腹が立っていた。それから孤独な思いがした。だから、気に入った友達があると、夢中になって側から離れない。

それが悪いというのだ。

敏子は、弁解したり争うのをやめて、黙って叱られて、その代り、叱る人間を憎むことにした。向うが、もっと腹を立てるように自分が悪くなって見せるのだ。わざとそうする烈しい気性があった。口もきかず、おとなしく見えるけれど、敏子は自分だけの考え方や感じ方を持っていた。男の工員が敏子の友達に聞くに耐えない言葉を云って、しつこく付きまとって来た時、敏子が急にその男の顔を血がたらたら流れるほど引掻《ひっか》いて、勢いに向うが呆気《あっけ》に取られて引退ったことがあってから「山猫」という名が男工員の中で出来たようである。

そう成ると、敏子はまた、自分から「山猫」と成るのだ。負けてはいられなかった。

今朝の事件は、警察の労務係の刑事が三人で不意と工場へ来て、工員の出勤の状態を調べ、帳簿を持って引揚げて行ったのから始った。刑事のいる間蒼い顔をしてうろうろしていた監督が、敏子を見ると、

「おい、お前、家へ帰ると警察から迎いが来ているぞ」

と云った。

敏子は紙のような顔色になった。

そして、今、夜になって、知らない家の、知らない部屋に、手燭を持って、ひとりで立っていた。きれいな油画の額が掛けてあり、壁にぎっしりと本が並んで

いた。人間が住む部屋には敏子がこれまでに考えたこともなかったような部屋に来ているのである。

「いいわ」

と敏子は反抗するように云った。

「あたし、ここに寝てやる」

6

無人の家のせいか、部屋の中は取り散らしてあった。使っていないらしい化粧机や、何を入れてあるのか判《わか》らぬ木箱が壁に寄せて積み上げてあり、納屋か物置に入ったような感じがした。考えて見れば、西洋間というのは、敏子は工場の事務所を見ただけのもので心に落着きを与えない。寝台があって、その上に自分が寝るのだと判っていて、やはり、どうしてよいのか迷ったような心持で本棚を眺め、暗幕に引いてあるカーテンを恐る恐る明けて、外を覗いて見るのだった。

外は硝子《ガラス》戸を隔てて、植込みのある庭だったが、びしょびしょ雨が降っているのが見えた。木の葉が濡れ、庭土に溜《たま》り水が流れていた。

その烟《けむ》るような雨を隔てて、暗い奥行があった。少し闇に目が慣れて見ると、これが海まで続く町の展望だと判った。灯火管制下で真暗なのだが、また考えて見れば、そこの大部分の建物が焼け尽して、灰と焼トタンが散らばった荒涼とした焼野となっているので一層暗かったのだが、その上に暗く淋しい雨が降りそそいでいるわけだった。大きく寂莫《せきばく》とした闇が、こんなところから窓掛の布を細くしぼって覗いている敏子を咎《とが》めて、押掛って来そうな気配があった。鬼のように太い腕が伸びて来て雨の降っている外へ自分を曳摺《ひきず》り出して了うことまでふと考えられた。

何かにせきつかれたように急いでカーテンを閉めて了うと、敏子は、またもとの、知らない部屋にひとりでいた。そして、嘘をついたことに不安に成りながら、花模様を散らした壁を眺め、天井を見上げ、本棚を覗き、それから化粧机の鏡が冷めたく光っているのに気がつくと、急に惹《ひき》付けられたようにその前に行き、顔を映して、覗き込んで見た。

驚いた時のように自分が大きな目をしているのに気がついた。

知らずに敏子は髪を撫《な》でつけ、真顔で熱心に自分の影を見詰めていた。それから急に気がついて、離れた卓の上に焔を燃やしていた手燭を持って来て、前よりも明るい光で鏡の中の自分の顔を見まもった。

（よごれてもいないわ）

敏子は、鏡の中の自分に満足した。すると、鏡の中の敏子は、微笑《ほほえ》むのだった。唇が動いて、白い歯並が現れた。今朝は歯を磨かなかったと思い返しながら、その歯が光を弾《はじ》いて美しく輝いていたので、また嬉しい思いがした。体の中にいつもよりも暖い血が流れているような自覚が働いた。

「仕方がないわ」

と敏子は、この家の客と成った今夜の始末を弁解するようにして独語《ひとりごと》を云った。

「あたし、そのつもりじゃなかったんだわ。それから……もう出来たことは仕方がないんじゃない」

顔の皮膚は、つやつやとして光り出していた。黒い目もいきいきと輝いていた。自分で見て鏡の中の自分が如何《いか》にも綺麗《きれい》に見えるのだった。

「ほんとうに、あたし、不良かも知れない」

でも大胆にするのだ。敏子はこう思った。親切だったこの家の主人の面影が微かに泛んで来た。まともに顔を見るのを避けていたせいか、驚くほど、その記憶が朦朧《もうろう》としていた。若いようでもあり、敏子が考えているよりもずっと年上のような気もした。そして顔立は、はっきりと思い出せず、ただ、しっかりした中にどことなく親切で優しい話声を思い出すと、急に声に出して敏子は呟《つぶや》いていた。ちっとも可怖《こわ》くない！　親切で私を泊めてくれたんだわ。それに、あたし、明日の朝、早くここから出て行けばいいんだから。

　その間もまたその後も、始終、敏子は鏡の中の自分から瞳を放さなかった。鏡の面に薄く埃《ほこり》があり硝子が曇っているのに気がつくと、手巾を出してきれいに拭《ぬぐ》い、また知らぬ間に、甲斐甲斐《かいがい》しく手を動かして、卓の上を片付け初めていた。誰が使っていたものか、化粧水の空瓶があったり円形の白粉《おしろい》の函《はこ》が置いてあった。小さい香水の瓶の栓を抜くと中味は空だったが強い芳い匂《にお》いがした。

「こんなに埃だらけになって」

　敏子は、こう独語を云い、その間も時の経《た》つのも忘れて、自分の化粧机のようにして鏡の前を片付けていたのだが、自分が家に鏡を持っていないことを不意と思い出すと、何とはなしに遽《にわ》かに力が抜けたように鏡の前に懶《ものう》く双腕を置き、顎《あご》をのせたまま、じっと鎮まり返っていた。工場や警察の話のことが突然に胸に押寄せて来ていた。どこかで酒を飲んでは遅く帰って来て家中起きて了うような大きな声で物を云う父親のことも泛んで来た。全部の者が敏子を苦しめ、不幸にしているのだ。平気でいるし負けないで来ていたのだがこの夜のこの時に限って、敏子は不意と突崩されたように心がへたへたと成ろうとしているのが判った。

鏡の中にある敏子の影は目をつぶっていた。重ねた双腕の上に顎をのせたまま、頭の上から抑えつけられたように少しずつ俯向いて来て、汚れて赤茶気ている髪の毛に顔は隠れた。その髪を後に投げるようにして顔を振上げると、敏子は、強い表情をしていて、二度と鏡の中の自分を見なくなっていた。手の指は動いて仕事着の吊《つり》ズボンの釦《ボタン》を外しにかかり、寝台のところに行って床に脱いでから、いつも家でするようにブラウスも襯衣《はだぎ》も脱いで肩も胸も裸かにして了ってから、寝間着がないのに気がついてまごついたのだが、躊躇なくそのまま寝台の毛布をはねて、敷布の間に脚を滑り込ませていた。

手燭が化粧机に残っていた。蠟燭はまだ残っていたが、蠟が垂れて横に倒れた芯《しん》が焔を大きくいぶりながら燃えて輝いていた。

舌打ちして、敏子はそれを消しに出て行った。乳のように白い自分の裸の影が鏡の中に動いて、灯を吹消した闇に直ぐと呑《の》まれて行った。

## 7

早く、まだ暗い内に起きたら、すぐに出て行く決心でいた。工場の出勤時間には早過ぎるのだが、それでよい。敏子は朝の光の中でこの家の主人と、顔を合わせて口をきくのを怖《おそ》れていた。嫌っていたと云ってもよいのかも知れぬ。戦争の為に工場で働くことだけ思い詰めていれば、よいのだった。

外の雨の音が近くなった。天井にも壁にもその音が聞えているようで毛布で固くくるんでいたが、裸の肩がまだうすら寒いようであった。暗幕で遮蔽しているし、あたりはほんとうに暗かった。ただ雨の音だけがびしょびしょと絶間なく聞えていた。

気がついて見ると、敏子は、さっき鏡で見て大きいと自分も感じた目を大きく闇に見ひらいていた。睡れそうもないのである。この闇には、少し前に栓を抜いて鼻にあてて見た香水の匂いが、微かに匂っているようであった。それが不安であった。栓を抜いたままにして来たのかと気になり、寝台から再び脱出してそれを確かめに行くのがやはり懶《ものう》かった。

（いいってば！　どうせ、もともと空なんだもの！）

　この強い思案の蔭《かげ》に、どこにと云うことはなく、心を悲しくさせているものがあった。体をかたくして横たわっていて、自分が今にも泣きそうに成っているなと感じて来て、敏子は苛立《いらだ》った。毛布に裸の皮膚を触れている胸の奥に、胎動のようにこれがうごめいていた。

（まだ降っている！）

　焼出されて朽ちたトタンの小屋に、この雨を聞いている気の毒な人たちのことを思って見て、決して、これが慰めにはならなかった。なんという世界、と、呻くように感じ、更に不幸な思いを深くしたばかりだったようである。工場の中の友達で兄や父親を戦争に送り出している人たちのことも、その思案の中に入って来た。遠いニュウギニアにいるとだけ判っている人、大陸と聞いているだけでどこにいるのかもわからないと云う兄を持った友達もいた。勝つ日だけを皆が待っている。勝つ為に働くんだわとお互に励し合って旋盤が削って飛ばす鉄屑《てつくず》の中に手首をさらしている毎日である。強くなっていなければならなかった。心を引立ててくれるような話は何もなかった。ただ、必ずいつかは勝つと云う未来の約束に、すがりついていた。目に見えて瘠《や》せて顔色も悪くなって来た人も、それだった。

（今は、あたし何だか気が弱っているけれど、あした起きたら、しゃんとして働いて見せる。これからは毎日、きちんと出かけて、厭味《いやみ》を云われても叱られても働くことだけは、働いて見せるわ）

その他に何があろう？　こう思い詰めたようにして、敏子は気力を奮い起していた。また事実、自分が次の日工場へ出れば必ずそうすることも知っていた。しかし、その裏から今夜だけは許して欲しいと詫《わ》びるようにして、胸を浸して来る悲しみに知らず知らず、さらわれて行くようであった。呻きそうに成って敏子は幾度か寝返りを打ち、その度に室内の闇に目を大きく瞠《みは》っていた。

「びんチャン」

と、幼い頃の呼名で自分を呼んで、

「何が欲しい？」

急に切なさが胸に溢《あふ》れた。その、求めるものがわかっているようでいて、わからないのが、つらかった。考えれば、やる瀬なく成るだけのことだと知っている。

「何が？」

泣き声に成りそうで、唇を噛《か》んで何も要らないわ、脇目もふらずに働くこと。

自分のこの返事が、最初から決り切っていることで、呼吸をして動いている胸の上側だけをかすめて通って行くような工合であった。

「睡るの！」

こう云った。

（誰れかが、あたしが、ちっちゃい子のように子守唄《こもりうた》を歌ってくれたら！　きれいな優しい声でお母さんのように歌ってくれたら！）

闇だけがあった。誰れも答えてくれる者がないのが当然であった。まだ雨の音がしている。

かなり経ってから、同じ冷くびしょびしょ降る音の中に、猫の啼《な》き声らしいのが聞えた。耳のせいかと思っていると、外から爪《つめ》を立てて、どこかを引搔く音がして、また啼く声がしたので、敏子は起きなおっていた。猫はカーテンを引いた硝子戸の外にいるらしかった。布を動かし覗いて見ると白い小さな影が、曇った硝子の外に見えた。

8

「入ってらっしゃい、いいから……」

戸をあけてやっても入って来ようとしないで離れてこちらを見て啼いているだけだったから、この家の飼猫ではなかったのだ。雨が冷たく皮膚に降りかかる外まで腕を伸して、敏子は猫を呼び寄せようとした。

「みい、みい、みい……」

猫は、見なれない人を可怖がっていた。しかし、雨の中に逃げて行くのではなく、敏子に捕えられると、毛のびしょ濡れた体を硬くしながら敷居から内へ曳摺《ひきず》り込まれた。

「びしょ濡れ！」

つかまえていた手を緩めると、猫は寝台の下に隠れた。悲しげに啼くことだけをやめないので、暗い中でもどこへ入ったのか判るのだ。

「待っていらっしゃい。あかりをつけるわ」

この家の主人に聞かれるのを憚《はばか》り乍《なが》ら敏子は活気づき、手さぐりで手燭をさがしマッチをさぐりあてた。

「あんた、ここの子じゃないのね。ああ、そう……空襲で御主人に置いて行かれたの。雨で行くところがなくて困っていたのね。そうでしょう」

寝台の下におびえて小さく蹲っていた猫は、もう一度つかまって引き出され、びしょ濡れで寒そうなのに気がつくと、敏子は、自分の仕事着をまるめて、熱心に体を拭《ふ》いてやり初めた。

「瘠せっぽちね。それに、こんな、びしょびしょに濡れて……じっとしていらっしゃい。動いちゃ駄目」

濡れた毛は、塊って、ぴたんと体に付いていたが、丹念に幾度も仕事着の乾いたところで拭いてやる内に飼猫だった証拠に、甘えて愛らしく喉《のど》を鳴らし初めていた。

「いいわ、寝かして上げるわ。お腹空いていて？　でも我慢するの。その代り、暖めて上げるわ」

純白の猫だった。幾つぐらいの年かわからなかったが、乾いて毛が立って来ると、ふさふさとして、かなり大きな猫であった。まだ濡れ気味なのを自分のブラウスにくるんで、床の中へ入れてやっても、おとなしく抱かれているし、喉を鳴らして媚びていた。ただ青い瞳《ひとみ》を大きくあけていて決して目をつぶろうとしないのは、やはり多少、用心深く警戒しているせいだろうか。きれいな青い眼だった。

「寝んねなさい。灯を消すわ。ああ逃げなくてもいいのよ。そう、君も焼出されて、お家がなくなったの」

猫は抱かれたまま前肢を出して、敏子の腕に柔かくもたれるようにして居住いを変えた。その姿勢の方が好いらしかった。絶え間なく喉を鳴らしている響が体温とともに布を透して敏子の胸に伝わっていた。

「嬉しい、君」

満足を感じていたのは敏子も同じことだった。少し前まであった悲しい心はいつの間にか忘れられて、腕にもたれて段々と暖くなる柔い塊が何とも云えず豊かな感じで、

「さ、寝よう」

と、瞼《まぶた》を閉じると、充ち足りた心のまま、すぐにも睡られそうでいてしかし今度は睡るのが惜しいようで喉を鳴らすのをやめて了った猫に、また言葉を掛けてやった。

「寝た？　君」

猫は自分に話掛けられたと知ると又ごろごろと喉を鳴らして答えた。

「そうか、君も宿無しか。……君どう思う、戦争は勝つかしら。そうか君は別に工場へ働きにも行かないんだね。だからこんな柔かいんだね」

敏子は、猫の前肢を優しくつかみ非常に貴重なものを持ったような心持で、明るい声だった。

「すこウしでいいのね。あたし達。すこウしの倖《しあわ》せだけがあればいいのね。今のあたし達のように、君も誰れかに意地悪されることがある？」

頰ずりしてやると、猫は体を伸した。相変らず喉を鳴らしながら、ぬくぬくと伸びて、足踏みでもするように前肢を交互に動かして敏子の胸を柔かく押していた。ゆったりと静かな動作で、仔《こ》猫が母親の乳を吸う時の前肢の運動であった。されるとおりに成っていると、また、いつか睡りに入ったと見え、肢を動かすことを止《や》め喉の鳴るのも歇《や》んでいた。敏子もそのまま、睡ったと見える。

9

前の日に警察の労務係の刑事が来て帳簿を押収して行ったことから、工場では事務所を中心に何となく重苦しい空気が漂っていた。工員を集めて訓示をする以外に滅多に工場へは顔を見せない社長も出て来たと見え、地の良い国民服を着た姿で中庭を横切って行くのが見えた。

敏子は隣りの旋盤を動かしている友達から注意されて窓越しに社長の姿を見たのだった。

「きっと訓示があるわよ。厭になってしまう」

器械はその間も動いていたので、敏子は瞳をそれに吸いつけられていた。知らずに可怖い顔付になるのは注意を逸《そ》らせないからであった。鉄が柔かく見えるくらいに苦もなく削り落されて行く。屑が手首や仕事着の胸に飛んだ。手袋の上から、火傷《やけど》しそうにこれは熱いものだったし固かった。飛行機の部分品なのだが、どういう箇所に使って何の役をするのか一切教えられていず、ただ単調に同じ形をした小さい筒を削り上げて行くだけの仕事であった。最初、敏子たちは、その使い途《みち》を知ろうとあせったものだった。自分たちがしている仕事がどう云う風にして戦争に重要なものだと納得させて貰《もら》えたら、働くのがどれだけ楽しみに成るだろうと考えた点では、少女たちの意見は一致していた。しかし、これは軍の秘密だから話せないと云う。少女たちが求められたのは、ただ器械のように働くことだけであった。

「お国の秘密なら、私たち決して外へ行って漏らしはしないわ。日本人じゃありませんか？」

少女たちの不平は、自分たちが労働を求められながら、まるで非国民のように取扱われている点であった。真鍮《しんちゅう》や鋼鉄の小さい筒は、その為に、一層、単調に見えて少女たちを疲れさせるのだった。無論、少女たちは航空機の構造の全体のことは知らなかったのだろう、この筒をどの部分に使うと聞かされても意味が理解出来るわけではない、それさえ説明がなく、小さい筒はいよいよつまらなく少女たちの心の通いようもない物に成っていた。

「でも勝つ為なんだわ」

これが慰めであった。ところが社長やまた時には監督官庁の軍人が来て、少女たちを集めて訓示をするといつも誰が話しても同じことを繰返して聞かされ、ある場合には敵が上陸して来たら少女たちはどんな目に遭わされるかと、聞いていて顔も上げられなく成るくらいに羞《はずか》しく乱暴なことを云う中佐の人もあって、その人が帰りがけに工場長に送り出されながら玄関で立話に、

「今日の話は、かなり効果があったようだ」

と自分から云っていたと誰れかが知らせて来ると、敏子などは不意とやもたてもたまらなく成るくらいにその講師に敵意と軽蔑《けいべつ》を感じたものだった。他の少女たちも云った。

「あんなに云われなくても、私たち真剣で働いているわ、それより訓示があると、私、なんだかがっかりして了って、働くのが厭になるの」

しかし少女たちは仕事に掛ると真面目であった。馬鹿に成ったように一生懸命であった。勝ちさえすれば今ある悪いことは全部なくなると信じている点では共通していた。溝《どぶ》の臭《にお》いのする悪い空気も、青い木の一本もない石炭殻だけの庭も、それで満足しているのだった。

# 別の世界

## 1

弁当を持って来なかったので、おひるの時間には、中庭に出て、ぼんやり腰かけているより他はなかった。トラックが裏門から入って来た。事務室から人が出て来て運転手と話してから、食後で休んでいた男の工員を呼びにやった。

工員たちが不平そうな顔付で出て来ると、

「不景気な顔をするな。酒の配給だ。おろしてやれ」

と云った。

男たちは現金に活気づいて重い木箱をおろし初めた。増産用の酒というのが、産報から来るのだった。男たちが嬉しそうに見えるのを敏子は笑顔を作って眺めていたが、やがてそれにも疲れて来た。何もかも億劫《おっくう》であった。トタン屋根の空に鳶《とび》が一羽、低く舞っていた。その背中が焦げたように赤い色をしていて、風通しの悪い庭は、気持悪く暖かった。

地面におろした木箱の数が多過ぎたとかで、幾箱かをまたトラックの上に返した。

残った分は事務所へ運び入れて了い、工員たちがいなくなると、それまで運転台から降りて煙草《たばこ》をふかしていた運転手に、労務主任が、

「じゃア、あとを頼むよ」

運転手は、若い朝鮮人だったが、狡猾《こうかつ》な笑い方をして、車の後に在る釜《かま》の火加減を見に行った。

敏子は聞いていた。

「寮ですね」

「二個だけ、社長のところだ」

それだけの会話で、敏子は男たちが何をしようとしているのか一々わかって了うのだった。敏子が特別に頭の働きがいいと云うわけでもなくただ悪いことを見るのに慣れて不思議はないことに見ると云うだけであった。男の工員たちも、自

分たちに特別に配給されるものが事務所で上前をはねられている事実に不平を云いながら、その報復には仕事を怠けて見せる程度で、上の人間が正しくないことをするのは当然だと諦めて見ているようであった。以前は配給の悪い工場では、工員が怠けて出勤しなかったり他の工場へ移る習慣があったが、警察の規則で移動が禁じられ出勤をきびしく監督に来るように成ってから、工員たちは動くに動かれず出ては来るが、あまり働かないで置くという態度であった。皆が奴隷に成ったのと同じことだ。逃げようなんてしたら警察へ引張って行かれて竹刀《しない》で叩《たた》かれるんだからな。敏子は男の工員がこう話しているのを聞いたこともあった。

「まあ、軍隊式に要領をよくすることだ。奴《やつ》らが見ていなかったら、体を抜いて楽をしておくのだよ」

そういうことも当然だと認めてよいように敏子も思うのだった。それが一般の空気だった。この工場にも学校を出たばかりの若い中尉の監督官が時々見廻りに来た。しかし、その人がいてもいなくても、仕事の成績に変りはないようだった。監督官を可怖《こわ》がっているのは事務所の者だけで工員は何とも思っていない。監督官はこの間までどこかのデパートにつとめていたのが召集になった人で、威厳をつけているが作業を見ても何をやっているのかわからないので、事務所で帳簿を見て、煙草《たばこ》をふかして、退屈そうにしているのだった。

敏子が見ている前で、トラックは巨きな車台を揺さぶって裏門から出て行った。何となく敏子は深く溜息を漏らした。心を引立ててもっと楽しいことを考えて見たいと思っていて、それだけの気力がなく、沼のようなものに段々と惹《ひき》入れられて行くように、何もかも気重く成っていた。今、敏子が考えているのは、二町ばかり離れたしもた家で、工員たちを専門に、闇値でゆで小豆や甘酒を喰《く》わしてくれる家のことだった。値段さえ構わなければ何でも皆の欲しいと思うものを喰べさしてやるよと、そこの小母さんは云うのだった。実際に町では配給のある時の他は手に入れようのない石鹼《せっけん》でも下駄《げた》でも、小母さんのところへ行くと、いくらでも出して来て見せた。

「白粉《おしろい》の欲しいひとない？　お前さんたち戦争前の、上等の品物なんだよ。少しお値段が張るけれどね」

2

この小母さんのところで、鯵《あじ》の干物を売ってくれた日があった。仲間の娘たちが買うのを見て、敏子もふらふらと買って了い、金を払う時によせばよかったと後悔した。干物は一枚一円だった。そして敏子の日給が手当てを除くと一円よりも少し下だった。

外へ出て、十分も焼け残った家並の間を歩いて出ると、もう、そこからは前の空襲の焼跡がずっと、それこそ海まで続いていた、敏子はその間を歩いて帰るのだ。燃えて、赤錆《さ》びして骨だけ残って線路にあった市内電車は、やっと片附けたと見え、なくなっていたし、焼トタンの小屋に布団が干してあって、人が出入りしているのが見える。いつの間にか青い草も生えていた。

坂を越えて、山手の丘が見えるようになってから、不意に、敏子の顔が輝き出した。

「あの白猫がいるかしら？」

買ったばかりの干物を、あの子にやろうと思い立ったのである。急にあたりが明るく成ったような心持であった。すぐにも行きたかったのだが、疲れていたし日が暮れかけて来ていたので、丁度休電日の明日がいいと決めた。干物は、それまで大切に隠しておくのである。あの猫がいてくれればいい、とそれだけであった。自分が一夜を寝た寝台のことや鏡のある部屋のことや、親切だった主人のことが、次から次と、なつかしく思い出されて来た。珍らしく、胸が一杯になって来るような優しい気持が湧き出て来たことであった。猫のことを考えると、目がうるんで来るくらいである。

「連れて来ようかしら？」

とんでもないことだ。ただでさえ食物がすくなくて、家の中が何かと面白くない時に。敏子の白猫は、どんなに父親に罵《ののし》られて追出されて了うことだろう？猫なんかに喰わせる飯がどこにあるのだ？連れて帰ることだけは出来なかった。けれど敏子がこれから時々、何か持って行ってやるようにしたら？

ほんとうに、いてくれるかしら。

空はまだ青かったが、地面が薄暗くなって来ていた。横浜は罹災してからまだ電灯もつかない。家へ着く頃は真暗になって了うと知っていて敏子は白のことをもっと考えたくてまた空想の世界では抱いてやって猫が媚びて母親の乳を吸う真《ま》似《ね》をして手で敏子の胸を押すことを思って、この世に何も不安も不足もないような心持で歩いているのだった。リボンを掛けてやろうかしら？　何かきっと布があるわ。少しでもきれいにしてやったら、悪い子にも虐《いじ》められないで済むわ、ほんとうに、あの子は飼主に捨てられて了ったんだわ。

目の前に市電が停って、降りて来た人の中から、誰れかが敏子が歩いているのと並んで歩き出しながら、

「おい」

と声を掛けて来たので、吃驚して目を上げて見た。工場の事務の人だった。見ると、労務係の男もいた。

「お前の家、こっちか？」

その人たちは会社の寮へ行くのだとさとって、敏子は見送った。寮は上の人が宴会をするところに成っていた。牛肉でも魚でも何でも出るのだと工員たちが話していたことがあった。それがただの評判だけのものとしてもこの間のトラックで酒がとどいていることを敏子は急に思い出した。男たちの足は速かったが、まだ、そう離れない前に、中の一人が四角い肩をそびやかしながら云うのが、聞えて来ていた。

「社長は、悧口《りこう》だから決して我々に云わないが、もう確かに工場に見きりをつけているんだよ、それでなけりゃ、ワイヤーまで自分の家へ搬ばせるわけがないじゃないか」

暮れて来て、前を行く人間の形は影絵のように黒く敏子に見えるだけであった。

その男はなお切《しき》りと、ひとりで話していた。

「ワイヤーだけじゃないや、倉庫にあった布地まで、なくなっているんだぜ。工場が早晩やられると云ったって、相手が空襲だもの、工場が危険で社長の家が安全だとは云えないわけだろう。ワイヤーも器械も、きっと、脇へ流すね。とにかく工場がやられて了った方が、厄介がなくていいって云うんだから……もう、やって行く気がないんだ」

「もう、少しこたま、出来たからなあ」

と、連れの中から誰れか云った。

「こりゃアメリカさんに頼んで、やって貰った方が、いつまでも軍に虐《いじ》められているよりも、誰れが考えたって、きれいに限がつくし、保険だって握れるってわけだからなあ」

遠ざかって行って下品な笑い声だけが闇の中から聞えた。

3

その夜の内にまた空襲があった。警報は約一時間後に敵の大編隊が本土に侵入すると予告して、初期防火に敢闘するようにと繰返して云った。

敏子の父親は今夜も酔って帰って来て起しても床から出て来ようとはしなかった。寝ていると警防団がやかましいので、敏子は起きて支度を始めた。

「なんでえ、東部軍情報なんて威張りくさっていたって、敵が入って来るのがわかっていて何もしないじゃないか！　寝ていろ、寝ていろ。伜《せがれ》たちは戦地へ行っている。親爺《おやじ》や妹たちが内地の家で敵にやられるなんて結構この上もない話だ」

真暗な中で、父親はくどくこう云い続けていた。ラジオは、その間も近附いて来る敵機のことを喋《しゃべ》っていた。伊豆半島に接近していると云うのだった。

「へん」

と父親が喚《わめ》いた。

「泥棒が門を入ろうとしていますか？　平気でよく、そんなことが云えたものだ。その次は、泥棒は玄関に入りました。あ、茶の間を覗いています。茶の間に入りました。これから奥の間へ入ります。あ、奥の間を、うろうろしております。簞《たん》笥《す》へ手を掛けました。まだ、うろうろしています。これで、台所の方へ出て行くつもりらしい。台所の人は御用心下さい。最初の御注意が肝心です。あ、悠々と台所から退却してまいります。あとの泥棒は、まだ玄関におりますから、油断はなりません。まだまだ、後も続いてまいります。か。はははは……俺《お》れア知らねえね、やられる時はやられるんだ。貧乏人の家に防空壕《ぼうくうごう》なんてあるものか」

　実際に、東部軍情報は、敵機の位置を云うだけで味方機がどうしているかは何も云わず、酔った父親が云うとおりの話であった。味方機は本土上陸作戦に備えて隠してあるので敵襲があっても出撃しないのだとかで、敵機は来る度に大手を振って入って来て、好きな街を攻撃して気楽に帰って行くのである。その度に毎晩のように、内地の都会のどこかが形なしに成って行くのだが、頼みに思う味方はそれを構ってくれないと云うのが、偽りのない姿のようであった。敏子などにもまったく腑《ふ》に落ちないことなのだ。そうしている間に何千と云う家が焼かれ、何百と云う働く人間が死んで行くのに、その程度の犠牲は一向に心配しないでいてもいいと云うのだろうか？

　門口へ出て見ると、西の方の空で切《しき》りと探照灯が空をさぐっているのが見えた。

「あ、つかまえた。つかまえた」

　こう云う声が路地の入口で聞え、そこには人が集って見ているらしかった。

　二条の光が交ったところに、敵機が白く挟まれていた。遠いので、動作が非常に遅く見え、探照灯はこれを挟んだまま緩く位置を変えて行くのだった。

「撃たないのかね。折角、つかまえているのに」

「撃ったって、あたらないと思うから、撃たない方が弾の倹約になるんだろう」

「いつか、墜したことがあったねえ。あの時はよかったけれど」

「こっちへ来なければいいや。お通り下さいだ。もう敵だって横浜は全滅だと知っているんだろう。今度来れば昼間、爆弾を持って来て残ったところを掃除して行くんだろうなあ。まあ、夜来る分には、ここは大丈夫だろう。まだ東京の方が残っていらあな」

　空襲の最初の内と違って、人が危険に慣れて、悪く平気でいるのは考えて見て不思議なくらいであった。無論、家の中に寝ていて起きて来ない敏子の父親にしてもこの附近に空襲が行われれば命も危いものだという事実は知っているのだし、外に出て敵機を見まもっている人たちも、皆その不安を感じているのだが、今更それを取上げて考えたところでどうにも成らないと一種の運命観を抱いて諦めているわけであった。

「撃たないなあ。探照灯で送って行くだけじゃないか」

「今夜は、どの辺がやられているんですかね？　冬でなくて、まあ、倖せですが」

敏子は、こう云う話声を聞きながら、路地から通りへ出て見た。どこも真暗だった。そして真暗で、ひっそりとした家の中でラジオが喋っているのが、立ち止って聞いていると人はいないでラジオだけが残ってひとりで喋っているような無気味な感銘を与えた。もう真夜半の二時は過ぎていた。街路樹のプラタナスの繁みが風を受けて敏子の頭の上で思い出したように、ざわざわと暗く鳴っていた。やはり敏子の胸を衝《つ》いて来る思いは、なんと云う生《いのち》ということであった。不意と気がついて空を見ると、味方の探照灯は、相変らず家並の空に低く動いていた。しかし、そのどんよりと曇ったような光の柳条《しま》が、敏子とはまったく無関係で、感動を呼ばない死んだ光のように見えるのだった。

敏子は、また自分の泊った鏡台のある洋間を思い出し、抱いて寝た白い野良《のら》猫のことを思った。それだけで自分が生きているように切なく、なつかしい思いで、闇に向って口を尖《とが》らしていた。

## 4

次の朝、いつかの家を訪ねて丘を登って来た時、敏子はいきいきとして、我れながら目も輝くような心持だった。

（きっと、今の敏子は、きれいに見えている）

自分で、こう考えていた。空もよく晴れていて明るかったし、焼けたあたりは乾いて汚なかったが、ところどころに残っている樹木は、深々と夏の影を抱いて、好い朝らしく葉の色がつやつやとして見えるのだった。

目的の家が近くなると、急に足が遅くなって来た。酒井に嘘をついたことが俄《にわ》かに気が咎めて来て、顔を見られるのが可怖くなった。

敏子は、むごたらしく鉄の柵《さく》を外した跡の低い石の台に沿って歩いていた。突然に、丘の下の町で警報のサイレンの音が起り、不安な調子で空をかきみだして鳴り続けた。それも空襲警報だった。

行く手の鋪道《ほどう》を歩いていた人が、空を見上げていたが急に周章《あわ》てて駆け出して、どこへ入ったのか見えなくなったのが目に入った。敏子が狼狽《うろた》えたのは、それを見たせいらしかった。

自分で走り出しながら、脇を見た時、海の方角の朝日の眩《まぶ》しい中を、一目見て敵機とわかる黒い色の戦闘機の三機が丘の下の街の空を匐《は》うようにして低く、怖ろしい勢いで来るのが見えた。光るプロペラも短い胴に描いてある星の標識も、乗っている人間も見えたくらいに近かった。三つ並んだ黒い影が、街の上を、はっきりと通って行った。

敏子は思わずすくんだように突立っていたが、今度は前よりも急いで夢中で駆け出した。見覚えのある洋館のポーチを見てその蔭に入ると、胸をどきどきさせたまま、外の空を見上げた。

「待避！　待避！」

と、どこかで人が叫んでいた。敵機は、ずっと遠くの丘の縁と触れるばかりに低く飛び去って行くところであった。あたりはただ明るくしーんと鎮まり返っていた。海の方を見ると、水がこまかく一面に輝いているのが見えた。敏子は、たった今見た敵機の姿よりも、地面の上を通って行った黒い影に怯《おび》え、その黒い色が耳に聞いた物凄《すご》い響とともに消えそうもなく頭に残っていた。すぐ目の前の草の繁みにダリアの花が咲いていた。小さい花の一輪だったが、紅《あか》かった。その紅い色が、敏子を不意とどきりとさせるように鋭《する》どく見えたのも、黒い影のことだけ考えていたせいに違いなかった。

溜息をしてから、敏子は不敵な目を上げた。また来るに違いないと予期していながら、自分がどこに来ているのか確かめようとしたように四囲を見廻し、急に庭の光の下に出て立った。

大胆さを自分が許してやっていた。射たれて死ぬなら、ここが一番いい、と云う考え方が起った。それから、敏子は、いつかの猫を目で探し初めた。いないのかも知れないとは考えなかった。庭木の蔭か、どこからか、必ず出て来ると信じ切っていた。庭について廻ると、いつか自分が迎い入れられた食堂の外に出た。南に向いた硝子戸越しに、明るい日は室内に射し込み、卓の上にあるものの形まで見透いて見えた、その側の椅子《いす》の上に、白いナプキンを塊めて置いてあるようなものを認めて覗き込み、それがいつかの猫で青い目をこちらに向けて蹲っているのだと見さだめた時、敏子は、自分も意味のわからなかった言葉を呟き、夢中で内へ入ろうとして硝子戸に手を掛けていた。

5

硝子戸は開いた。猫は、椅子の上に蹲って、日向《ひなた》ぼっこをしているのだった。敏子が不意に入って来たのを見て不安を感じたように丸い瞳を放さず、逃げようとするような動作を見せたが、害のない人間と本能で見分けてからは、おとなしく頭を撫でて貰って、うっとりと目をつぶり嬉しい時の表情で低く喉を鳴らし初めた。

「覚えている、白ちゃん、この間抱っこして寝たでしょう」

敏子は有頂大だった。抱き上げてやってから急に、お土産の鰺の干物のことを思い出して取り出した。

臭いを嗅《か》いで、猫は小さい口をあけて啼き、立ち上って前肢の爪を包にかけて、ひったくろうとした。

「待っているの」

包を結んだ糸が解きにくく成っていた。猫は待ちかねたように啼いては、尻尾《しっぽ》を高く立てて、敏子の膝《ひざ》に体をすりつけ、頭を下にして逆立ちするような姿勢までして見せた。

低空で飛ぶ敵機の轟音《ごうおん》が、屋根の上を蔽って通り過ぎた。黒い大きな影が、庭の芝生の色を暗くしたのが見えた。その後は、すぐにまた明るくなり、猫は媚びて声を優しく啼き廻っていた。

「敵機よ」

屋根を破って降って来るかも知れぬ機銃弾のことを敏子は可怖がらずにいられ

た。干物をそのまま遣《や》ったものか、焼いてやるかの問題の方が大切であった。むさぼるように嚙みつき前肢で抑えて、一匹だけ生のままやったものを、猫はがぶりと嚙みつき前肢で抑えて、むさぼるようにして喰べて行った。お腹が空いているんだ、と敏子は思い、日射の強いところにいる白猫の眩しさに目を細くして見まもるのだった。毛のふかふかした小さい体は撫でてやって気持よかった。その毛の間から柔かく明るい春の日のような感情が滲《にじ》み出て来て体に伝わって来るようであった。

敏子は椅子に掛けて、猫を抱き上げ膝の上で順に干物をやった。猫も漸《よう》く安心したと見え貪《むさぼ》るような調子をやめて、のどかに喉を鳴らしながら、欲しいだけを、ゆっくりと喰べるように成り、敏子も目を放して、あたりを見廻した。

静かだった。空襲中のせいでこんなに静かなのだとは考えながらも、庭の芝生の緑の色や、樹々の繁みにきらきら戯れている日の光を見ていると、敏子は自分がまったく別の世界に来て了っているような心持がした。ここには、手を息《やす》める隙《すき》も与えず動く器械もない。職長も労務係もいない、そこまでは意識して考えるまでに成っていなくても、深い空の色が見え、また光が充ち溢れている目の前の空間がはっきりと意識されていると云うのは、まったく、いつもとは別のことであった。

猫は満足するまで喰べて了ってから、敏子の膝にまるまって座り込んで、覗いて見ると目をつぶっていたが、敏子に見られていると膝の動作で感じて、薄目をあいて顔を見上げた。行儀悪く喰べ残した干物の残りが散らばっていた。敏子は俯向《うつむ》いて丹念にそれを片附けてやっていた。不意と、それまでなかった強い色の塊が庭の方に見えたのに驚いて顔を上げると、敏子にも輝くように見えた若い娘が、防空壕《ごう》から体を半分出して、空を見上げ、軽い動作で芝の上へ出て来たものだった。

6

派手な黄《きい》ろいジャンパーが豊かな胸をつつんでいた。ズボンは灰色だった。怪しむように敏子を見詰めてから、こちらへ歩いて来た。

敏子はただ赤くなって、どうしてよいのか判らなくなっていた。

「どなた？」

と、向うは、髪の匂う中から云った。はっきりした顔立が、きれいなだけに敏子には可怖かった。年齢だって、二つか三つ上ぐらいだろうが人形のようにきちんとしている顔立だった。

「可怖かったわ！」

と、ほっとしたように笑って、

「真上へ来たんですもの」

敏子は漸く頷いて見せることが出来た。向うは、なれなれしく、敏子の顔を見まもって、

「哲ちゃん、御存じなの？」

意味がわからなかったのだ。

「この家の……」

敏子は、周章《あわ》てて首を振って見せた。

「じゃア空襲警報を聞いて待避に入っていらしったの？」

と云って、

「じゃア、もう出て行っても大丈夫よ。解除に成ったから」

敏子は、自分が出て行かなければいけないのだと全身で感じて、抱いていた猫を床におろした。

「危いわよ」

と、お嬢さんは、男のような調子で云った。

「あんな時、壕でなくて家の中にいるの」

それから、庭口まで出て、ひとり語のように云った。

「哲ちゃん、どうしたかしら？」

哲ちゃんと云うのが、ここの主人の若いひとだと云うことは、歩いて出ながら、敏子は敏子にもわかった。追い出されたようにいじけた気持になっていながら、敏子は急に立ち止って云い出した。

「あの猫、お宅の猫でしょうか？」

「ああ、あの野良。どこから迷い込んで来たのか、飼うことにしたんですって。食べ物もない時に、本統に困るんですわ」

敏子はそのまま外へ出て来た。

7

宴会というのは工場の上の人たちが寮でやることだと知っているけれど、どう云う風にやるものか敏子が知っている筈《はず》はなかった。けれども或《あ》る晩の夢に、敏子は自分が宴会をやっているのに驚いた。いつも工場で一緒に働いている中で仲の善い娘たちが皆集っていた。場所は、白猫のいる哲太の家の食堂で、敏子が泊った晩のように外へ光が漏れないように暗幕で窓を目隠ししてあったが電灯の光は、いろいろの御馳走《ちそう》を並べたテーブルの布を真白に浮き上らせていた。牛肉の鍋《なべ》もあれば、お刺身もあった。西瓜《すいか》もあった。これは例の闇屋の小母さんが魔術師のような力をふるって集めてくれたのに違いないのだ。

皆で勝手なものを喰べ、ほんとうにこの家はきれいだと口々に賞めて壁の油画を見たり、ピアノを鳴らしに立ったりした。ダリアの花が、前にいる友達の顔を隠していた。「真白き富士の嶺《ね》」を歌っている者がいたようである。笑い声や話声が、廊下から他の部屋にまで拡《ひろ》がったのは、皆が勝手にどこへでも出入り始めたからだった。

敏子は膝の上にいる白猫に、箸《はし》でお刺身を取って食べさせてやるのだった。猫は絶えずごろごろと喉を鳴らして敏子に甘えていた。猫は幾らでも喰べるのだが、皿の上の刺身はいつまでもあった。それから喰べるほど、猫は毛色がつやつやと白く輝いて来て体も肥って来るように見えた。

「さあ、もっと、お上り、それから、もっと、大きく成るの」

いつの間にか敏子の傍《そば》に闇屋の小母さんが来ていて、鰯《いわし》の干物だの、するめだのを出してくれた。猫は、熱心に首を傾《かし》げて、むしゃむしゃと喰べ、硬いものをやった時は鼻に皺《しわ》を寄せて熱心に嚙んだ。やっぱりお刺身が好きで、いくらでも喰べて、毛並の白い体が面白いように肥って大きく成って来るのが不思議なくらいなので、敏子は、猫が肥れるだけ肥らしてやろうと思い立って夢中に成った。

「犬ぐらいに成ったら、あたしを乗せてお家の中を歩いてね」

白猫は、それを承知した。それから、そうも喰べもしなかったのに体が急に大きく成った。それでいて抱えて見るとふかふかと柔かくて羽毛のように軽いのだった。手を掛けると簡単に持上った。

潰《つぶ》れないかしら。私が乗って――敏子がそう考えると、猫はすぐにしっかりして、押しても潰れそうもなくなった。気がついて見ると、敏子はいつかここに泊って寝た時のように着ているものを残らず脱ぎ捨てて裸に成り、猫の頸へ掛けてやるリボンを探して鏡台の抽出《ひきだし》をあけていたが、すぐに引返して来て猫にまたがった。楽々と猫は歩き出した。

見てよ。

見てよ。

敏子は、幸福のあまり、こう叫んでいた。猫は駆け出した。そのまま外へ出て、空にでも昇って行きそうな気がしたのに少しも危い感じはなかった。空へ昇って、今夜もきっとB二九を追駆けている探照灯の光よりもっと高く、星のきらきらしている中を悠々と乗って行けたら！　白猫はいつの間にか天馬のように巨きく成っていた。

夢はここで、ギターの弦《げん》がひとりで断れたように、ぷつんと切れた。敏子は、いつかの黄ろいジャンパーのお嬢さんがお人形のようにはっきりした顔立をして自分の前に出て来そうに感じ、何となくはっとしたら急に目が醒めたのだった。

## 8

八月十五日が来た。工場の広場に集って拡声器から漏れて来る御大詔を聞き、少女たちは顔を蔽って泣いた。男の工員たちを見ても皆真蒼《まっさお》になり、ふてたような顔付をして、唇を噛んでいたり、あてなく宙を睨《にら》んでいた。

日本が敗けた。働きさえすれば必ず勝てると敏子たちは教えられて来たのだ。自分が疲れて怠けるような時があっても、その為に自分が苦しみ、労務係などに向けては反感からそれらしく見せなくても、戦地の軍人さんには申訳ないと思って来たのである。突然に脚を掬《すく》われ倒されて了ったように、少女たちは茫然《ぼうぜん》としていた。そんな筈はないと云い出したくてたまらなかった。その敏子たちの永い努力が全く何でもなかったように、事務室にいる工場の首脳部は、

「解散だな」

と話していた。

「やはり、社長は目が高いよ。こう成ると見越していたから、空襲で工場がやられた方がいいと云っていたんだろう。運べるだけのものは搬《はこ》んで了ったし……」

監督官の軍人が遅れて入って来て癲癇《てんかん》を起したような顔付でどなり立てたので皆が吃驚した。

「降伏なんて嘘だぞ、皇軍は決して休戦なんかしない。戦争はやるんだ」

しかし、工員たちが仕事をする気もなく器械を動かしていないのに対しては何も云わなかった。事務所の者が一升瓶で酒を出すと蒼い顔をして茶碗《ちゃわん》で飲み始めた。敏子は覗いて見て可哀想《かわいそう》なような気がしたが、昨日まで下にも置かずちやほやしていた事務所の者が急に目に見えて冷淡な様子になり、碌《ろく》に相手にもならず

にいるのが目立った。

軍人は、戸口へ出て来ては、ひとりでどなった。

「ぶった斬《ぎ》ってやる。戦争反対の非国民は！」

敏子たちには明日から当分出て来なくともよいと云う申渡しが労務係からあった。何となくほっとしたような感情が皆に行きわたった。

「もう奴らに虐められることはないんだ」

こう云った者があると思うと、古くからここで働いて来た工員が、

「失業だぞ。ひどい世の中になるぞ。どうして飯を喰うかだ」

と暗い顔をして話している者もいた。

敏子たちは、外へ出て来た。誰れもどうしようと云う意志はなく、塊《かたま》って往来を動いて行って、誰れが誘ったともなく例の闇屋の小母さんの家へ集った。敏子たちよりも先に来ている者もあった。小母さんは戦争がどうなろうが、どっちでもいいような平気な顔付だった。

「もう空襲も来ないんだってね。これで家も助かったよ。夜ゆっくり寝られるだけでも有難いじゃないか。今日はゆで小豆《あずき》があるよ。ちゃんと砂糖入りだ。その代り高いんだけれど」

抵抗する意志もなく、皆は、その小豆を貰って喰べ始めた。小母さんは、煙管で刻み煙草を喫《す》っていた。少女たちは、やはり気が浮かず、いつものようにお喋りで賑《にぎ》わうこともなく、戦争に敗けたということよりも段々と明日からのことを考え初めていた。工場が休みになれば、働かなくてよい代りに、これまであった収入もなくなるのだ。そこに集っていた皆が、学徒で働きに来ていた者たちとは違って、収入がなく遊んでいてもいいと云う人間は一人もなく工場へ出ているから家の中でも親たちから漸く一人前に認めて貰っているという少女ばかりであった。

別れて敏子と連れに成った一人が急にそのことを云い出した。

「ほんとうに、会社が、もうなくなるのかしら?」

敏子もそれを考えていたところだったが、友達からそれを云い出されて見ると、怒ったような調子で答えた。

「なくなってもいいわ。あんな……国の為にもならない会社! 狡《ずる》い奴ばっかりじゃないの」

夜になって見ると、敏子は父親の工場がやはり仕事をやめたということが判った。いつもよりも、ひどく酔って足もとも危く帰って来た父親は、もう床に入っ

ていた敏子の枕《まくら》もとに、どかっと乱暴に座ると、

「お前の方はどうだ？　残ったか？」

と早速に尋ね、

「そうかい。お前の方もか、きまり切ったことだ。何を云ってやがんだ！」

父親は、そこへ仰向《あおむ》きに転がると床へ入るように云ってても動かず、そのまま、大鼾《おおいびき》をかいて寝込んで了った。慣れていることで構うことなく敏子は自分も睡ろうとした、敏子の祈りは、いつか見た白猫の夢をもう一度見度《みた》いと云うことだった。せめて夢の中だけでもあの白猫と遊べれば倖せだけれど、と心から思うのだった。それから、いつか自分が猫を飼えるように成ったら、きっと可愛がって、猫の好きなものは闇屋の小母さんに頼んで何でも喰べさしてやろうと思うのである。

夜半になってから、外を石油鑵を乱暴に叩いて、大声でどなって行く者があった。これは近くの丘の上に陣地を構築に来ている海軍の水兵さんだった。

「帝国海軍は降参せんぞ。この辺で闘うから皆、早く逃げろ。逃げぬと打毀《こわ》すぞ」

どこの家からも起きて出た者はなく、皆ひっそりと寝鎮っていた。水兵さんは

どこかの家の戸を乱暴に叩いているらしかったが、やがて遠ざかって、別のところで、また二三人で大声でどなっていた。

猫の夢どころか、敏子は睡れないで、枕もとの父親の鼾を聞いていた。

9

秋になってから哲太は結婚した。お嫁さんは、人形のように彫の深い顔立をしていた。電灯が煌々《こうこう》と輝いた新家庭は、何も知らず外を通る者が見ても幸福そうな家に見えた。焼け残ったというだけでも今は大したことであった。

新家庭には、哲太が独身時代から飼っていた白猫がまるまると肥えていた。まだお嬢さんのように若く見える哲太の妻は云った。

「猫って、私、嫌いだったけれど飼って見ると可愛くないこともないのね」

「こいつ、勝手に入って来て、いつの間にか居ついて了ったんだよ」

哲太は猫が好きだったので、見まもる眼に愛情が籠《こも》っていた。しかし実際の話が、今の二人は猫のような可愛らしいものでなく醜い山椒魚《さんしょううお》を見ても幸福だったのだ。

「きれいな猫だったから、どこかで飼っていたんだろうけれど、空襲の騒ぎで迷い子になったんだろう。誰れも探しに来ないし、あの場合、猫どころじゃなかったんだろうなあ」

「犬だと、自分の方から主人を探しに行くでしょうけれどね」

と、若い妻君は云った。

「猫には記憶力がないのかしら？　可愛がってくれたひとを覚えないものでしょうか」

哲太の膝に香箱を作ってまんまるに蹲っていた白猫は、主人たちが自分のことを話しているのだと承知して甘えて喉を優しく鳴らしていた。そして哲太の妻君の言葉を聞くと、毛のふかふかした胸の奥で、そっとこう呟いていた。

「馬鹿にしないでください。私だっていろいろのことを覚えていますよ。いつかの晩、人間の娘さんを乗せて、天馬のようにお星さまの間をどんどん天へ昇って行ったことなんかあるんです」

〈昭和二十年十月〜二十一年一月・婦人画報〉

# 猫の旅行

その猫の名は、プッチニの歌劇《オペラ》『ボエーム』の中に出る可哀想《かわいそう》な娘の名を取って、ミミと申します。杏奴《あんぬ》ちゃんが学校の帰りに海に近い松原で拾って来たのです。

初めてこの家へ来た頃は、まだほんとうの仔《こ》猫で、お父様の大きな掌《てのひら》の上に、楽に坐《すわ》ることが出来たくらいでした。それが近頃では、日当りのいいお縁《えん》に出してある杏奴ちゃんの籐椅子《とういす》に、一杯になって寝るくらいに、大きくなっています。可愛《かわい》い碧《あお》い眼《め》をしていて、毛の色は黒と白の斑《ぶち》です。黒い毛の方が多いので、白いのは顔の目から下と、四本の足の先だけです。来た当座に、庭のダリアの畑をのそのそ歩いて来るのを見て、杏奴ちゃんは吃驚《びっくり》したように、

「この猫は白い靴下をはいているのね」

と云《い》って、お母様を笑わせました。

ミミは、家中の誰《だ》れからも可愛がられています。初め、杏奴ちゃんが拾って抱いて帰って来た時に、

「杏奴や。お前のようにいろんな動物《もの》を連れて来ては、しまいに家中が犬や猫だらけになってしまうよ」と叱言《こごと》を仰有《おっしゃ》ったお父様も、近頃ではお役所からお帰りになると、

「ミミ公はどうしている？」とお訊《き》きになるくらいになっています。

それが今度お父様のお勤先が変ったので、杏奴ちゃんのお家は、今いる海岸から東京へ移ることになりました。お母様はお引越のお支度で、いろいろいそがしくしておいでです。杏奴ちゃん達は、荷物をすっかり送ってしまってから、二三日の内に汽車で立つことになっています。

夕御飯の後で、お食後を頂いていた時でした。お母様といろいろお引越のお話をしていられたお父様が、ふと仰有いました。

「コロやミミはどうやって送るかな？」

杏奴ちゃんは、円い桜ん坊を口に運んでいましたが、急に目を輝かせました。

「ミミは私抱いて行くの」

「だってお前そうは行かないよ」お父様はにこにこし乍《なが》ら、杏奴ちゃんの方を見て仰有いました。「車掌さんに叱《しか》られるぜ」

「だって……」

今度は、もうとっくに自分の分のお菓子を平げて、空のお皿を前に置いていたお兄様が、脇《わき》から口を出しました。

「だってったって仕様がないよ。動物を抱いて汽車へ乗ったら罰金だ。けれどコロは犬だから、停車場へ行けば箱があるけど……ミミは、お母様、どうしたものでしょうね？」

「さあ？」

お母様も首をおかしげです。

みんな今まで猫が旅行した話を知らないのですし、一体どうやって行くのか、どなたも解っていないのです。杏奴ちゃんも、いつかお母様と銀座へお買物に行くので汽車を新橋で降りた時、プラットフォームのどこかで犬が悲しそうにきゃんきゃん泣いているのを聞いたことがあります。

「おや、こんなところに犬がいるのかしら？」

と思い乍ら探して見ると、荷車から下して鞄《かばん》や行李《こうり》を一杯積んだ中に、小さい鉄の柵《さく》があって、小犬が中にいたのでした。

「犬の旅行はああしてするの」

お母様はこう仰有いました。杏奴ちゃんが吃驚して見ていますと、背の高い外国の女のひとが来て箱の蓋《ふた》を開けて犬を出してやりました。犬はもう泣くのをやめて嬉《うれ》しそうに尾を振っています。犬の御主人は、そのピンクの上衣を着た外国人だったのです。

杏奴ちゃんは、その異人さんの、細い華奢《きゃしゃ》な鼻筋と、紅《あか》い唇を思出しました。けれど犬はそれでいいとして猫の旅行はどうするのでしょう？　杏奴ちゃんは、膝《ひざ》の上に寝ているミミの天鵝絨《ビロード》のようにつやつやした毛をさすり乍ら、困ったような顔をして、お父様お母様お兄様と順にお顔を見ていました。

「猫と云えば村田は酷《ひど》い奴ですよ」

お兄様がまた仰有いました。

「高輪の親類で猫を貰《もら》って帰るのに風呂敷《ふろしき》へくるんで電車へ乗ったのですって。しかし鳴いたら大変だと思って窓から手を出して外へぶら下げていたんです。そうしておけば、兎《と》に角《かく》鳴いても大丈夫だと思ったんでしょう。ところが猫の方では、風呂敷にくるんであるとは云え風が酷《すご》く当るし、また窮屈なので、しきりにもごもご動くんだそうです。けれど、まあ鳴かずに泉岳寺のところまでは来たのですが、その内車掌が切符を切りに来て、村田の直ぐ傍《そば》まで来ている。その時に気がきかない、大きな声で『ニャオ！』って鳴いてしまった。村田の奴、『しまった！』と思い乍ら、その儘《まま》手を放してしまったのですとさ」

「まあ酷い！」

杏奴ちゃんは、眉をひそめました。お給仕の松は口を押えて「あははは」笑っています。杏奴ちゃんは松やがにくらしくなりました。

お父様も、愉快そうに微笑されていましたが、お口に噛《か》んでいた楊子《ようじ》をお膳《ぜん》の上に置いて仰有いました。

「うん慥《たし》かドストエフスキイの小説の中だったと思う、面白い話があったっけ。ロシアのある将軍が汽車で旅行をしていると、将軍の前に立派な貴婦人が乗っていた。将軍と云うのが煙草《たばこ》好きで、食後の一本をと思ってサックから葉巻を出して口に銜《くわ》えた。

何の気なしに見ると、前の貴婦人がいやな顔をしているんだ。しかし何処《どこ》の国でも軍人と云うものは無頓着なものだし、また知っていても無頓着な顔で何でもやる。その将軍も関《かま》わずに燐寸《マッチ》をすって火をつけて、悠々と紫色の煙を鼻から出していたのだそうだ。するとその貴婦人が急に席を立った。けれども固《もと》より煙を避けて脇の座席へ行くのだろうぐらいにしか思っていなかったのだねえ。ところが驚いたことに、その貴婦人はつと将軍の傍へ来たと思うと、銜えている葉巻をひょっと取って窓から外へ投げて仕舞ったのだ」

「まあ！」淑《しとや》かなお母様は外国の女のひとの活発なのに感嘆したようにお父様のお顔を御覧になる。「将軍は唖然《あぜん》としている。貴婦人は何気ない顔でもとの席に戻って坐ったのだ。その次に立上ったのは将軍だ。将軍はつかつか貴婦人の前まで行って、手をのばした。貴婦人の腕の中には銀の鈴を首につけた可愛い猫が抱かれていた。それをつまんだと思うと窓から外へぽーいと……」

「まあ酷い！」

杏奴ちゃんの顔は、もう雨模様です。お母様もあははは仰有る。これはお父様のお話よりも杏奴ちゃんの顔の方が可笑《おか》しかったからです。

「酷いわ、酷いわ……」

杏奴ちゃんは、お下髪の垂れている肩をゆさぶって、駄々をこね始めました。膝の上のミミは何のことか判らずに、突然《だしぬけ》の地震に吃驚して、ごろごろ喉《のど》を鳴らせています。

「痛快だ。露西亜《ロシア》式ですね」

お兄様は独りで痛快がっていらっしゃいます。杏奴ちゃんには、これが露西亜式なら露西亜は「大嫌い！」です。けれどもその露西亜でも、兎に角猫を抱いて汽車に乗れるのに、日本ではどうしていけないのでしょう。ほんとうにミミはどうするのかしら、「面倒臭い、置いて行け！」なんてことにならないかしら。兄さんたら少しも杏奴の心持が解らないのですもの……。

杏奴ちゃんの悄気《しょげ》かたを見て、お母様が仰有いました。

「杏奴ちゃんまた直ぐそんな顔をして。大丈夫よ。ミミはお母様がきっと連れて行って上げるから」

「そうさ。明日、お兄様に駅へ行って、猫はどうやって送るか訊いて来ていただくさ」

お父様も傍からこう仰有います。

「馬鹿だなあ、杏奴の奴《やつ》！　泣虫！　露西亜の話じゃないか！」

杏奴ちゃんは黙ってお兄様を睨《にら》んでいました。

お兄様も天候険悪なのに気が附かれたのでしょう。直ぐ後から取做《とりな》すように申しました。

「なあに、いいよ杏奴！　僕がいい智恵を貸してやろう。ほら、銀座へ行ってあの猫の鳴声のする玩具を買って来るんだ。それでお前の親愛なるミミはバスケットに入れて汽車へ持って入る。ミミが鳴いて車掌が咎《とが》めたら、この玩具ですって云うんだ。どうだい！」

「あはは、それは妙案だな！」

お父様の笑声につれて、お母様も松やも笑いました。杏奴ちゃんもつい釣込まれて笑出しましたが、また兄様に「今泣いた鴉《からす》」をやられるのが悔しいので、わざと下を向いています。ミミはまだ膝の上でごろごろ云っていました。

次の日、お兄様は学校の帰りに停車場へ寄って、ミミの旅行のことで駅の人の話を聞いていらしって、お母様に報告しました。

「なあに、犬も猫もかわりなしですよ。ただちがうのは、猫は、停車場にある箱では金網が荒くて洩《も》ってしまうから、家の方で特別に蜜柑《みかん》箱へでも入れて、息抜きさえ造っておけばいいのですって」

「まあ蜜柑箱へ？」

杏奴ちゃんは、そんな窮屈な、可愛想な目にミミを遭《あわ》せるのかと思うと、また悲しくなりました。

「それに猫のくせに生意気なのですよ。運賃は人間の倍かかるのですってさ」

「あら！」

杏奴ちゃんは急になんだか嬉しくなりました。

「ほうら御覧なさい。ミミの方が兄さんよりずっと上等のお客なのですわ」

余程こう云い度く思ったくらいです。

「でもまあ宜《よ》かった。これで杏奴ちゃんも安心ね」

杏奴ちゃんは黙っています。

「いやどうも厄介なお客様だね」

お父様とお母さまはにこにこ笑い交されました。

当のミミは、きらきら明るい日をあび乍ら、お庭の中で頻《しき》りに虫を追廻《おいまわ》してい るのでした。


〈大正十二年二月・女学生〉

# 小猫が見たこと

小猫は、へいの上にのっていました。

もう夜なかでしたが、きいろい大きな月が空にでていて、あたりはあかるいのでした。ひるま人がとおる路地もはっきり見えれば、屋根のかわらも一枚ずつかぞえられるくらいでした。

けれども、どこの家でも人間はもうねしずまっていますし、外をあるいてとおるものもありません。ほんとうをいえば、小猫も家の中へはいって、じぶんを飼ってくれているご主人がねている足もとのたたみの上にごろりとからだをなげだして、ねている時間なのでした。夜なかにおきても、だれもあいてになってくれないし、つまらないから、人間がねれば小猫もねむるのでした。小猫のいる家にはねずみもいないので、夜も用がないのでした。今夜のようにおそくまで外にでているのは、生まれてはじめてのことなのです。

「いやにしずかだなあ」

と、小猫はうすい耳を立てて、あたりの音をききました。

「なにもきこえやしない。木の葉もだまっている。風もだまっている」

そのくせ、あたりは月であかるいのでした。それもひるまとちがうのは、おなじあかるいのでも、あたりのはんぶんがあかるくて、かげの方はいつもよりまっくらで、よく見えないから、きみがわるいのでした。屋根はどこもあかるいのに、お風呂屋のえんとつはまっくろで、いつもより太く見えます。庭を見ると、木のかげがどこもまっくらで、なにか隠れて小猫をねらっているかもしれないと思われました。

小猫は、まだおくびょうでした。これまでに、かきの外へでたこともないのでした。

なにか隠れていはしまいかと、暗いところを見つめていた小猫は、なにもでてこないのに安心して、静かに目をつぶり、ふくらんだ胸をしずめて、前あしにおしつけながら、どの猫もやるようにはんぶん目をさましていながら、あさくいねむりをはじめましたが、その途中で、

「そうだ。そうだ。こんなだれもでてこない晩に、外へでてみようか」

と、急に考えだしました。

目をあけて見ると、空の月はいよいよあかるいのでした。前に見た時よりもあかるく大きくなり、かわら屋根の方に、低くおりてきたように見えるのでした。へいの下の地面もあかるいし、大通りの方になにがあるのかしらと、でていってみたかったのです。

「いってみよう。今夜ならいいや」

小猫はこう決心して、爪《つめ》を立ててからだをさかさまにしてから、軽くへいからとびおりました。綿のかたまりを落したように、音もさせないで地面に立っていました。

地面に立ってからも、なにかでてくるかと思って、用心深くようすを見ましたが、なにもでてきません。そこで、少しずつ路地を歩いて、大通りの方へ歩きだしました。だんだんと小猫はこわくなくなり、急にじぶんがえらくなったような気がしてきました。

路地の出口が風呂屋でした。みぞがなまあったかく、小猫がこれまでにかいだことのないようなにおいをさせていました。

そのむこうが大通りでした。海のようにひろく、なにもない地面が、コンクリートにつつまれて、月あかりに白く光っていました。そのはてに、たくさんの家が行儀よくならんでいます。どこの家も戸をしめてねしずまっていて、お月さまだけがあかるいのでした。

「なんだ、これだけのことか。べつにかわったことはないじゃないか」

と、小猫は思いました。

そのままかえるのもおしかったので、猫はしずかにそこにすわりこみました。コンクリートをしいた地面は、爪にさわって、かたくてへんですし、足のうらがつめたいのが気になりました。それも遠くの方まで白くのびていて、どこまでつづいているのか、歩いていったらたいへんだろうと思いました。その方角から風がふいてきて、小猫のひげをやわらかくなでました。風というのは、目に見えないでいて、ひとにさわって通っていくへんなものなのですが、そのときどきで、いろいろのもののにおいをはこんできます。

小猫は、風にふかれていて、急に鼻をぴくぴくうごかしました。

「人間だな。たばこのにおいがする」

月あかりの中にくろい人のかげが歩いてくるのが見えました。

おもい靴の音をきいて、小猫はびくりとしてからだをすくめました。それからいそいで、風呂屋のいたべいに爪をたてて、高いところへ逃げのぼりました。

人間は、小猫が思ったよりもゆっくりと歩いてきました。大きなおもいリュックサックをしょっていたせいで、早く歩けなかったのでした。へいの上にのぼった小猫は、風をかいでみて、病気の人だなと思いました。

その人は、小猫がいる下まできてから、しげしげと路地ぐちを見ました。そしてへいの上の小猫を見つけると、

「猫か」

と、ひとりごとを言いました。そして、そのすぐあとで、背中《せなか》の荷物をおもそうにゆりあげてから、なにを思ったか猫のなきごえのまねをしました。

「にゃあお……」

わるいことをされはしまいかと思って、身をすくめて、逃げるしたくをしていた小猫は妙な人だと思って見おくりました。

月はまだあかるいのでした。その人は、軍刀をさげていないが、よごれた兵隊の服をきているし、兵隊の帽子をかぶっていました。そして、小猫が最初にかぎわけたとおり、なにかの病気でからだが弱っているし、おもい荷物をせおって苦しそうに歩いているのでした。

なんとなく、小猫はその人がきのどくになりました。猫のなくまねなんかして、こころのやさしいよい人にちがいないのでした。路地をはいって月あかりに動いていくくろいかげは、よろよろしているように見えました。

それが右がわの一けんの家のかどぐちに立ちどまると、

「おおい」

と、大きな声でよびました。小猫がきいていてもうれしそうな声でした。

「おおい。あけてくれ」

その兵隊さんは、荷を地面におろして、呼ぶだけでなく、げんこで戸をたたきはじめました。

「おおい。初男。お父つぁんだ。あけておくれ」

家の中で、女の人の声がしました。

「どなたです」

「千代か」

と、兵隊さんは汗をふきながら、息をはずませてもうしました。

「おれだ。やっと、かえってきた。あけてくれ」

家の中からは女の人の声が、気でもちがったようにかんだかくこたえました。

「あなた……ですって。あなたですって」

それから、

「初男、美代子……、みんな、お起き。お父さんだよ。お父さんのおかえりだよ」

そのあとで女の人の泣く声がしたかと思うと、家の中がどたばたと、まるでけんかでもしはじめたようにそうぞうしくなって、ぱっと電灯がついたのが窓にうつりました。

「お父さんだ。お父さんだ」

戸が、がらがらとあきました。女の人がまた泣きました。兵隊さんはだまって中へはいっていきました。

小猫は、なにがはじまるのかとおどろいて見にいこうとすると、その戸がしまってしまいました。しかし、家の中で、いまの兵隊さんの声で、しっかりと言うのがきこえました。

「泣くな。泣くな。……泣いたら、かえれなかった人にすまない。しっかりしなけりゃいけない。わるい世の中はもう終ったのだから、もう、いい」

月あかりの道を小猫はかえってきました。小猫には、いったいあの家になにがおこって、あんなに人間が泣いたりわめいたりするのか、よくわかりませんでした。そっと自分の家の中へはいって、ご主人がすやすやよくねむっている足もとのたたみの上にねそべって、さあ、わたしもねようと、目をつぶりかけた時、いまの兵隊さんがへいの上のじぶんを見て、「にゃあお」と、うれしそうになくまねをしたのを思いだしました。おとなのくせにとぼけた人だと、急に小猫はおかしくなりました。

その猫のなきまねは、じつにへたでした。しかし、いかにもうれしそうだったのです。小猫はねむたくなりながら、やはり人間ってわるくないもののようだと感心するのでした。そして、うとうととねむって、ひらひらする蝶々のゆめを見はじめるのでした。

〈昭和二十一年七月・幼年クラブ〉

# 白猫白吉

# 1

こどもたちは、猛獣の中で何がいちばん強いかを熱心に話していました。

「トラが強いよ」

「ううん、ライオンの方がトラより強いんだよ」

「うそだい。トラだよ」

「ライオンは、動物の中の王様なんだよ。トラなんか、ライオンに向かったらかないっこないや。いくら大きくたってトラはネコ属で、ネコの兄きぶんだけのことじゃないか」

小ネコの白吉は、いつものようにおかあさんネコのふところに顔をつっこんで、ごろごろのどを鳴らしながらお乳をすっていました。

人間のこどもたちがネコといったので、なんの話かと思いうすい耳を立てて聞きました。ネコの耳は、ききたいと思う話し声や音のする方角に、自由に向きをかえて聞くことができるのでした。

「ネコなんて、動物の中で、いちばん弱虫じゃないか。うちの白吉なんか、小ネズミが出ても、びっくりして逃げて来るんだもの」

「だって白吉はまだ、こどもだもの、まだネズミを見たことがないから、びっくりして飛び上ったんだよ」

「ライオンがいちばん強いんだよ。トラなんか、かなわないさ」

おかあさんネコの乳をすいながら、小ネコの白吉は、急に、はずかしくなって、のどをごろごろ鳴らすのをやめていました。つい、この間、白吉が台所で居眠りをしていたら、小さいネズミが、鼻のさきへ急に出て来たのを、ねぼけまなこで見て、変な怪物が出て来たと思って、びっくりして飛び上って逃げたのを、人間のこどもたちに見られて家じゅうで大笑いされたからでした。

その話が出ると、白吉は今でも悲しくなってしまいます。早く自分が大きくなって、どんなネズミでもつかまえて、名誉をかいふくしたいと考えているのでした。

「ライオンより強いのがいるよ」

と、一人のこどもが叫び出した。

「ゾウだよ。ゾウが、いちばん大きいんだもの。ライオンが向かって行ったって、かなわないよ。鼻でふきとばしてしまうよ」

「そんなことないよ。ライオンの方がはしっこいんだもの」

「ううん、あの大きなゾウの足でふみつぶされたら、ライオンだって、おせんべいのようにつぶれてしまうよ。ゾウは、鼻でふりとばしておいてから、あの足で、ふんづけるんだよ。ライオンだって、トラだって、ゾウに見つかったら、かないはしない」

「ライオンはうしろから向って行くから、のろまなゾウが気がつく前に飛びつくよ」

「いいや。ゾウはあんなに大きいんだもの。すこしぐらいかまれたって、平気で鼻で巻いてうっちゃってしまう」

人間のこどもたちの議論は、ここまで来ると、ゾウとライオンと、どっちが強いか、わからなくなってしまいました。いろいろの動物の絵本まで持ち出して、争っていましたが、大きいゾウはアメリカのトラックぐらい大きいのですし、ライオンが後からかみついても、町の犬がトラックにとびついたようなもので、一度や二度、かまれてもびくともしないだろうという議論がだんだん強くなって来ました。大きなゾウをたおすのには、ライオンが二匹で一度にかからないとかなうまいというのでした。

## 2

白吉がかわれている家は町のまんなかにありましたが、電車が通っている広い道路をつっきると、公園があって木が一面にしげっているし、きれいな花壇があったり、ひなたの暖かい芝生がありました。

人間のいたずらっ子の遊んでいる場所では、ブランコのゆれる音がしたりこどもの叫び声があかるく聞こえています。そっちへは行かずに、木の間をくぐって入ると、人間が入って来ない静かな場所があって、時々とんぼがおりて来るのをねらって、つかまえるのが楽しみなのでした。

電車道をつっきるのは、電車や自動車が通らない時を見さだめ、それから近所いけませんでした。犬に見つからないように用心をして、一直線に、大急ぎでかけて通らないといけません。小さい白吉はそれがとくいでした。

「おや、ネコが通る！」

と人に見られても、白吉は、せまい柵の目をくぐって公園の中へ逃げ込んでしまいます。それから、なるべく人間のいない立木の間を、じょうずに歩いて、花壇の中に入ります。そこには、ダリヤだのバラの花が、きれいに咲いているので、だれかに見つかったら、その根もとにもぐり込んでかくれることができました。

芝草はのびていて、日あたりがよく中に座っていると、ぽかぽかと気持よく暖かでした。ネコは寒がりですから、ひなたの暖かいところがすきです。草が深くて、ふとんをしいたように暖かいので、おなかをつけて、うずくまっていると、いい気持で、ねむくなって来ます。

とんぼが来るのを待って、白吉は、ひなたぼっこをしています。暖かいので毛をふくらませて体もまるくなっています。こうしていると、自分が、いつもより大きくなっているような気がしました。人間のぼっちゃんたちの話していた大きなゾウのことを思い出して、白吉は急に自分がネコの子でなくゾウに生まれていたら、どんなにうれしかろうと考えて、いよいよ体じゅうの毛をふくらまして見ました。

ぽかぽかと、いいひよりでした。

ふと、白吉が気がついて見ると自分のからだが、だんだんとふくらまって来て、大きな犬ぐらいになって来ていました。

おや、おや、と自分でびっくりしていると風船をふくらますように、まだいくらでも大きくなってゆくのです。

いつの間にか、花の咲いているバラの木より上に、顔が出ていました。ぽかぽかと暖かいせいか、まだ大きくなってゆきます。

「おや、まるで、ゾウみたいに大きくなった！」

と、喜んで、声をあげて立ち上りました。バラの木は、いつの間にか白吉のおなかの下になっています。

これはほんとうにゾウぐらいに大きいネコでした。ライオンでも一匹で向かってはかなわない大ネコでした。

「ゆかい！　ゆかい！」

と、どなって飛び上ると、電信柱より太くなった足の下で、地面が地震のようにゆれて、バラの木が一度に花を散らしました。

白吉は、目をまるくしました。

びくっとしたのは、ベンチのおいてある砂利道を、近所の悪い犬が歩いて来たからでした。逃げようと思ったら、犬の方でびっくりして白吉を見上げていましたが、急にワンワンほえながらしっぽを巻いて後ずさりします。

気がついて見ると、その黒犬は、白吉の片方の耳よりも小さく、みじめに小さくなっているのでした。

「そんなら、こわくないや！」

と思ったら、黒犬はほえながらいちもくさんに逃げて行きました。まるでいまにも殺されるのかと思ったようにこわがって逃げるのでした。

「なんだい、弱虫」

と、白吉はひげを立てて大笑いしました。そのひげも、一本ずつ、いまはねぎかステッキのように太くなっているのでした。

人間のおとなの、洋服をきて、黒いひげをはやしたおじさんが出て来ました。

また白吉はびっくりしましたが、その人間も、白吉を見ると、

「ぎゃっ！」

と、さけんで、かぶっていた帽子を飛ばして、逃げ出しました。

「すごいぞ！　人間まで、あんなに小さく見える！」

白吉は、すっかりおちつきはらってゆうゆうと手足を伸ばして歩き出しました。しっぽを立てると、高い木のてっぺんと同じくらいに高くなり、青空にとどくようにりっぱに見えました。

3

白吉は、木の間を通って、公園の野球場へ出ました。すると、野球をしていた人間も見物もわーっと声をあげ、グローブもバットもほうり出して、てんでん勝手に逃げ出したので、広場のまんなかにひとりでゆうゆうと立ってあたりを見まわしました。急にゆかいでたまらなくなって、ぴょんとはねてかってな方角へ一直線に走ってみました。小ネコが、よくやるように、ふざけてかけ出してみたのです。

公園じゅうの人間は、いまは先を争ってかけ出して、門から外へ逃げ出そうとしていました。実にこれは大そうどうです。警官がふたり飛びこんで来ましたが、白吉を見ると、うろたえて地面にころがって逃げ出しました。

白吉は、ぴょんと、ひとつはねたら、ひとまたぎで公園の外の道路に出ていました。電車が走って来たのがとまり、自動車もトラックも急に向きをかえて、白吉をよけて逃げました。

白吉は、あと足で立って、大きなビルディングのかべにつかまって、つめをといで見せました。立つとネコは大きく見えるものです。人間は、それを見て、遠くの方でさわいでいるだけです。ビルディングの窓をあけて顔を出した人間がいましたが、白吉の大きな顔がすぐ目の前にあるのを見ると、驚いてうしろへひっくり返りました。

二階の窓の中は、西洋料理屋の台所で、おいしい肉のにおいがしていました。白い服のコックが、みんな、奥へ逃げ出しました。白吉は、窓から片手を入れて、大きな肉を一きれつめにひっかけて失敬しました。

どこかでサイレンが鳴りました。

赤い消防自動車が走って来ましたが、白吉が向きなおると、これも遠くでとまって、こっちまでは来ません。

サイレンは、まだ鳴っています。いやな音でした。白吉はぴょんとはねて、ビルディングのやねに上り、ここならば安心と思って高いところから街を見おろしました。

　地面では、まだ人が遠くでかけ回っているだけで、下までは来ていません。日が暮れかけていたので、町じゅうの街灯がそろって、ぱっとつきました。遠くの橋の上までまっ黒にいっぱいの人出です。方々で、サイレンがうーうー、うなり出しました。これは、町じゅうがさわぎ出したのです。

「これはたいへんだ。早く、おかあさんのところへ帰ろう」

　と、白吉は気がつきました。

　どこかでラジオがどなっていました「臨時ニュースです。本日午後四時半ごろ日比谷公園に正体不明の怪獣が出たので、警視庁では付近一帯の交通を禁止し、ただいま機関銃を持った警官隊が出動準備中ですから、市民はなるべく、あの付近へ近よらないで下さい」

「怪獣だなんて、ぼくはこんなちっぽけなネコなのに」

　と、白吉は急に心配になりました。急いでビルディングの裏の空地へ飛びおりて、人のいない道路をかけて、すたこら家へ帰って来ました。往来は、からっぽで、だれもじゃまをしないので、らくに帰ることができました。けれど、このおうちだと思って入ろうとすると、白吉の体が大きいのに、おうちが小さいので、門からも入れないし、へいの下もくぐれないので、まごつきました。

サイレンの音が近くなりました。警官かだれか白吉を追いかけて来たのに違いありません。

大きな体の白吉は、急に悲しくなり「かあさん、かあさん！」と、おかあさんネコをよんだと思うと、急に目がさめて、白吉は公園のバラの木のある芝生のぽかぽかと日あたりのいい草の上に寝ていたのでした。

白吉の体だって、いつもと変りなく小さいのです。ただ、外の道路を消防自動車がサイレンを鳴らしながら走って行くのが聞こえ、赤い大きなバラの花が、白吉の目の前の草の上にきれいにこぼれていました。

「ああ、夢でよかった」

と、白吉は、いつも目がさめた時にするように、のびとあくびをしてから立ち上って、悪い犬に見つからないように用心深く、あたりを見てから歩き出しました。


〈昭和二十四年一月・こども朝日〉

# スイッチョねこ

# 1

　秋が来て、いろいろな虫が庭へ来てなくようになりました。昼間、明るく日があたっている時も、木のかげや草の中で細い声でないていますが、日がくれて、夜になると、すずむしだのまつむしだの、スイッチョだのが一度に声をそろえて、きょうそうで歌いはじめるのでした。

　ねこの母親が、子どもたちをつれてえんがわに出て、虫の声をきいていました。

「虫を取るのはよいけれど、食べるのはおよしなさいよ。あたって、おなかをわるくするわるい虫もいますからね」

と、子ねこたちに注意しました。

子ねこたちは、おとなしくおかあさんねこの話をきいていましたが、三びきいるなかでいちばんいたずらな白いねこは、虫の歌を聞きながら、

「あんないい声をしている虫だもの、きっと、たべてうまいにちがいないなあ」

と、考えていました。

この白ねこをよぶ時、かい主の人間が白吉というのですから、名まえをそうしておきましょう。白吉は、みんなで、てんでに庭へおりて遊びはじめてから、自分だけ、虫の声の聞えるところをねらって、そっとしのびよって行くのでした。

ずいぶんしずかに歩いて行くのですけれど、そばまで行くと虫はきゅうに歌うのをやめてしまい、どこにいるのかわからなくなります。

白吉は何度もやってみて、そのたびにしっぱいしてしまうのでした。そこで暗がりにしんぼう強くしゃがんでまっていました。

夜がふけてきたので、おかあさんねこは子どもたちをよびました。

「もうおかえり。もうねる時間ですよ。またあしたがあるよ」

そこで、ほかの子ねこはいそいでかえって行きましたが、白ねこの白吉だけは

虫がたべたいので、木の下にすわっていました。その時、月が空にのぼってきました。すると、虫たちはいよいよたのしそうに、きれいな声をはりあげて歌いはじめました。すると、白ねこは月の光をふんで歩きだしました。すると虫は、また一度にだまってしまいます。遠くで鳴いているだけでした。これはやはり、しずかにすわって、虫のほうで出てくるのをまっていないといけないのです。

またすわってうすい耳をぴんとはって、虫の音楽を聞いていました。

そのうちに、まちくたびれて、白ねこはねむくなり、うつらうつらと、いねむりをはじめました。虫の音楽を聞きながら、いねむりをしているのはじつによい気持ちのものでした。空の月だけが明るくかがやいています。

白ねこは、上げていた首を、だんだんと落してきて、はなを地面にぶつけそうになって、びっくりして目をさますのでした。

そうして、ほんとうにねむくなって、大きくあくびをしてしまいました。そのあいた口の中へ何かとびこんで来たのを、むちゅうでごっくんとのんでしまいました。

「おや、虫だったのかな」

と、気がつきましたが、まるのみにしてしまったので、あじも何もなく、つまらないのでした。

「ねむいや。ねたほうがいいや」

かけて家の中へかえって来ました。おかあさんねこは、

「どこへ行っておいでだえ。早く、おやすみなさいよ」

といって、白吉のほおや頭の毛なみを、やさしく、なめてくださるのでした。

白吉も、おかあさんねこのふさふさとしたむねに首をつっこみ、すぐにねむってしまいました。

2

すっかりよくねこんだと思ったら、どこかで大きな声で、

「スーイッチョ！」

と、虫がないたので、びっくりして顔をあげました。見るとほかのねこも起きて、きょろきょろあたりを見まわしていました。けれど、そのへんに虫はきていないし、声も二度と、しなくなっていました。ねこたちは、またしずかにねむり

入りました。

すると、またとほうもなく大きな声で、スイッチョがなきました。

白吉は、スイッチョが自分のおなかの下でないたように思ったので、らんぼうにはね起きて、さがしにかかりました。

やはり、かげも形もありません。

しかし、スイッチョは、またなきました。やはり、白吉のおなかの下でした。

白吉は、自分のしっぽについてくるくるまわって、さがして見ましたが、何もいないのです。

おかあさんねこも、目をあけて、白吉を見ていました。

白吉も首をかしげて、考えこみました。

「へんだなあ」

まわるのをやめて、じっとしたと思ったら、またスイッチョがなきました。これは白吉のおなかの中で、いい声でないているのでした。

「スーイッチョ、スーイッチョ！」

白吉はおどろいて、たたみの上を方角もなくかけ出してしまいました。

するとスイッチョはなきやみましたが、白吉が立ちどまると、おなかの中で、また、なきはじめるのでした。

スーイッチョ！

スーイッチョ！

白吉は、びっくりして、むちゅうでかけ出します。

3

とんでもないことでした。白吉が走りまわったり、じゃれてあばれて、ころがったりしている間は、おなかの中のスイッチョもおどろいてだまりこんでいるのですが、すこししずかにしていると、ふいに大きな声で、スーイッチョとなきたてるのですから、白吉は自分もびっくりしてとびあがってしまいます。ねむくなってねようとすると、スイッチョは今こそというように、なきだして、ずっと歌いつづけます。ねこのおなかの中は暗いから、いつも夜なのでした。

「やかましいなあ」

と兄弟のねこが、一度にふへいをいい出しました。

「白くんがそばにいると、やかましくってねむれないや。あっちへ行けよ」

なかまはずれにされるので、白吉はかなしくなりました。

白吉は人間のいう不眠症になってしまい、歩くのにもお酒によったように、ふらふらするのでした。そうすると、スイッチョのやつは、おもしろがってなきだします。白吉は、つらくなって、ぽろぽろなみだをこぼしてなきだしました。

「顔をあらうひまもないや、かあさん！」

白吉はおかあさんねこにつれられて、おいしゃさまのところにまいりました。おいしゃさまは、りっぱにひげをはやした、おじいさんのとらねこでした。

しんさつ室へはいって、おかあさんねこが白吉のようだいを話すと、

「わしも長くいしゃをしているが、そんな病気ははじめてだ。ねつはあるかえ？」

といって、白吉の耳をつまみました。ねこの耳はいつもつめたいのですが、どこかかげんがわるいと、あつくなるので、耳をつまむとねつがあるかどうかわかるのです。

「耳はつめたいぞ。たいしたことはない」

と、先生はおっしゃいました。

「ああんとおいい、したをお見せ」

白ねこははなにしわをよせて、おとなしく口をあきました。すると、スイッチョが、おくのほうで急にないたので、とらねこの先生はびっくりして、一度にひげをぴんと立て、目をさらのようにまるくしました。

「なるほど、スイッチョがないたな」

白吉は、ほんとうの重病人のようにかなしそうな顔になりました。とらねこの先生もこまったような顔をして、ひげばかりなでてだまって考えこんでいらっしゃるので、心ぼそいのでした。

「なおりましょうか、先生」

と、おかあさんねこが申しました。

「待て、待て、ちょうしんきで聞いてみよう。そこへおね。むねをお出し」

白吉は、あおむけにねました。

先生は、ちょうしんきを耳にはめて、白吉のむねにあてました。

「息をしてごらん」

スイッチョはまたなきました。とらねこの先生は、おどろいて、あぶなくちょうしんきを落とすところでした。

「これはひどい。ずいぶん、大きな声だ！　虫くだしがいいだろうが、いったいスイッチョにきくかしら。おかあさんや、これは、ほんとうをいうと、生きたすずめかカナリヤをのんで、おなかの中のスイッチョをたいじしてもらうといいのだがね。この子はまだ小さすぎるから、そうもいくまい。切開しゅじゅつしてスイッチョをつまみ出すかね。ずいぶん大しゅじゅつになるが……」

「この子のおなかを切るのですか？」

と、おかあさんねこが心配そうにいったのを聞くと、気の小さい白吉はわっとなきだしてしまいました。その声におどろいてスイッチョはしずかになりました。

とらねこの先生は、またちょうしんきをあてて聞いてみて、

「すこし、よくなったようだ」

と申しました。

「そうだな、虫くだしをのませてすこしようすを見てみようか」

# 4

白吉は虫くだしをのみました。しかし、スイッチョはまたなきました。ねこをかってくれている人間のおじょうさんが、白吉がいたとき、スイッチョの声をきいて、

「あら、スイッチョが家の中にはいって来ている」

といったので、白吉はきまりがわるくなって、すごすごとろうかへにげ出しました。

そのかわり、夜の庭へ出て、虫の声がふるように聞こえる木のかげにすわってしずかにしていますと、おなかのスイッチョが、きれいな声でなくので、近所にいるまつむしやすずむしもねこが来ているとも思わず安心して、声をそろえて歌いつづけるのでした。ですから、白ねこは、どこへ行っても美しい虫の声につつまれていました。虫をとろうと思えば、いつでもとれます。けれども、白ねこは、もうなく虫なんてたべないやと、つくづくと考えていました。

そのうちに、あるばん、よくねむってから目がさめてみると、おなかの中の

スイッチョは歌をやめてしまいました。なくかと待ってみてもなかないのでした。

「おかあさん」

と、白吉はさけびました。

「スイッチョがなかなくなったよ」

「そうかい」

と、おかあさんねこはねむかったので、うつらうつらした心持ちで、そとのスイッチョの話かと思って答えるのでした。

「もう、そろそろ冬がくるものね。一度しもがふれば、虫はすくなくなるものですよ」

そういって、子どもたちがかぜをひかないように、のぞいてみてやってから、また目をつぶり、心持ちよくねむってしまいました。ねこたちは、みんなでひとかたまりになってねていました。こたつがほしくなるような、すずしいばんなのでした。

ほんとうに、まもなく冬がくることでしょう。この夏生まれたばかりの子ねこたちは、まだ冬に会ったことがなく、しもや雪も知らないのでした。しかし、じょうぶで生きていれば、この世の中がどんな時もたのしいし、よいものだと知っていましたから、朝起きるのをたのしみに、ぐっすりと、よくねむるのでした。いつも目をさますと、きのうとちがう新しい朝が来ています。白吉もスイッチョのことを来年の秋がくるまで思い出さないで、あしたは元気に庭をとびまわって遊ぶことでしょう。美しい秋晴れの日がつづいています。

〈昭和二十一年十月・こども朝日〉

# 大佛次郎と猫

福島行一
（防衛大学校教授
大佛次郎記念館研究員）

〈私の趣味は本とネコ〉と言い、〈ネコは生涯の伴侶〉とも語り、最後には〈次の世には私は猫に生まれて来るだろう〉とまで心を入れ込んだ愛猫家、大佛次郎は、猫の随筆だけで六十篇にのぼる作品を書いた。

ただ、これほどに猫を愛しながら、決して溺れたりはしない。作家としての、距離を置いた目を忘れてはいない。

大佛次郎と猫とのつきあいは長い。収録の「猫々痴談」で書いているが、猫を最初に飼ったのが小学校一年生の時だった。

死んで庭の隅に埋められた後も、思い出すとその墓へ行って土を撫でた。この優しい性格は生まれつきのものであろう。

猫を初めて文章に登場させたのは中学生の時だった。東京府立第一中学校へ入学した明治四十三年、文芸部が編集する「学友会雑誌」に、優秀作文として掲載された「夕立」と題する短い文章の中である。

　さながら釜中《ふちゅう》に坐する如き此の暑さ。一杯の冷水は直にあせと変じ草木も皆頭を下げて金石もとけるかと思わるる日光にうちしおれたり。天候一変黒雲の魔の手忽に碧空を包むと見るや紫電一閃それッ洗濯物をとい
う間もあらで驟雨沛然車軸を流すが如く降り来る。また一閃轟然として耳をつんざくが如き大音響に日陰に安き夢を結び居たりし三毛猫は狼狽して内にかけ入りたり。篠つく雨にしおれかかりし草木も九死に一生を得たるが如く若葉の色鮮なり。雨降る事二十分やがて雷おさまり雲はれたり。うららかなる日輪は将に西山に落ちんとし生きかえりし若葉づたいに落つる白玉の露に映えて金色を放ち清涼の気天地に充ちてさながら夏を忘れしむ。なごりの遠雷全く鎮まりてにじの橋東の紅雲にかかり其の美観いうばかりなし。

〈それッ洗濯物を〉とか〈日陰に安き夢を結び居たりし三毛猫〉などと、身近かで日常的なものに着目して、ユーモアさえ感じさせる巧緻な叙事文となっている。

「一読爽快両腋に清風の動くを覚ゆ」という同誌に載っている講評はうなずけるものである。

文体がいかにも古風な擬古文で書かれているが、明治の末年から大正初年までの同誌をみても、口語文と文語文の両体が入り混っていて、口語に統一されるのは昭和に入ってからのようであるから、この古風な文体も不思議ではない。

生涯の伴侶となる猫が、初めて登場した記念すべき文章であった。


一中から一高に入学して間もなく、「中学世界」に一高の寮生活をルポルタージュ風にまとめて連載した作品がある。後に『一高ロマンス』の題名で刊行されるが、その中の一篇に一高入学時の喜びを、作者の体験をもとにして書いた文章ではないかと思われる一文がある。当時、一高の合格者名は「官報」に発表された。この「官報」を見るため、当時住んでいた芝区内の全部のミルクホールを回り歩いた。朝家を出てから午後も四時を回り、ようやく気がついて家に帰ると、ペス（犬の名か）に至るまでずらりと玄関口に家中のものが並んで出迎えていた。連絡もせず今迄帰ってこなかったので、まず小言をくらった。そこで、ミルクを飲み回ったことを自白した結果、家中が大笑いになったというのである。これでみると、中学時代には猫のほか犬も飼っていたのだろうか。

一高から東大へ進んだ大佛次郎は、下宿住いもあって、犬・猫とのつきあいに特別な発展はない。

東大の卒業を前に、新劇・映画女優の酉子夫人と結婚、鎌倉に住むことになる。これも先程引用の「猫々痴談」で書いているが、夫人はもともと猫嫌いだったのが、次第に〈猫病〉に感染した結果、大佛次郎以上の愛猫家へと変身していった。

この当時の様子が雑誌「ポケット」の雑報欄から窺える。この雑誌は、作者の出世作「鞍馬天狗」を最初に連載したものだった。大正末年より昭和の初年に至るまで、十七の筆名を使い、約百篇の作品を発表している。その筆名の一つの阪下五郎の名前で、大正十四年五月号の雑報欄「斬棄御免」に次のような文章を書いた。

大佛次郎氏の書斎には、虎をちいさくしたような洋種の猫が兄弟で、我物顔に室内を歩き廻っている。聞けば、この兄弟の前に、その兄である猫がいたそうであるが、震災に先立つ十日前に死んだ。主人は、そのためにまったく仕事も手に着かず、文字どおり三日の間泣いていたそうである。

（中略）

創作の過程に動く作家の微妙な心理の一端が伺われるようにも思える。「雑報欄」の噂話のかたちをとっているので、表現がおおげさなのはやむを得まい。ただ愛猫家大佛次郎の生活の一端が窺えて面白い。

娯楽雑誌「ポケット」から出発して、一躍して作家としての地位を不動のものにしたのが、昭和二年より「東京日日新聞」に連載した「赤穂浪士」である。本書収録の「千坂兵部の猫」でも取り上げられているが、大佛作品の中に登場した猫では、多分最も有名な猫である。

最初の場面は、兵部の部屋を訪れた小林平七が堀田隼人のことを語る箇所に登場する。

子猫が三匹畳の上をはいずりまわっている。どれも、まだ生れてからまもないらしく毛色もはっきりしていないうすぎたない猫たちだった。兵部の大きな手が、遠くへはって行くのを首をつまんで、外の奴の上にのせると二匹が一かたまりになってもつれて争っていたが、やがて離れて不揃いな毛の生えた背中をたて、お互に相手を威嚇しようとするもののように弧をえがいてまわった。別の一匹は、よちよちと壁の方へ歩いて行った。

何時も自分のすぐ近くで猫たちの動作を見つめている大佛次郎だから、こうまでリアルに表現出来た動物描写に違いない。

次に出てくるのは、客を帰したあとで、兵部は厠《かわや》に立って、その帰りに湯殿へ行って戸を開ける。

もはや風呂を沸かしていたと見え、ぬくもった湯気が木の香とともに主《あるじ》の顔をなでる。

風呂桶《おけ》の蓋《ふた》の上に、いつかの子猫たちが三匹かたまってまるくなって寝ていた。主の入って来た物音を聞いて、そっと薄目をあけて見たのもいる。

微笑が、兵部の痩《や》せた頰にのぼった。兵部は、風呂の蓋がすこし曲っているのを見て、流しに降りて直してやったが、それだけの動揺にも体を動かしてぬっとものうげに手足をのばして弓のようにそりかえった一匹の腹をやさしく撫《な》ではじめた。

この場面を読めば、本書収録の「猫の風呂番」がすぐ連想される。暖まった風呂の蓋の上は、猫にとって居心地のよい場所に違いない。

もう一場面、赤穂に隠密役でしのび込ませたお仙と向かいあっている兵部を描いた箇所である。

猫医者の丸岡朴庵に、お仙が持ち帰ったマタタビの実を見せて、何の木の実か当てさせてみようとするユーモラスな描写に続いて、次のように書いている。

兵部が猫を可愛がることは、他家の猫から野良猫にまで及んでいる。しかしいったん自分の家の猫と他家の猫と喧嘩《けんか》をすれば、このあるじは火箸《ひばし》を握ってはだしで庭へ飛び降りて行くこともする。また同じく食物を与えて飼っている猫たちの間にも親疎の別をつけて、一定した愛情の段階をつけていた。兵部に一番可愛がられているのは、そもそもの初めからこの屋敷にいた純黒の牝猫《めねこ》である。次に位するのは、この腹に出来た子供たちで、生れた順序に従って、兄弟の秩序を正した待遇を受ける。これだけがいわば譜代《ふだい》の猫で、さらにその下に外様《とざま》猫としてやや劣る待遇を受ける猫がいた。これは、野良猫がまぎれ込んで、この屋敷に飼われることになったものである。兵部は、この連中を家の猫の家来と扱っていて、食事の折主人の皿へ首を出すような不謹慎なことがあると、

「なんだ！　家来の癖に」

と頭をひっぱたく。重罪を犯した猫は追放せられることがある。

武士道の秩序を飼猫の世界にも適用し、それを厳然と守らせている兵部の信念が明瞭に理解できるよう説明されている。

本書収録の「納戸の猫」には、もう一度、千坂兵部の名前が登場し、譜代猫と外様猫、内猫と外猫、住み込みと通いという猫社会の秩序を再論している。

本書の〈目次〉を見れば分るように、大佛次郎は随筆の中で人間の生活同様、多種多様な猫のかたちを描いている。また、昭和の初年より、戦争末期を除き、ほぼ毎年のように猫を対象に厭きもせず繰り返し描き続ける。

昭和三十三年より、その作品の数が急に増えたのは、「西日本新聞」や「神奈川新聞」に連載随筆を発表する機会が加わったせいである。

よくぞ、これだけ猫百態とも言える観察記録が生まれたものだと感心する。ただ、さすがに作家の随筆だけあって、猫への愛情は感じとれるが、飼猫の自慢といった一人よがりの文章はない。

飼育された猫の数は、本文に書かれているのを引用するなら、昭和三十七年までに五百匹以上というものすごい数である。大佛家で亡くなった猫は、普通その庭に埋葬される。従って庭は猫の墓だらけということになる。常時十五匹をはさんで居住し続けた猫であるから、大佛次郎の話題や写真となると、必ずといってよいほど、この猫も登場することになる。

本書収録の「新しい家族」として加わったシャム猫のアバレについて、「少年倶楽部」の昭和九年七月号に大佛次郎と酉子夫人に抱かれた二匹の写真が大きく掲載され、下方に次のような説明文が入っている。

白猫の小《こ》とんや白《しろ》やチビのほかに、新しくシャムの猫がふたり、僕の家族になりました。

日本猫のおっとりしているのに比べて、シャム猫は、虎や鰐の原産地だけに、なかなか強くて元気がいい。熱帯で育ったのだから薄着をして毛が短いし、御覧のとおり耳や鼻や尻尾を太陽で焦してしまったような色をしています。どれも同じ顔をしているからおかしいでしょう。目の色は空色です。

庭に出すと、すぐに松の木のてっぺんぐらいへ駆け上ってしまう。家の中でも机に向って仕事をしている僕の足もとへ来て、ラグビーの選手のように遠くから足袋へ組付いて来ます。あまり暴れるから、家では「アバレ」という名にして呼んでいます。「アバレ、アバレ」と呼ぶと、二匹で駆けて来るのです。

大佛次郎の友人で、猫好きだったのは豊島与志雄と木村荘八であった。豊島与志雄については、松本清張との対談の中で次のように語っている。

昔、豊島与志雄が、彼も大変なネコ好きでしたが、二人で一度ネコを食おうじゃないか、とぼくに言ったことがある。これだけおたがいネコが好きなんだから、ネコの血をわれわれの血とまじえようじゃないか、と真面目にいうんですね。面白い人でしたね、豊島与志雄という人は。

木村荘八については、本書収録の「お通夜の猫」の中でも具体的に描かれており、大佛次郎記念館には本文で書かれてあるような絵入りの猫のたよりが残っている。

これだけ数多く書いた猫の随筆であるが、読んでいて厭きさせることがない。優れた作家の文章である。

河盛好蔵氏は、その随筆の特徴について次のように書いた。

文章に巧みな上に、深い教養と、豊かな人生経験と、広い見聞（中略）洗練された趣味の持主

このエッセイスト大佛次郎の資性は、そのまま猫の随筆においても充分に発揮されている。

それより広く大佛文学の特色について、井上靖氏が「大佛次郎さんの椅子」と題して、日本文学史に位置する特別席に坐っている作家として、泉鏡花、谷崎潤一郎に次いで大佛次郎の名前を挙げ、これらの作家に共通することは、(1)沢山の愛読者を持っていること、(2)自分自身のものをはっきり持った完成された人、(3)贅沢品の持つ魅力を備えた大人の文学だというのである。猫も、この大佛文学の特徴を偶然ながら兼ね備えているのに気がつく。猫ほど贅沢好きな動物はない。そして、愛猫家という点で三作家は共通していた。

猫を題材とした創作童話「スイッチョねこ」は意識的に書いたものではなく、胸の裡から自然に生まれた作品である。大佛次郎と猫との長い歴史を考える時、この自然発生的な誕生は貴重である。

猫についての文学は、古くて、しかも新しいものだった。「源氏物語」の中で、

女三の宮に思いを寄せていた柏木が、猫のいたずらで偶然に彼女の姿をかいま見た結果まき起こる大いなる悲劇の物語は忘れることができない。

ところで、巻頭の「黙っている猫」の中で大佛次郎は、自分が死んだ時の猫たちについて語っていた。

昭和四十八年四月三十日、作家大佛次郎は七十五年の生涯を閉じた。逝去の報を知った日の夕方、鎌倉雪ノ下の大佛邸の塀外に私は弔意をこめてたたずんだ。ふと見上げると、塀の上には猫がうずくまって、弔問の客を確かめるように目を下に落して動かなかった。

私は静かに、その場を立ち去った。

一九九四年一〇月

本書は1994年11月徳間文庫として刊行されたものの新装版です。

また、底本にある人権・職業・身体等に関する表現で、今日から見れば、不当・不適切と思われる表現がありますが、時代背景と作品価値とを考え、著者が故人でもあるので、そのままにしました。

徳間文庫

# 猫《ねこ》のいる日々《ひび》

〈新装版〉



2014年8月15日 初刷
2024年7月31日 6刷

著者 大佛《おさらぎ》次《じ》郎《ろう》
発行者 小宮英行
発行所 株式会社 徳間書店
東京都品川区上大崎三−一−一 〒141−8202
目黒セントラルスクエア
電話 編集〇三(五四〇三)四三四九
販売〇四九(二九三)五五二一
振替 〇〇一四〇−〇−四四三九二
印刷 株式会社広済堂ネクスト
製本

ISBN978-4-19-893874-1 (乱丁、落丁本はお取りかえいたします)

# 徳間文庫の好評既刊

山田風太郎

## 人間臨終図巻 1

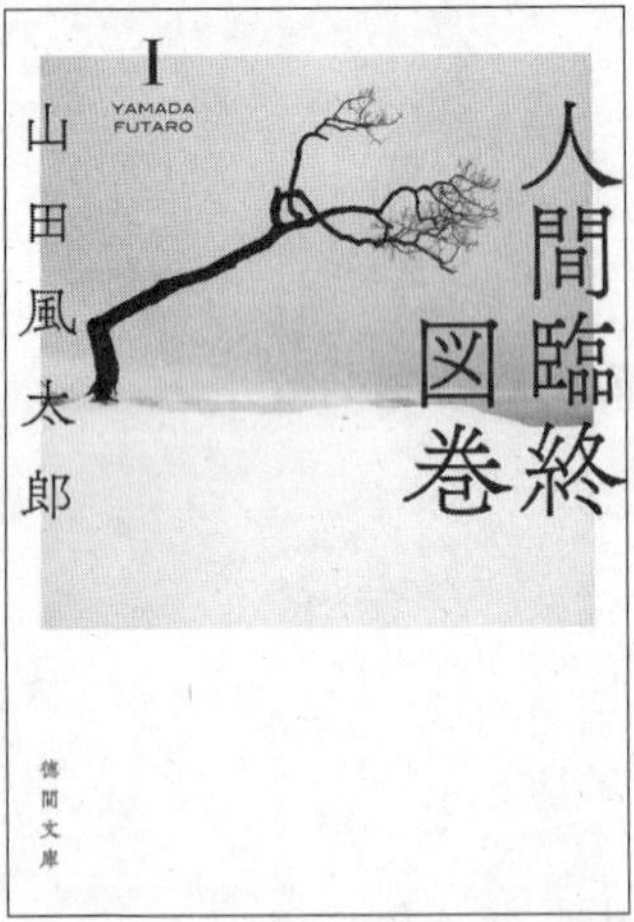


この人々は、あなたの年齢で、こんな風に死にました。安寧のなかに死ぬか、煉獄の生を終えるか？　そして、長く生きることは、幸せなのか？　戦後を代表する大衆小説の大家山田風太郎が、歴史に名を残す著名人（英雄、武将、政治家、作家、芸術家、芸能人、犯罪者など）の死に様を切り取った稀代の名著。本巻は十五歳から四十九歳で死んだ人々を収録。